贰·希望

小春 作品

RIYUE DERONGYAO

北京联合出版公司
Beijing United Publishing Co.,Ltd.

图书在版编目（CIP）数据

日月的容曜. 贰, 希望 / 小春著. — 北京: 北京联合出版公司, 2019.3

ISBN 978-7-5596-2913-5

Ⅰ. ①日… Ⅱ. ①小… Ⅲ. ①长篇小说–中国–当代 Ⅳ. ① I247.5

中国版本图书馆 CIP 数据核字（2019）第 014339 号

日月的容曜 . 贰 , 希望

作　　者：小　春
出版监制：柯利明　吴　铭
总 策 划：张应娜
责任编辑：管　文
特约编辑：灰　禾
封面设计：VIOLET
内文排版：百朗文化

北京联合出版公司出版
（北京市西城区德外大街 83 号楼 9 层　100088）
三河市祥达印刷包装有限公司　新华书店经销
字数 250 千字　635 毫米 ×910 毫米　1/16　20 印张
2019 年 3 月第 1 版　2019 年 3 月第 1 次印刷
ISBN 978-7-5596-2913-5
定价：42.80 元

目 录

Contents

第三十一章

被迫离乡

多年后，当沈锦绣回想时，她有多后悔那一日代替生病的老父出诊行医。她的命运在此拐了一个猛烈的弯，从此身世飘零，凄楚终身。

公元279年，西晋咸宁五年，开国皇帝司马炎在位第十四年，东吴被攻灭。

自东汉末年天下大乱，到后来三国鼎立，历时八十余年，天下才归于一统。司马炎在满朝一片歌功颂德声中志得意满，哪有精力去理会北方发生的一桩小事。

这一年秋，匈奴五部的左部帅刘豹去世，他的儿子刘渊被晋武帝任命为代理左部帅。刘渊在洛阳当了多年质子，终于有机会回到匈奴部落，只是长子刘贺不得不留在洛阳继续为质。他来时青春正盛，走时已年满三十，在晋国娶了大把老婆，诞下诸多子女，回程时连行李装了满满数十辆马车。

洛阳城内的生活毕竟安逸舒适，妻妾子女们身娇体贵，鞍马劳顿了一个月，便陆续经受不住，生起病来。行进到晋阳时，刘渊虽归心似箭，却不得不耽搁下来。他不在乎那些女人，可孩子好歹是自己的，尤其次子刘耀持续几天发烧不退。再往北走就是匈奴部落聚居的地界，塞外的医疗条件无法跟晋国相比。于是刘渊下令在晋阳停驻几日，搜罗城中最好的医师。

多年后，当沈锦绣回想时，她有多后悔那一日代替生病的老父出诊行医。她的命运在此拐了一个猛烈的弯，从此身世飘零，凄楚终身。

她清楚记得初次见到刘渊的情形。那年她十七岁，已与师兄定了亲，再过三个月便是行婚礼的好日子。照理来说，待嫁之女不该出来抛头露面，可父亲重病，兄长和师兄都在外地行医，沈家能拿得出手的唯有她一人。沈家是晋阳出名的内症专家，擅以《易经》之法选穴用药内病外治。她自小天分过人，虽年轻，却比兄长和师兄得到更多家门真传，在晋阳城内已是小有名气。匈奴人恭敬来请，她没有片刻犹豫，提上药箱便出了门。她以为自己是医者父母心，不应有士庶之别，华夷之分，她以为这回跟之前无数次出诊一样，没想到，这一去竟是条不归路。

沈锦绣被引入房中，她注意到一旁除了哭哭啼啼的妇人，还有个华服男子。那男人三十岁上下，长相算得英俊，高耸的颧骨，粗浓的长眉，五官分明，面容冷峻，不动声色打量着她。不知为何，沈锦绣总觉得后背有微微的寒意。

她的注意力很快便被床上的孩子吸引过去。那孩子不过七八岁，小脸烧得通红。让孩子吐舌，舌苔上布满深红色斑点，咽喉肿痛已有溃烂迹象。再加上皮肤潮红，脉浮而虚，她立即诊断这是丹痧。因耽搁了时日，眼下病情颇为凶险。

身边哭泣的年轻妇人想必是母亲，而那位眼神凌厉的男子定是孩子父亲。她告诉两人，须立即用药，清热解毒。病状每时都会发生变化，医师须时刻关注，加减用药与分量。而且此病有传染性，必须隔离，唯有经验的医师可接触患者。

那年轻妇人吓得花容失色，男子却是颇为冷静，沉着安排诸项事宜，让下人打扫出一间上房，供沈锦绣歇息。沈锦绣知道自己须连续几日待在此处看护，尤其是用药后的第一晚最是凶险，于是让跟随的用人回家报个平安，让父母放心她三五日不归。后来她无数次后悔，待父母觉察她迟迟不归，来驿站寻人时，早已人去楼空，再难追上。

那一日她待在孩子身边用药观察，旁人都不敢接近，唯有孩子的父亲不惧传染，时常前来探看。与她虽有些对谈，但都止于病情。他汉化程度颇深，言谈举止彬彬有礼，不像塞外那些粗犷的异族人。除此之外，沈锦绣对这位匈奴左部帅一无所知。

晚间孩子果然发起高烧，沈锦绣始终不离孩子身侧。刘渊也焦急地守在一旁，油灯上的火苗摇曳，让他的脸庞显得阴晴不定。有侍从入内，在刘渊耳边低语几句，刘渊脸色变了变，迅速离开。

如此深夜，驿站里突然来了位神秘客人。刘渊走入厅堂，一名戴斗篷的男子背身而立，刘渊让众人退下，那人才除去斗篷，原来是汝南太守之孙王弥。刘渊在洛阳与他多年交好，两人年龄相仿，博闻强识，都有着不甘居人下的野心。王弥这时赶来，定是发生了什么大事。

果然，王弥来不及客套，第一句话便是："元海，你须得即刻起身回匈奴！"

刘渊沉下脸："陛下反悔了？"

"齐王司马攸向陛下进言：匈奴诸部勇悍，刘渊又熟知兵法，放他回去，便是放虎归山，日后必成晋朝大患。"

刘渊一掌拍在桌上："我在洛阳日日宴饮游乐，放浪形骸，给了司马家那些人多少好处，竟仍不肯放过我！"想起了大儿子，他一阵胸闷，“还有我的贺儿……早知如此，便不该把贺儿留在洛阳以安司马炎之心！”

王弥哼了一声：“怪只怪你不该在鲜卑叛乱时向陛下自荐，愿替陛下征发匈奴五部人马。”

说起此事，刘渊仍是一肚子气：“陛下不是没同意吗？”那时若计划能成，何至于又延迟数月才从洛阳脱身。

“曹魏时便将匈奴拆成五部，分地居住，正是不希望匈奴势力太强。陛下对匈奴也延续曹魏之策，你的自荐反而引来了陛下猜忌。”

刘渊愣住。

王弥继续道：“若不是陛下灭了东吴，正在一统天下的兴头上，怎会慷慨答应让你走？”

刘渊浑身起了战栗：“他想抓我回去？”

王弥面容肃然：“轻骑已在路上，估算日程，距离你应该不远了。”

刘渊猛地站起，向王弥毕恭毕敬行个大礼：“弟冒死前来通报，此恩永记在心，兄日后定当回报。”

那一夜，刘渊的妾室们睡得很安稳，经历了那么多天颠簸赶路，好不容易来到最后一个大城，能有张好榻可以安睡，日后到了匈奴地界可再没这么舒坦了。她们谁都没料到，第二天一早，偌大驿站除了她们和一堆婢女，已是空无一人。刘渊带着他认为必须带的人和物件，一夜间消失得干干净净。所谓必须带的人，除了亲信部众和所有儿女，还有一名被五花大绑塞住口的年轻女人。

沈锦绣只记得马车连续颠簸了好几日，除了必要时候，她的手都被绑住。起初连口中也塞了布片，后来不再塞了，那是因为已到了匈奴地界，任她喊破喉咙也没用。她每日仍须给刘耀治病，刘渊答应她，治好了便放她回去。

她看着马车里满脸红疹子的孩子，他已全身水肿，虚弱得连啼哭都没了气力。她没好气地告诉那冷面男人：“此病必须隔离静养，整日鞍马奔波，怎可能好得起来？”

刘渊看着孩子，眼里闪过片刻犹豫，却转瞬隐没，对着她冰冷地威胁：“车马绝不会停下，但你必须治好他！否则，这辈子你休想再回晋阳！”

如此蛮不讲理，沈锦绣除了后悔不迭，没有任何办法可想。天气越来越冷，车外的风景越来越萧瑟。刘渊不再绑着她，此处已深入匈奴群聚地界，人烟稀少。没有足够的食水，又不识路，她一介弱女子能往哪里逃？即便侥幸不被狼群吃掉，被马背上的蛮族抓住，那后果亦是她完全不敢想象的。

马车一路向着西北，日夜兼程，地平线前方终于出现一座雄伟的城池。看着金灿灿的阳光勾勒出的黑色城墙，犹如磅礴巨龙蜿蜒在山脊之上，刘渊与部众尽情欢呼。这是几代单于耗费大量财力所建，是刘渊梦萦魂绕的故乡——左国城。

左国城东为狼山，面向北川之河，城垣依山就势沿山脊线而建。东汉初年，刘渊的先祖日逐王率部南下，在左国城建都，自称南单于。这里成了南匈奴的王庭。这支匈奴世代定居于此，东汉末年天下大乱时还曾以讨伐黄巾军的名义，趁乱将匈奴的地盘又向南扩充了不少。曹操崛起后，这些匈奴人慑于威势，不得不俯首称臣。

为分化匈奴力量，曹操将匈奴分为左、右、南、北、中五部，分别居住在五大片地区。原先的南匈奴单于刘豹被迫将领地交出，只领得一份，曹操封他为左部帅，在左国城统辖左匈奴。其余四个部落各有一名部帅，皆是刘豹的同姓族人。而刘渊便是刘豹的儿子，根正苗红的匈奴单于之后。

到了晋武帝，朝廷对匈奴诸部依然不放心，便让刘豹将儿子送到洛阳。匈奴人不重视文化，连文字都没有，刘渊习字读书皆是从洛阳为质开始。读了史书刘渊才知道，曾经的匈奴是如此强盛，围困过汉高祖，调戏过吕太后，焚毁过汉文帝的行宫。那时的匈奴首领给汉朝皇帝写信，劈头就是"天所立匈奴大单于"。他们是天之骄子，草原上横行无忌的狼群，根本不把汉家皇帝放在眼里。可数百年来汉人一手大棒一手糖果，加上匈奴内部分裂，相互攻伐不休，匈奴再不复往昔强盛，他们这些南匈奴部落只得南迁与汉人杂处。

如今的匈奴志气全无，沦为汉人的藩国，提及汉朝时居然要说"汉家恩德"，这对心高气傲的刘渊来说，是怎样的不甘与屈辱。每每读史至此，他都扼腕长叹，期望能建立像祖先冒顿单于那样的功业。晋武帝司马炎以为这十多年的质子生涯让刘渊失去了斗志，唯唯诺诺，一心亲汉。他怎样都没料到，自己培养出一个熟读兵书、通晓汉文化而又野心勃勃的匈奴领袖。

如今刘渊终于回到匈奴，犹如蛟龙入海，虎入山林。刘渊正沉浸在莫大的喜悦中，那被掳掠来的汉人女子怯生生靠近。她满面愁容，欲言又止。刘渊看着她娇俏的脸，玲珑的身段，不由心神为之一荡，第一次和颜悦色对她说话："何事？"

她犹豫半晌，只咬牙说了三个字："耀公子……"后面的话再难说下去，她只能用哀伤的摇头来示意。

刘渊瞬间便明白了，飞速下马，大踏步走向孩子的马车。车内铺陈的软毯上，八岁的刘耀瘦骨嶙峋，已无气息。直到这一刻，他的舐犊之情油然生起，颤抖着抱起那轻得可怕的小小身体，胸口一阵疼痛。

"左部帅，我真的已尽力……"孩子本可获救，到了今日这一步，又该怪谁？日夜颠簸，再加上连日赶路难以煎药，能熬至今日都属奇迹。

刘渊眼里闪动着泪花，声音低沉地吩咐部下：“将公子厚葬。”

沈锦绣知道此时不宜提，却还是开了口：“这是疫病，不宜入土。”

刘渊正在伤心，闻言果然愤怒，一把抓住她的衣领提到面前。沈锦绣虽害怕，仍颤抖着说道：“左部帅，我是医者，必须尽责。”

刘渊瞪着她的脸，细腻白皙的皮肤吹弹可破，五官秀美，身段婀娜，胸口因害怕而剧烈起伏，对近在咫尺的刘渊而言充满了诱惑。他猛地松开手将她推开，跳下马车：“准备柴火，就在城外……火葬吧。”

沈锦绣冲着他后背大喊：“左部帅，如今我责任已尽，请送我回去！”

刘渊只是脚步顿了顿，没有回头，更未做任何指示。沈锦绣不知刘渊对她究竟做何打算，只得随部众进了左国城，暂时入住单于宫殿。她存着满腔希望，觉得自己尽心尽力，刘渊应该不会为难她。后来她才知道，自己那时有多幼稚。就在那一夜，她从睡梦中惊醒，那个高大冷情的男人不顾她的抵死挣扎，强夺去了她的贞操。

饕餮满足后，他坐起身，对着哭肿了眼的她说道：“今后就做我的妾室，在宫内为人治病。”

原来，他从没打算让她走。白得了个貌美的女人，又能解决匈奴缺少好医师的棘手问题，刘渊一早便盘算下了。他才不会在意，自己从此改变了一个女人的一生。

半年后。

白纱帐内，高大的男人睡得正熟。高耸的颧骨，粗浓的长眉，如刀削过的凌厉五官，这令人看了便生出丝丝寒意的面容，如今竟带着全然放松的满足，仿佛做到了什么好梦。纱帐外，清冷的月光照亮女子的身影，她正伏在地上磨着一支簪子。

待簪子一头磨得足够尖利，沈锦绣站起身，慢慢靠近刘渊。平常为病人准确拿捏经络的手，此刻却不由自主颤抖起来，好不容易将簪子对准他的颈部，却怎样都难以狠下心来。这男人警惕心实在太高，竟在此时睁眼，如狼一般死死盯着她。她吓得魂飞魄散，簪子滑向一侧，只在他颈项上划出一道细痕。

他勃然大怒，将她的身子扭成麻花，死死按在床上，另一手牢牢掐着她的脖子。呼吸越来越不顺畅，她的意识开始游离。有那么一刻，她以为自己就要死了，心中竟涌起一股快意，仿佛看见父母与师兄站在眼前，对她欢笑伸手。死亡，反而是种解脱，再也不用过这活死人般的日子。

可惜她无法如愿。自从被这男人强占了身子，他从不让她如愿。他的女人们极为嫉妒她被宠幸，可谁都不知道这对沈锦绣来说苦不堪言。她曾逃走，可被捉回来后却什么责罚都没有，依旧当着“宠妾”，这又令他的女人们嫉妒得红了眼。只有沈锦绣自己知道，刘渊对她只有不停索取，从不理会她的感受。而那次被捉回后，他对她的索取更是无度，这才是他对她的惩罚。

他松开她，从她身上翻下，语音冰冷：“你非要拉着还未出生的孩子一起死，我也没办法。只是你要想明白，你若杀了我的孩子，我就去晋阳杀掉你全家。”

他单手便将那支银簪子捏断，大步离开，任由她抚摸着疼痛的手腕泪流满面。她知道此人睚眦必报，他的威胁绝不会只停留在口头。除非她能杀了他，否则，这一生都逃不脱这个可怕的男人。她是医者，她知道如何以药物取人性命。可她刚起这个念头，便觉腹中微微一动，如鱼游过。

那一刻她五味杂陈。她可以杀了刘渊，这意味着她将带着腹中孩子一起为刘渊殉葬。她不在乎自己的生死，可孩子未出世便惨死，她又怎能忍心？在床上呆坐了一整夜，她认命了。

可他却貌似全然忘记了她的存在，一连数月不见踪影。

猎鹰呼啸着从头顶掠过，塞外草木萧瑟，一片枯黄。这是她在塞外度过的第二个寒冬，冬日里她生下了个儿子。就在她生产的那日，刘渊终于回来了，却不是一个人，他带着匈奴右部帅的女儿，他让所有人称呼她二阏氏。

阏氏是指匈奴单于的皇后。皇后本该只有一个，可他是与匈奴右部联姻，娶回来的女人身份特殊，无法分出正室妾室，索性也叫阏氏。他在晋阳抛下所有妾室，只带了最早娶的正妻呼延氏回来。于是呼延氏便称大阏氏，生有儿子刘贺刘和。刘贺被留在洛阳为质，刘渊便将妾室生的儿子刘聪交与呼延氏抚养。

他来看沈锦绣。见到床上刚刚生产完的虚弱女子，他眼底闪过一丝怜惜，却转过头去，不让她看见。抱起床头襁褓中的初生婴儿，脸上竟露出一抹难得的笑容。侍从见他高兴，趁机让他起名，他逗弄着孩子，沉思片刻道："就叫刘耀吧。"

沈锦绣立即明白了，他是在纪念那个死去的孩子，急忙说道："刘曜，'日出有曜'之'曜'。"她不愿意自己儿子活在别人的名下，又补充道："曜，即是光明之意。"

他看着怀中婴儿粉嫩的小脸，沉默良久方才回答："随你。"

离开时他从怀中掏出一支造型奇特的簪子。银制的簪子，制作工艺并不高超，奇特的是簪子头上排列了几颗狰狞的狼牙。他将簪子摆在床头，指了指自己脖子的颈动脉处，声音一如既往的冰冷："干这种狠事，就得将心变得比铁石还硬。想清楚你是否能承受后果，看准了地方，就绝不要犹豫。"

他说完便大踏步离去，又是许久不见踪影。她从未戴过这支簪子，这东西实在令她胆寒。直到大阏氏呼延氏来看孩子，偶尔在桌上见到这支簪子，她才从呼延氏酸得牙都要掉了的话中得知此物的来历。

匈奴男子十五岁便要行成人礼，还是半大的毛头小子，就得独自一人走入山林一整夜，看第二天能带回什么猎物。越是猛兽越得族人赞赏。当年刘渊带回的是一头巨狼，他将狼牙做成项链，始终贴身挂着，从不示人，连儿子们向他讨要都不给。呼延氏从没想到，他竟将这些狼牙制成了簪子，送给这位整日看着天空，常年见不到笑容的小妾。

沈锦绣不认为自己有什么魅力，能让这个充满野心的男人生出儿女之情。女人对他而言只是工具，为他生儿育女，为他带来利益。他对她只是男人的征服欲，而况她的医术对他有用。

第三十二章

艰难抉择

刘渊面色沉下，将孩子交给一旁的乳母，浮起一丝冷笑：“走吧，去会一会这位羊玄之羊侍郎。”

刘渊仍会不定期来看儿子，仍是令她叫苦不迭地索取。他似乎全然忘记了曾送她一件可取人性命的首饰，仍会在她这里安睡到天明。日子一天天过去，她已熄灭了回去的冀望。师兄想必已另娶他人，父母只能寄望兄长赡养。为了孩子，她已不可能再杀刘渊。从此她将所有心思放在儿子身上，唯其如此，方觉得日子能过得快一些。

刘渊还在不停迎入新的女子，都是匈奴五部的王亲贵族之女，阏氏的称呼就这么排着序轮，很快就到了十阏氏。这些粗壮的匈奴女子极能生养，接二连三生子，冷清多年的单于王宫一天比一天热闹。

匈奴五部之前是一盘散沙，守着一份封地各管各过小日子。如今出了雄才伟略的刘渊，联盟各部，号召匈奴人团结起来，不再受汉人欺压。归附他的部众越来越多，刘渊索性抛弃了汉人皇帝所封左部帅的虚职，自称单于。他还大兴土木，在原有城墙外再筑起一道更为坚固的外城。

刘渊的动静终于惊动了朝廷，晋武帝司马炎再也坐不住了。他召集群臣商讨，中书令张华提议，为牵制匈奴，自汉代起常设护匈奴中郎将的官职。此官职一直延续到曹魏时期，但晋朝立国后再没有任命过。张华建议，立即派遣护匈奴中郎将前往南匈奴王庭左国城，名义是出使卫护，实为监督。

晋武帝觉得此法甚妙，可究竟该派谁去呢？能当此重任者绝非常人，须得精通兵法，知晓匈奴礼仪习俗，且在偏远之地有独立决断大事的能力。放眼整个朝廷，唯有一人可以胜任。

那一年，沈锦绣生下了第二个孩子。刘渊抱着刚出生的女儿，问沈锦绣如何取名。沈锦绣说道："这孩子生得秀气，就叫灵儿吧。"

虽只是个女儿，刘渊倒是一点没有嫌弃的意思，逗弄着孩子，连声说好。一旁三岁的刘曜急着想看妹妹，咬字不清，扒拉着刘渊的下摆。若是不知前史，这一派其乐融融的场面，倒让人生出这是个美好家庭的错觉。

侍从进来禀报，护匈奴中郎将已到达左国城。刘渊面色沉下，将孩子交给一旁的乳母，浮起一丝冷笑："走吧，去会一会这位羊玄之羊侍郎。"

那是沈锦绣第一次听到羊玄之这个名字。那时的她，儿子乖巧，女儿灵秀，完全沉浸在儿女带给她的幸福中。她从未料到，这个与她八竿子打不到一处的人，竟让她的命运又一次转了一个猛烈的弯。

女儿出生后，沈锦绣获得了更多的自由。匈奴不比汉人，对自家女人没那么多条条框框的约束，即便单于的女人也可上街随意走动。刘渊成功地以儿女绑住了她的心，让她就此认命。沈锦绣养育儿女之余，最大的乐趣便是行医，她只要报备一声就能出宫采购药材等物。

一日上街，突遇恶霸欺负弱女子的恶俗桥段。那是一名柔弱的西域胡女，任由恶霸拳打脚踢却只会哭哭啼啼。沈锦绣心生怜悯，救下那女子。女子哭诉身世，她是塞族人。她的国家在西域是个势单力薄的小国，为匈奴所灭，青壮男丁被杀，剩余的孩子和女人被辗转带到左国城，沦为奴隶。她恳请沈锦绣收下她，愿为奴仆终身伺候。

如此凄惨的故事，沈锦绣自然无法拒绝，将这名女子带回了王宫。宫中主管盘查她的身世，果然是城中为奴的西域贱民。于是这女子在宫里安顿了下来，她的名字叫热娜。

热娜做事勤快伶俐，很快赢得了沈锦绣的信任。一天夜里，两人独处做针线，热娜四顾无人，突然用流利的汉语低声说道："羊玄之羊侍郎想见您。"

羊玄之，那个被朝廷派来的护匈奴中郎将，如此位高权重之人为何要见她？她的心脏狂跳起来，刚想开口拒绝，热娜接着说道："羊侍郎有您父母兄长的消息。"

如此巨大的诱饵让沈锦绣无法说出"不"字。于是，在热娜安排下，一个悠闲午后，沈锦绣在自己常去的药铺后院柴房内，见到了改变她命运的第二个男人。

羊玄之那年刚满二十四岁，高大颀长不逊于刘渊，一身儒士宽袍长衫，比刘渊更儒雅，顾盼之间更添几分英伟沉稳的气度。

见到沈锦绣，羊玄之躬身行礼，温文有度："夫人。"

沈锦绣连寒暄都忘了，着急问道："妾身父母兄长现下如何？"

羊玄之微微叹息："自夫人三年前被掳，令尊令堂遍寻不着，甚为伤心。令尊落下病疾，整整三年卧病在床。令堂时常流泪，如今眼睛只有半明。幸有夫人兄嫂照料，如今日子虽比不得三年前，总还能应付。本想给夫人带封信，又怕书信易泄露，只得带口信了。"

沈锦绣的心一阵阵抽痛，眼泪夺眶而出，抽噎着说出：“是妾身不孝……”

羊玄之递上一方丝帕，柔声道：“他们一直存着希望，盼你早日回去。”

沈锦绣接过帕子抹泪，却总也抹不干喷涌而出的热泪。许久方才平稳下情绪，向羊玄之盈盈一拜：“多谢羊侍郎为妾带来亲人的消息。”她昂头看向他，眼里闪着泪光，“侍郎想要妾做什么？”

交通如此不便的古代，一纸家书足抵万金。沈锦绣明白这珍贵的消息绝不会白白给她。羊玄之来左国城不过数月，早已研究了刘渊身边每一个人。得知她的存在，羊玄之定是立即派人前往晋阳，查出了三年前那桩人口失踪案。为了安插人手到她身边，羊玄之选的是西域奴隶而非汉人。这份缜密的心思，刘渊怕是遇上真正的对手了。

“夫人果然机敏，在下佩服。”羊玄之知道眼前女子是个明白人，索性不再绕圈子，声音压得极低，“刘渊回左国城这三年里，一直在筹谋联盟各部。据可靠线报，他在秘密囤积粮草甲仗，等待时机叛晋自立。”

沈锦绣苦笑：“这些政事他从不对我说，羊侍郎找错人了。”

羊玄之了然地笑了笑：“何止不会对你说。以他的精明谨慎，任何一位妻妾都不可能得知他一句治国用兵的方略。”

沈锦绣疑惑地眯起秀美的眼睛：“那羊侍郎找我是……”

“他三年前就已开始谋划，积累与朝廷大战所需的军资，分多处秘密储藏。他有一张随身携带的羊皮，图上标记了所有囤积粮草甲仗之处。”

沈锦绣这才明白了羊玄之冒死安排会面的用意：“侍郎要我去偷这张羊皮?！”

羊玄之急忙摆手：“不必偷，只需抄录一份便可。”

沈锦绣混混沌沌回到单于王宫，儿子急匆匆扑向她。她拥着儿子小小的身子，看着摇篮里不满半岁的女儿，悲戚之感油然而生，轻声吟唱："雁南征兮欲寄边声，雁北归兮为得汉音。雁飞高兮邈难寻，空断肠兮思愔愔。攒眉向月兮抚雅琴，五拍泠泠兮意弥深。"

三岁的刘曜帮妈妈抹去眼角的泪水，奶声奶气问道："阿妈你唱的什么呀？"

"这是一位叫作蔡文姬的女子写的。她被掳到胡地，被逼嫁给不喜欢的人，生了两个孩子。可她做梦都想回故乡，回到自己父母身边。"

儿子用软软的小肉手摸着妈妈的脸庞："就像我想要跟阿妈在一起吗？"

她泪流满面，抱紧了儿子："阿妈会一直跟阿曜和灵儿在一起，绝不会像蔡文姬那样。"

五日后刘渊来她这里歇息，沈锦绣第一次婉转迎合，艳若桃李，甚至发出了从未有过的娇喘。刘渊感受到了她的不同，那一夜极度兴奋，狠狠要了她好几回，方才心满意足合眼睡去。待确定他睡得足够沉，沈锦绣蹑手蹑脚爬起，在他的衣襟暗袋里找到了那张羊皮。

羊玄之求她时，她不是没有犹豫。若事情败露，等待她的唯有死路一条。她不怕死，可两个孩子怎么办？没娘的孩子已经够可怜了，他们在匈奴还将因她而遭受冷遇，刘渊怎可能善待她的孩子？

羊玄之给她开出的条件是，只要抄录羊皮上的讯息，他保证将她与两个孩子一起带回家乡。为防匈奴报复，他会给她和孩子们更换身份，隐姓埋名，护她一生平安。

羊玄之小心翼翼从袖袋中取出一个蜡封的丹参药丸，双手奉上："在下知道夫人难以信任在下，你看了这个，便知在下所言非虚。"

剥开药丸，一方薄如蝉翼的丝帕被卷得极密极小。抽出后展开，丝帕上的落款让沈锦绣大吃一惊，这是晋武帝司马炎亲笔所书！司马炎所说与羊玄之无异，但分量更重，那是当朝皇帝的承诺。司马炎甚至承诺，他驾崩之后，下一任皇帝也会照单执行。

在她看信时，羊玄之在旁补充："夫人在晋阳的父母兄侄，在下也会派人将他们迁往南方安顿，绝不会受匈奴人报复，请夫人放宽心。"

沈锦绣明白了为何晋武帝会派羊玄之深入匈奴，他运筹此事时早已考虑了方方面面，思虑之缜密周全令人害怕。

她默不作声，思绪乱作一团。

羊玄之突然说了一句貌似不相干的话："刘渊正与北匈奴议亲，北部帅已应允了。"

沈锦绣愣住："连北匈奴也归附了？"

北匈奴民风更为彪悍，更不愿被汉化，对做过汉廷多年质子的刘渊向来不服气。刘渊这几年零零星星跟北匈奴软硬兼施，冬季大寒时主动送衣送粮，可他们收了好处后仍不服，那就用拳头打。棍棒和糖果交替使用了几年，看来现在连北匈奴也放弃较劲了。

羊玄之严肃地点头："收服了北匈奴，匈奴五部至此全部归附刘渊，匈奴实力将会空前大涨。夫人该知道这对汉人来说是多大威胁。所以，能在此刻毁了他的粮草甲仗，令他今后多年难以缓过劲来，汉匈之间才不会爆发大战，避免百姓生灵涂炭。"

沈锦绣明白羊玄之的意思，他在以民族大义促使她尽快下决心。她沈锦绣若是只顾个人利益，这辈子只怕会被冠以奸贼之名，连累家人，从此被世人唾弃。

她将丝帕还给羊玄之，他却没有接，说得轻描淡写："此信由夫人亲自保管。"

此人胆子可真大。倘若她将这份密诏交给刘渊，羊玄之哪还能有命在。可是，唯有赌命，他才能彻底取得她的信任。她将丝帕小心卷起，重新塞回药丸内，放入自己随身所挎的药箱之中。

见她始终不吭声，羊玄之再抛出最后一道杀手锏："如今在晋阳，已有一批隐卫在照顾夫人的亲人，请夫人放心。"

这句话果然奏效，沈锦绣猛地抬眼看向他。而羊玄之依然挺拔着儒雅的身姿，嘴角带笑，迎接她凌厉的目光。

两人皆知此话何意。

倘若沈锦绣没有依言而行，她的亲人会怎样？沈锦绣不由浑身战栗，她不敢再想下去。羊玄之来找她时早已成竹在胸，晓之以理动之以情，再加上一个最重的筹码：她亲人的性命。这张羊皮晋朝势在必得。而她自从被选上的那一刻起，已没有其他路可走。

这就是她在飞快临摹这张羊皮时浮到脑海中的纷乱杂念，怎样都克制不了，以至于下笔时那线条都是颤抖状的。最糟糕的是，只抄录了一半，屋外传来一声轻咳。

那是她与热娜的约定！

她慌忙将羊皮揣入袖袋，再把事前写好的药方压在她临摹的纸张上。一个箭步蹿到灵儿的摇篮边，将熟睡的孩子抱起，狠心掐一把孩子，灵儿立即哇一声号哭起来。

刘渊走入侧厢房时见到的便是这样一幅情景：沈锦绣抱着啼哭不止的孩子，一边哼唱着儿歌一边轻摇。他松了口气，醒来发现她不在身边，还以为她又跑了呢。

他走过去查看，微微皱眉："穿得太少了，夜凉，怎禁得起冻。"

沈锦绣这才发觉，她将灵儿从暖暖的被窝里抱出，竟忘记给她裹层小被。孩子的脸有些发红，显然是冻到了。她暗暗自责，急忙用小锦被包住灵儿。

刘渊扭头，看到了几案上有新鲜磨出的墨汁，毛笔也是软的，看来是刚刚用过。他疑惑地问道：“如此深夜，为何还写方子？”

“这是……”沈锦绣没想到他如此警觉心细，脑子飞速转动。正在想托词，眼见刘渊走到几案边，想要拿起那张药方。沈锦绣急了，刚想蹿过去拦住刘渊，门被推开，一个焦急的声音传来：“夫人，方子好了吗？”

热娜披衣走入，看见刘渊，急忙行礼。

刘渊看向热娜：“方子是你让夫人写的？”

“我看夫人在照顾小公主，就央求夫人帮奴婢开个方子。”热娜说得扭扭捏捏，“那个……女人身上的毛病……”

刘渊“哦”了一声，打消了去拿方子看的念头。

热娜走向沈锦绣，说道：“夫人赶紧去睡吧，我来照顾小公主。”她背对着刘渊，偷偷对沈锦绣使了个眼色。

沈锦绣会意，将孩子交给热娜，对刘渊柔声道：“妾身陪单于回房吧。”

如此温柔可人，娇若牡丹，还有那软糯的甜美嗓音，令他心头涌上一股异样的暖流，这是他许久未曾感受过的。他头一次牵着沈锦绣的手走回房，一进屋便热情似火，急不可耐，也不管此时已是深更半夜。好不容易等他满足了睡去，沈锦绣方找到机会将羊皮放回原处。

他在身边打着微微的鼾声，她却毫无睡意瞪眼到天明。她知道无论自己有多不愿承认，身边的男人是她丈夫，是她两个孩子的父亲。平心而论，除了不准她回去，他对她并不差。她在匈奴就这么过下去，日子也不会艰难。可她，却选择了背叛。无论理由有多充足，她终究要一辈子欠他了……

几日后，在热娜安排下，她在上回那家药店的柴房内，再次见到了羊玄之。羊玄之欣喜接过沈锦绣临摹的地图，打开一看，脸色顿时变了。且不说那歪歪斜斜的线条，最糟糕的是，只有一半！

“这根本不能用！”羊玄之气急，儒雅的脸有些变形，“烦请夫人将图全部完成！”

沈锦绣落落大方地行礼，声音细软：“侍郎莫急，我有办法。妾身不擅长描画，但已将图上讯息全数记下。侍郎可备纸墨记录，回去后再标注在地图之上，与原图无异。”

羊玄之将信将疑：“你真能记全吗？”刘渊心思缜密，一个完全不懂军国政事的妇道人家，能将那么多库藏地点都记完整吗？

沈锦绣从容回答：“妾身乃学医之人，那地图与妾身背诵过的医书草药相比，实在是小巫见大巫。”

果然，羊玄之打消了疑虑。随着沈锦绣的背述，每个地点和库藏粮草甲杖数量都清清楚楚，他开始对这位身世可怜的女子刮目相看。

他一边记录一边看向她。阳光透窗而入，勾勒出她曲线起伏的身段，秀美的脸略显苍白，眉眼间带着一缕春愁。他知道刘渊妻妾众多，却对她宠爱有加。长居洛阳的刘渊，习惯了细腻白皙的肌肤、玲珑窈窕的身姿、优雅明媚的嗓音，怎会再对塞外粗犷豪放的匈奴女子提起兴趣？而况，她不只有美貌，还拥有超凡的记忆力、精湛的医术，以及一颗善良的心。她在刘渊心中想必是个特殊的存在。

羊玄之将纸卷起，小心塞入帽沿的缝隙中，低声道：“北匈奴已将公主送来，估算行程三日后到达大陵。刘渊会亲自前往迎亲，届时便是夫人逃离的最佳时机。”

大陵在左国城北两百里，是离左国城最近的小城。刘渊去大陵迎亲，而公主带着那么多陪嫁肯定走不快，回到左国城起码是五六天之后了。那时沈锦绣早已在回晋阳的路上，日夜兼程，刘渊再难追上。

她却愁容满面：“羊侍郎，能不能暂缓几日？我的灵儿那夜受了凉，一直高烧不退。”

羊玄之愣住，不由踌躇：“夫人，此事刻不容缓，绝不能改变计划，否则夜长梦多，恐生变数。”

“可她还那么小，这一路上如何吃得消？”她心焦不已，不住自责。灵儿的病是因她而起，都怪她那夜的不谨慎。

“夫人，在下今日回去后即刻部署人员，待他抵达大陵，也正是我们焚毁他的粮仓甲仗之时。刘渊必定会知晓是你的缘故。稍有耽搁，你与两个孩子就在劫难逃了！”羊玄之躬身行了个大礼，言辞恳切，却不容置疑，“夫人是医师，无论如何也得想出办法！”

开弓已无回头箭，她只能咬紧牙关往前走。

第三十三章

最狠的报复

沈锦绣脸色瞬间变得惨白，刚想说话，却被刘渊打断："等他们长大成人，他们会来找你，他们会……"他顿了顿，清晰吐出三个字，"杀了你。"

左国城外，迎亲的队伍整装待发。时已入夏，天气清凉舒爽，蓝天清透，白云如絮，草地上开满各色野花，迎风摇曳。刘渊穿着绚丽长袍，腰扎彩带，头戴红缨帽，一脸喜气洋洋。北匈奴公主彪悍粗蛮之名早已远扬，那又怎样？这女人给他带来的好处远高于他后宫的其他女人。收服了北匈奴，他才是真正意义上的匈奴大单于。而况他心中还有窃喜之处，可惜不能告诉旁人。

他瞥了一眼来送行的人群。左边是臣子部属，右边是他的女人们。那些女人都是满脸不高兴，唯有一人与其他人格格不入，只沉浸在自己的心事中，仿佛周遭一切与她全不相干。不过他已经够满意了，这是她第一次来为他送行，更是她第一次戴上了那根狼牙簪子。

这倔强的小女人最近改变了许多，她应该已经完全定下心了。果然女人有了孩子就会改变。日后再好好待她，她的心总会慢慢放开。

他拨转马头来到她面前，她似被吓了一跳，脸色一下子变得煞白。

他轻咳一声，竭力让声音保持一贯的威严："我已命人到汉匈边界的集市上收罗了许多书卷，不日便能送到。"

她看到这些书卷肯定会开心。他可以陪她读书，匈奴男人能陪妻子读书的可是绝少。此刻她却心不在焉，似乎完全不领情，只是惯性地躬身道谢。看来之前对她太严厉了，这可不好，得改。他们完全可以像寻常的汉人夫妻那样相处，当然，只能在两人单独相处时。

装束一新的迎亲队伍往大陵出发。刘渊骑在马上浮想联翩，就像个重燃热情的少年，身旁的心腹们还以为他是去迎心仪之人。那时的他怎能料到，就在当晚，他所设想的光明前景，美好生活，一夜间全然崩塌。这个他发誓要好好对待的女人，成了他在世间最恨之人。

院门紧闭，仆役们早被遣开。沈锦绣将已睡着的灵儿和阿曜一人一个放入背篓，背篓里铺着柔软的垫被，覆上盖头。沈锦绣一身轻便常服，与热娜背上背篓，对视一眼，深呼吸几下，打开了院门。

刚走到宫门口便被拦住，沈锦绣故作随意，跟守门护卫打招呼："这几日草原上的柴胡、防风长势正好，我去采些来做药。"

因她医术高超，人又和善，从不以身份区别对待，宫里的人跟她交情都不错。护卫们不想为难她，更没想过要搜她的背篓，但护卫首领派了几个人跟着。此刻单于不在宫中，出了岔子可担待不起。

草原上笼着一层金色，连绵的山峦披上红彤彤的彩衣，牧归的牛羊群从远方慢悠悠走过。沈锦绣心不在焉，时而用剪子挖些草药，但总摇头说这些柴胡质量不好。走了很久，她的草药篓背起来已有些吃力。护卫想要帮她，却被她坚定地拒绝。

一直走到狼山脚下，护卫刚出言告诫沈锦绣不可再走远，一支箭已插入他胸口，那护卫愕然倒地，前方山边的弯道出现一群骑马的蒙面人和一辆马车。其余护卫惊觉有变，刚拔出刀来便被那群蒙面人围住。沈锦绣不忍见这些人因自己而死，正踌躇间，被热娜推上了马车，身后传来一片惨叫声。

蒙面人护着马车迅速驶离，往东南绝尘而去，开始了逃亡之路。

他们不顾颠簸劳累，吃睡都在车上解决，日夜与时间赛跑。左国城与晋阳相距不到五百里。以一日六十里的行军速度，大军可在八日左右抵达。但他们有马车，能再缩短一半时间。只要这样不停歇地疾驰，四五日就能赶到晋阳。

古代的交通条件极为恶劣，加上马车避震性能差，真真是颠簸得苦不堪言。沈锦绣无所谓自己是否舒适，可两个孩子受不了。尤其灵儿还在病中，日夜啼哭。阿曜也跟着哭，就算他被热娜一直抱着，也受不住这样的颠簸，吃下的东西都会呕掉。

这样苦撑了六日，离晋阳只剩下百来里路，灵儿高烧不退，气息奄奄。沈锦绣只得恳请车队在前方市集停一停，她去买药。

他们不敢在市集过夜，而是在镇子外的野地扎营。幸好时值夏天，野外露营不至太冷。沈锦绣生火煎药，喂给灵儿。灵儿一闻到草药味就坚决抗拒，大声号哭，怎样都喂不进。正在焦急，大地微微起了震动，寂静的草原仿佛被闷雷惊醒。众人慌乱地看向声音来处，狰狞的月色照亮了每个人惨白的脸。目力所及的尽头似有影子浮动，旌旗隐约夹杂其间。负责此行的队长是羊玄之的心腹，大喝一声“快跑”，惊醒了所有未回魂的人。

跑了不知多久，沈锦绣觉得五脏六腑都颠出来了。两个孩子更是受罪，哭得喘不过气来。马车终究行进不快，后方闷雷般的马蹄声越来越近。暗夜中沈锦绣虽看不清追兵，但她知道这般不要命地追逐，定是刘渊亲自带队。她不敢想象落入他手中会有怎样的下场，只好紧紧抱住孩子，汲取那一点点温暖。

队长已知定然摆脱不了追兵，他冲车内大喊："热娜，你与夫人先走，我来断后！"

护送的汉军兵士才十余人，这岂非以卵击石？车夫闻言狠狠加了一鞭，马车瞬间提速前蹿。沈锦绣话都来不及说出口，回望车后，只见队长与兵士勒住马，所有人排成一列，抽出兵器返身迎上追兵。刀剑撞击声，马的嘶鸣声，惨叫声，夹杂在呜咽的风声中，这声音先是异常刺耳，慢慢再也听不见。

只剩下一辆马车孤独地飞驰。这孤独并没有持续太久。很快，沈锦绣又隐隐听到了那胆战心惊的马蹄声。

他追上来了！

毋庸置疑，那些延阻追兵的汉军士卒都战死了，他们用生命换来的些许时间仍不足以让她脱逃，刘渊必是拼死也要将她抓回。马车内热娜看向沈锦绣，眼里闪过一抹决绝："夫人，你跳车逃吧，我来引开他们。"

沈锦绣呆住："你……"

她一把夺过沈锦绣手中的灵儿，大喊道："没时间了，快走！"

沈锦绣想要上前抢夺她手中的孩子，却一下子被颠簸震到了车厢另一边："那你把阿曜和灵儿给我！"

"这两个孩子带不得，他们的哭声会引来追兵！"热娜一手紧抱着灵儿，另一手拉住阿曜，"他们是刘渊的骨肉，刘渊不会对他们怎样。可你要是落入他手中，你就活不成了！"

沈锦绣肝肠寸断，泪水一下子涌出："不行，我一定要带他们走！"

两个孩子感觉出危机即在眼前，哭得更大声了。热娜焦躁不已，用她的族语咒骂一句。见沈锦绣还想扑过来，热娜以脚踢开她：“夫人，别婆婆妈妈了！你一定要活着，才有机会再见到孩子。”

这一脚颇有力，腿骨上的疼痛让沈锦绣恢复了些许理智。身后追兵闷雷般的马蹄声越追越近，她知道热娜说的都是事实。她不能死，她得活着等待再见孩子的机会。她颤抖着点头：“好，我走。你让我在孩子身上做个标记，日后好相认。”

沈锦绣从头上拔出那根狼牙簪子，摊开阿曜的左手掌心，狠了狠心刺下去。阿曜号啕大哭，她却没时间哄他。刺成三角形的三个点，再从一旁的草药篓里拿出紫草，将汁液涂抹在伤口处。轮到灵儿，她只刺了一个点就再也下不去手。灵儿的哭声很弱，就连刺伤口都没有让她更多挣扎。她是医者，她知道灵儿身体已极度虚弱，即便能带她走，如此艰辛，只怕熬不到晋阳也会夭折。还不如，让刘渊救她！

做完了这一切，她将狼牙簪子塞进灵儿的襁褓。但愿，他见了这簪子能明白她的用意：你怎样恨我都没关系，但，请善待我的孩子。

她做这一切时，热娜一直焦急地往后看。沈锦绣扶住车门，正要往下跳，突然顿住，回头问她：“热娜，你为何愿意这么做？”

热娜看向车外，已影影绰绰能看到追兵的身形。她扭头看着沈锦绣，眼里是诀别之意：“告诉羊玄之，不要忘记他对塞族的承诺！”

多年后，沈锦绣时常从噩梦中冷汗涔涔地惊醒。那个惨烈的深夜，孩子们的哭声，追兵的马蹄声，兵士的拼杀声，萦绕在耳边挥之不去。还有热娜的眼神，她碧绿的眼珠里有着一抹无言的哀伤，更多的是决绝，仿佛承载着千斤重担，却无人可诉。她不知热娜是死是活，她也不敢想。那个人一定会报复，如同他豁出命来也要追到她。热娜以一命换来的脱险只是暂时，那个人比她想象的还要可怕。

暗夜中她跳下车，翻滚到一处凹陷的草丛中伏着，身上被石块磕得剧痛也不敢发出一丝声音。追兵们从她面前飞快驶过，领头的果然是刘渊。月光照亮了他的脸，满是胡楂，虽有疲惫之色，但浑身散发的可怕气势如同烈焰般，能将靠近他的一切烧毁。

她借着夜色的遮掩躲入附近山谷，果不其然，不久大队人马又折返了回来。在刘渊号令下，所有兵士排成长长一列，手执火把，一步步搜索行进。这样的天罗地网，连一只老鼠都躲不过。无奈之下她攀上一棵歪斜的柳树，天可怜见，那开叉的树干中有个洞，刚好能容她蹲入其中。

刘渊带人走过树下，狡猾的他还抬头往树上看。枝叶掩盖了开叉口的树洞，站在树下看不出异样。队伍继续往前搜索，她听到孩子的哭声，听到刘渊在山谷中愤恨大喊："沈锦绣，你给我出来！"他像一匹受伤的孤狼，嘶哑的声音里满含杀气，如鬼魅般飘荡在空旷的山谷，"你若不肯出来，我杀了这两个孩子！"

她方寸大乱，哆嗦着刚想站起，却见一人冲到刘渊面前禀报："单于，小公主好像不行了……"

刘渊立即打马掉了个头，吩咐众人："快去最近的镇子找医师！"

大队人马远去，只余下树上泪流满面的沈锦绣。

刘渊没有再回来此处，但沈锦绣知道他肯定不会放弃，只能咬牙继续逃亡。她不敢走官道，只能远远顺着官道，靠摘些野菜果腹，到了晚间又是饥肠辘辘。夜晚也不敢生起火堆，又冷又饿又害怕野兽，担惊受怕熬过了一夜。第二天当前方出现市集时，她只能冒险进镇子。她必须购买食物，运气好的话说不定能碰上去晋阳的商队。

她以头巾裹住头脸，尽量收拾起一身的狼狈，装作是出门采购的村妇。在集市上，她采购了些馕饼，又买了些随身物件，最后装作随意地去商队集散地，可她刚一开口问有没有商队去晋阳，突然一群商人围住了她。那些人露出武器，原来是兵士伪装而成。

她被带到镇子外的营地，押到面色铁青的男人面前。一巴掌狠狠劈下，直砸得她眼冒金星，视线过了好一阵才重新聚焦到他脸上。他瞪着她，目光阴烈，仿佛燃烧着无尽的火焰，火焰深处却是无边的黑暗。

他去大陵的当晚就有快马送来消息：沈锦绣不见了，城外发现了一队护卫的尸体。他立即推测出，有人帮她逃跑，且是势力不弱之人。他当即放弃迎亲，率众回头追赶，在途中不断接到快马急报：高平、新兴、祁地、大陵，还有左国城等库藏驻地被偷袭，囤积的粮草甲仗尽被焚毁。一夜之间，他积聚数年的军资毁于一旦。最关键的是，此事将极大影响他好不容易建立起来的各部落联盟！

怒不可遏之际，他想到了沈锦绣，定是她偷绘了他的地图！而勾结她做此事的只有一个人，那位腹内藏刀的护匈奴中郎将——羊玄之！果然，他派去盯梢护匈奴中郎将驻地的探子来报，府内空无一人，羊玄之不知去向。

想起羊玄之，刘渊恨不能生啖他的肉，敲碎他每一块骨头。他用粗糙的手一把掐住她下巴，毫无怜惜，满是戾气：“他给了你多大的好处，让你连孩子都不顾？”

沈锦绣嘴里涌出一股腥气，却强吞了下去：“他答应送我和孩子回去。”

他磨牙霍霍，瘦削的脸狰狞变形：“只怕还有奸情吧？说，什么时候勾搭上的？”

沈锦绣没有回答，只以清亮的眼看着他。这是她第一次毫不避忌地直视刘渊，目光里再没有恐惧。脸色虽苍白憔悴，眉宇间却是置生死于度外的漠然。在这样的眼神下，刘渊的煞气生生被折了几分，生出挫败的无力感，将她一把扯到胸前，在她耳边哑着嗓子低声嘶吼：“这三年来我可曾亏待你？你的心到底是什么做的！”

沈锦绣悲从中来，刘渊近在咫尺的脸在泪花中一点点模糊："单于的确待我不薄，让我吃饱穿暖，可除此之外呢？我没有自由，一辈子见不到亲人。我只是个小妾，你是我的主人而非丈夫。而你，你要挑起战争，要杀我的族人。战乱起时会有更多像我这样的无辜女子受凌辱，我总得做点什么，才对得起养育我的父老乡亲。"

"凌辱……凌辱……"他不停重复这两个字，如烈焰般的眼眸转而蒙上彻骨的冰寒，"原来在你眼中，是凌辱……"

刹那间，沈锦绣眼前飞快闪过好几个画面。许多个夜晚他对她无度地索取，她会在那时看到他眼中复杂的神色。他喜欢逗弄阿曜和灵儿，会露出难得的微笑。这些，是他与她少得可怜的温情互动。她偶尔也会贪恋这微薄的温暖，就像野地里被冻了太久的人贪恋那一点点萤火的光芒。可这点热量，终究无法取暖。

他放开她的衣领，瞳仁恢复一贯的深邃幽暗："背叛我的人会是什么下场，你该知道。"

沈锦绣点了点头，声音如一潭死水："我死不足惧，但孩子是无辜的，他们也是你的血肉，愿单于善待他们。"

他没有说话，只抽出腰间长刀。沈锦绣微昂起头，平静地闭眼。刀刃闪着冷光，正欲劈下，前方飞奔来大队人马，飞扬的竟是晋国旌旗！

刘渊的部下迅速聚拢，在刘渊身前列阵。那队人马飞驰到跟前，领头的男人一身铠甲也难掩儒雅，却有股巍峨高山般的气度，冲着这边高喊："刘渊，放了沈锦绣！"

沈锦绣还未搞清楚情况，已被刘渊一手卡住颈项拖到胸前，明晃晃的刀刃压住颈项，只需推进寸许便能血溅当场。刘渊冷笑着发问："她是我的女人，你凭什么让我放？"

羊玄之挥挥手，一辆马车从队后驶来，部属从车厢里拖出一个粗壮的年轻女子。那女子身穿匈奴喜服，满头珠翠已是凌乱不堪，口里塞了块破布，面色苍白，两眼无神。

羊玄之气定神闲，胸有成竹："怎样，值不值得换？"

刘渊见到那女子的面才猛然想到，这是自己未曾去迎亲的北匈奴公主！刘渊恨不能一口口将羊玄之的肉生吞下，此人太知道如何拿捏七寸了，他绝不能在此时得罪北匈奴。再看一眼对方的人数，约莫百余骑兵，跟他这边相当。且以羊玄之的手腕来看，此人精通兵法。若是战斗起来，胜负亦未可知。

刘渊铁青着脸，压在沈锦绣颈项边的长刀没有拿开，用力推一下沈锦绣，慢慢押着她往羊玄之这边走。羊玄之明白他的意思，下马从部属手中接过北匈奴公主，也一样慢慢朝刘渊走来。

两人在中间点停住脚步，一人手中押着一个女人。一个气势迫人，一个儒雅有度，两人皆不言语，细细打量着对方。刘渊将沈锦绣用力一推，沈锦绣倒向羊玄之，羊玄之一手圈住她身子，挡住了下跌的力道。羊玄之放开北匈奴公主，那粗壮女人立即奔向刘渊，刘渊却侧过身子，让手下搀扶住公主。

刘渊对着羊玄之冷笑："羊玄之，你怎知我不会追杀你？"

羊玄之小心搀扶着沈锦绣，以眼神示意部属将她带走，回身对刘渊微笑："此地离晋阳不过百里，在下早已通知了晋阳，来接应的大军就在前方。大单于不如就此打道回左国城，咱们后会有期。"

刘渊胸口涌起一股恶气，深呼吸几下强压住，脸上索性堆笑，对着仇人拱手："我有一事不解，盼侍郎为我解惑。"

羊玄之清雅回礼："大单于请讲。"

刘渊指向羊玄之身后的沈锦绣："此女精通医术。你既然花了那么大代价收买她，为何只偷绘地图，却不让她给我下药？"

羊玄之笑了，朗声道："大单于言重了，在下怎会出此下策。你若是死了，反倒激得匈奴五部同仇敌忾，彻底与朝廷绝裂，这可不是陛下想要见到的。"

刘渊脸色变了。

匈奴部落本惯放牧射猎，不事积蓄，逐水草而居，亦兵亦牧，来去如风。若是天降旱灾霜冻，成群的匈奴部落便南下劫掠。中原王朝组织起强大的军队反击，匈奴骑兵便四散开来，转瞬间化为天边零落的牧民。

自从日逐王率匈奴诸部南下归汉，已历两百多年，匈奴人与汉人杂居，筑城建屋，半耕半牧，已逐渐失去了对汉人机动作战的优势。刘渊不得不建立根据地，多蓄资财物力。短短三年间筹集起这么多粮草甲仗，是他对各部落威逼利诱加横征暴敛的结果。如今全数被毁，好不容易建立起来的联盟已是危机四伏。不杀他反而是上上策，他疲于应付内部事务，自然无暇顾及谋叛晋朝而自立。

刘渊死死盯着羊玄之，慢慢鼓起掌来："好，好！羊玄之，你是我刘渊碰上的最强劲对手。好对手难得啊，咱们有的是时间，总会有真刀实枪比出高低的一日。"

羊玄之拱了拱手，豪气大笑："好，羊某也期待那一日。"

羊玄之拍马回到自己队伍中间。刘渊盯着对面的沈锦绣，嘴角浮起残忍的笑意："我会养大你的两个孩子，不过，是以奴隶的身份。"

沈锦绣脸色瞬间变得惨白，刚想说话，却被刘渊打断："等他们长大成人，他们会来找你，他们会……"他顿了顿，清晰吐出三个字，"杀了你。"

死亡，对她来说太便宜了，活着才是最大的煎熬。每天在悔恨和担惊受怕中度过，日思夜想的儿女将是她最大的仇敌，还有什么报复比这更快意？！

第三十四章

交易

“你只要有这份血统便足够。”古丽再度贴上他耳畔，吐出的呼吸声清晰可闻，“我以整个塞族之力，将你推上单于之位。”

不知何处钻来的风，将暗室内昏黄微弱的烛光吹得摇曳不定，在地上拉出两道状若鬼魅的影子。除了这点光线，周遭是无边无际的黑暗，唯有沉重的呼吸声一下下响着，寂静得可怕。

一声轻轻的叹息，当年青春貌美的女子如今已是满身心的沧桑：“整整十七年了，他给我的报复如同噬心的慢性毒药，每时每刻都在侵蚀着我。我早已千疮百孔，唯有诵读佛经才能带来片刻安宁。”

沈锦绣望向眼前高大的年轻人，当年肉嘟嘟的可爱小脸早已没了踪迹，奶里奶气的声音也变得低沉磁性，她感喟地微笑：“当我第一次见到你，我便知道你是来杀我的。可我不怕，我早就盼着你来。阿曜，十七年前我便该死了，苟活至今也不过是想再见你和灵儿一面。如今虽只能见到你，我也已心满意足。”

阿曜沉着脸听她讲述往事，脸上的表情在跃动的烛火中明灭不定，幽深浓黑的眼眸里仿佛有无数道电光在劈闪。他吸了吸鼻子，声音嘶哑低沉：“若能回头再选一次，你会怎么做？”

沈锦绣苦笑一声：“我还是会偷那份地图。”见阿曜脸色沉了沉，她急忙解释，“我虽是女子，也知道人伦大义。如今汉匈间十多年未起大战事，我好歹做了一件有利于民众之事。”

他冷笑道：“所以，为了你那人伦大义，便可以牺牲我与灵儿？”

她拼命摇头，泪流满面：“若能重来一次，我宁死也不会与你和灵儿分离。”

“如今我才知道，灵儿的身体那么差，原来是拜你所赐！”他低声嘶吼，全然不觉泪水已漫溢出眼眶，“既然如此不甘愿委身于他，为何要生下我和灵儿？你可知道我们的日子是怎么过来的！”

他与灵儿自小伺候刘和跟刘聪，两位匈奴王子童年最大的乐趣便是欺辱他们兄妹。骂他们是汉人野种都是小事，更甚者一不如意便脚踢拳打。当得知自己与刘和刘聪一样也是王子时，他始终无法理解为何刘渊要这般对待自己的亲生孩子，谜底直到今夜才揭开。可他与灵儿何辜，上一辈的恩怨为何要他们来承担！

她泣不成声，一连串的“对不起”在哽咽中说得支离破碎。可她太明白不过，这改变不了儿女对她的恨意，她当初的选择早已注定了今日的结局。她凄楚凝视着对面那张充满恨意的脸，声音苦涩：“我不求你和灵儿的原谅，待此事一了，我会给你一个交代。”

阿曜还未来得及问她究竟要如何交代，暗室门外传来轻轻的叩响。有节奏的两短一长，令阿曜变了脸色。阿曜从怀中抽出匕首，沈锦绣却是摇头，轻声道：“是自己人。”

阿曜尚在疑惑中，沈锦绣已去开了门。一名女子飞快闪入，虽穿着极普通的粗麻衣料，用头巾刻意隐藏了娇艳的面容，可那身影却再熟悉不过，竟是古丽！

阿曜愕然，还未来得及发问，古丽已在催促：“天快亮了，你得赶紧回去。单于可是一直盯着你呢。”

阿曜自然知道刘渊不会信任他，他来羊府前已确定甩掉了盯梢。他最为困惑的是，古丽何时与沈锦绣串通在一起了？那句看似无意的“最危险之地反而最安全”其实是在暗示他，她早就安排好了他与沈锦绣的见面。

这两人之间究竟是什么关系？

他得即刻赶回去，自然无法当即询问。阿曜怀着满腹疑惑回到“柳府”，在刘渊眼皮底下唯唯诺诺听了一天命令。阿乐好几天不见踪影，刘渊当然会问起，阿曜早已备好说辞：派阿乐去蜀地采购药材了。灵儿常年需要进补，这些药材在匈奴地界极难购到。蜀地距洛阳甚远，阿乐即便半年后再出现也属寻常。当然，以刘渊的老谋深算，他是万万不会相信的。但阿乐是阿曜的奴仆，只是个小人物，待刘渊察觉到异常，早已来不及派人追踪。

夜深人静，仿佛知道阿曜的心思，古丽敲响了房门。阿曜让古丽入内，正要出言，古丽却扑向他，用手臂缠绕上他的脖颈，与他紧贴在一起。

阿曜烦躁地拧住她的手臂，刚想揭开这张虎皮膏药，古丽贴在他耳边轻轻说出一句乍听之下不明所以，细思却意味深长的话：“热娜是我小姨。”

热娜，这是个西域女子的名字。阿曜愣了片刻，才想起这是当年羊玄之派到沈锦绣身边的线人。这个名字，跟他和灵儿有极大的关联。当年她让沈锦绣跳车逃走，带着自己和灵儿被刘渊捉住。这女子后来怎样了？刘渊会放过她吗？

古丽吃吃娇笑，声音里充满媚态，眼里却闪过一丝哀伤，凑近阿曜耳语："你把戏做足了，我就告诉你。"

古丽说这话时眼光往窗外一瞥，阿曜即刻明白了。他不再试图拉开与古丽的距离，反而拉着她一滚，就势倒在榻上，另一手还顺便解开了纱帐的挂钩。

烛光摇曳，曼纱低垂，两人暧昧的姿势，交叠的曲线，勾勒出一幅香艳剪影映在窗上，令人遐想联翩。奉刘渊之命监视阿曜的人眼神直愣愣被钩住，再无心监听房内发出的喘息声中夹杂着的低语。

十七年前，左国城外，太浩湖畔。

狂风撼动着浩瀚的碧波，惊涛拍岸声似是怒吼。密密麻麻的人群立在湖边，略数一数，有千人之多，以孩子和女人为主。这些人长相和装束明显异于常人，高鼻深目，长颅薄唇，且是中原罕见的白皮肤。他们被匈奴兵士押解着，目光凝滞在正前方一名女子身上。

女子双手被绑，跪在湖边，衣衫褴褛，浑身是血，面目肿胀得看不出原有的容貌。大单于一手执鞭指向那女子，向着众人宣言："你们这些低贱的塞族人，你们的国家早已被灭，只剩你们这些老弱残幼。匈奴供你们衣食，给你们宿处，你们竟如此不自量力，勾结汉人妄图复国。"

远处苍茫逶迤的山峦被阴沉的乌云笼罩出死黑之气，闷雷在头顶上翻滚，夹杂着刘渊的怒吼："在我匈奴的地盘上，汉人有什么能耐保护你们？唯有匈奴才是天之骄子，你们人人都得屈服！"

傲慢的怒吼被一声轰鸣的雷声盖住，狂风肆虐，将众人的衣襟吹得凌乱。大单于睥睨这些外族人，执鞭指向跪在地上奄奄一息的女人："给你们一条生路！这个女人勾结汉人是她一人所为。你们每个人踩她一脚，让她死在自己族人的脚下，我便赦免你们所有人的罪。"

众人沉默无语，半晌无人上前。刘渊朝离他最近的那行人走去，用鞭子指着一个年过半百的塞族人：“你上去！”

那老者将眼帘垂下，仿佛充耳不闻。刘渊一个个指下去，无一例外，那些人皆纹丝不动。刘渊气急，脸色越来越青，猛地将腰畔长刀拔出，吩咐部众：“从一往下数，数到第十人便拖出来杀了！”

人群在战栗，被数到之人不由分说被拉出来拖到湖边，却仍无一人求饶。刘渊看向那些老弱残幼的塞族人，即便有孩子眼里流出恐惧，也被身边的大人牢牢牵住手，不让孩子屈服。

热娜不顾浑身的伤，向刘渊爬去，竭力大喊：“大单于，是我一人之罪，你杀我便是，与我的族人无关！”

一名五岁的小女孩被数到，匈奴兵士正要拉她，被她身边的母亲推开：“我来替她！”

年轻母亲被拉走。小女孩哭着要妈妈，被身旁族人死死抱住。那母亲转头对孩子大喊：“记住，你小姨没有错，她只是失败了而已。我们塞族是风之族，本就该在天上自由飞翔！”

湖边堆积了许多尸体，这位年轻的母亲也被押到尸堆旁。热娜泪流满面，呼唤着姐姐的名字。她朝热娜笑了笑，在屠刀落下前用塞语唱起了歌。歌声悠扬，似轻灵的白鹭一飞冲天，在混沌的天际袅袅回响。那歌声仿佛一针镇定剂，将所有塞族人的惊慌失措安抚了下去。人群中开始有人回应，与她一起唱这首歌。刀光落下，可歌声未弱，渐渐汇成一片海洋，与昏暗的天地融在一起，辨不清方向。

刘渊气急反笑：“好，好，塞族人自诩风之族，果然有骨气！”

他走到热娜身边戏谑地看她：“你以为我只会杀人吗？”他站起身，嘴角浮出一丝冷笑，对着众人大声宣布，“塞族人须永世为奴，世代为热娜的背叛承担罪责！”

关于那天湖边的回忆，五岁小女孩唯有一个感觉：冷，冷极了。那森森寒冷直渗肌肤，冰冻彻骨。大单于当着所有人的面亲手杀了热娜，随即那堆尸体被淋上火油烧掉了。她母亲、小姨，皆在其中。当古丽说到那小女孩时身体不住颤抖，眼里流出阿曜从未见过的恐惧。阿曜明白了，她便是那个被母亲替下的孩子。

烛光摇曳，纱帐被微风轻轻吹拂，阿曜与古丽半躺在榻上，身体虽保持着暧昧的姿势，神色却是黯然，谁还能在如此沉重的回忆面前起半分遐思。

阿曜低声叹息："原来你早就知道沈锦绣是我母亲！"

那晚白羽舞团演出，莫名其妙加塞进来的节目，一个年轻人命中注定要弑父。原来，那是古丽在暗示他。

"我比你早一步想到她可能躲在羊府，连续蹲守了几夜，终于等到她的出现。"古丽嘴角浮起一丝笑容，碧绿眼眸中闪动着难见的真挚，"果然，只要亮明热娜与我的关系，你母亲便能信任我。"

阿曜沉默片刻，低声问出："你不恨她吗？若非是她，你母亲和小姨都不会死。"

古丽却是答非所问："我小时候见过她，也见过你。"

阿曜愣了一下，他完全没有印象。关于母亲，他的记忆实在少得可怜。

"我出疹子，小姨央求她来为我治病。她很快就来了，怀中抱着个漂亮的男娃，那就是你。"古丽陷入回忆，目光温柔可人，更显艳色无双，"我那时病得很重，其实也没什么印象了。只隐约记得她很美，声音轻柔，丝毫不嫌弃我们这些奴隶住的破帐篷，我以为她是天上的仙子。你给了我一块糖糕，我不记得你那时的模样了，只记得糖糕很甜。那是我生平第一次尝到甜味。"

阿曜不知该如何回答。在单于后宫，古丽是个独特的存在。身份只是奴隶，待遇却比阏氏们还高。为了打造一枚有用的棋子，刘渊在她身上可是花了大血本。请名师指导琴棋书画、丝竹舞蹈，还教她骑射格斗、逃生技法。他第一次见到古丽是在六年前，在刘渊款待北匈奴部帅的盛宴上，那时的他只是个端茶斟酒的小奴隶。那晚古丽化着浓妆，穿着稀少的布料，一曲曼陀铃舞将全场男人撩拨得丑态毕露。当晚她便被刘渊送到了北匈奴部帅的床上。这之后，她辗转于不同男人之间，为刘渊巩固联盟起了极大作用。

阿曜从不觉得自己能有机会认识这名艳丽女子，即便后来他身份不同了，也不会跟她打上交道。没想到，他被派往洛阳，刘渊竟指定古丽与他同行。更没想到，原来在他尚未存下记忆的童年，他与她早已有了交集。

阿曜沉思片刻，犀利地看向她："你知道了我母亲的下落，却又不报给大单于，你究竟是何打算？"

古丽不是常人，他绝不会因为她刚刚描述沈锦绣时真情流露，便天真地以为古丽会报恩，放沈锦绣一马。若非有更大的企图，她怎会在如此敏感的时刻，冒着随时会泄露的危险，在这错综复杂的关系中走钢丝。

古丽眼中闪过一道精光，赞许地笑了："果然没看错你。"她旋即将声音压得更低，凑近阿曜的耳朵，"我想跟你做一笔交易。"

"交易？"阿曜困惑地皱起浓长的眉头，"我有什么东西能被你看中？"

"你的身份，你是刘渊的儿子。"

"那又怎样？"阿曜苦笑，"大单于光儿子就有十几个，而且他对外并不承认我。"这身份其实是他最痛恨的。这是无形的镣铐，令他在过去的十七年中无从享受父母之爱，令他不得不一生背负沉重的枷锁。

“你只要有这份血统便足够。”古丽再度贴上他耳畔，吐出的呼吸声清晰可闻，“我以整个塞族之力，将你推上单于之位。”

阿曜愕然，如此疯狂之事，他连一丝念头都不敢起。他略拉开与她的距离，声音压得极低：“你为何不去跟刘和刘聪做交易？他们哪个不比我强太多。未来的单于，只可能从他们中产生。”

“正因为他们太强，单于之位唾手可得，他们是不屑与我合作的。”古丽冷笑一声，眼里满是鄙夷。这对兄弟借着身份，几次三番想把她弄上床，她连客套话都懒得说，直接告诉了刘渊。除非刘渊下令，否则这兄弟俩别想沾上她一寸肌肤，而刘渊才不会把这么有用的棋子给儿子们白白浪费了。兄弟俩忌惮老爹，不敢再对古丽出手，但背地里各种脏水可是没少往她身上泼。她早已料到，不管是兄弟俩中的哪一个登上单于之位，塞族仍将为匈奴人做奴隶，绝难有翻身之日。

古丽眼神熠熠发光，声音虽低，却饱含希望：“正因为你弱，才会抓住一切能助你强大的力量。现在弱，不代表将来弱。咱们豪赌一把，输了不过是一条贱命，而赢了，你才能做你真心想做之事。”

真心想做之事？阿曜心中一动，什么是他真心想做之事？灵儿，要一生守护她，他必须承担起她昂贵的药费。沈锦绣，不管心里对她有多恨，他绝不会如刘渊所愿，杀自己的亲生母亲。而要保护母亲，他要对抗的势力强大到他只能以卵击石。多一份助力，也许，他能为母亲寻出一条生路来。

还有，还有那个一念及便令他的心柔软下来的名字。当知晓自己的身世，他便已明白，此生与她再无可能。那是他另一个妹妹，同母异父，绝无可能。他能做的唯有保护她，像保护灵儿一样。她如今危机重重，整个家族陷入绝境。他若不强大，如何对抗那些要将她推入虎口的至高权贵们。他心中的三个女人，无论保护哪一个，都需要他殚精竭虑，用尽全力。

古丽看着近在咫尺的英俊男人脸色变幻，神思不属，微微一笑道：“你考虑一下吧，不必现在答复我。待你答复之时，再没有后悔药可吃了。”

阿曜看向古丽：“你的交换条件，便是塞族的自由吧。”

古丽毅然点头：“即便塞族剩下最后一人，也要回到故土，回归我们真神的怀抱。”她见阿曜出神地望着她，轻轻感喟，“刘渊的儿子里，唯有你真正明白自由的意义。”

她突然轻轻唱起歌来。虽压抑着嗓音，却能听出这是一副亮丽的好嗓子，清婉动人，若泣若诉。阿曜听不懂歌词，但知道这是用塞语所唱。她忘情哼唱，眼望虚空，仿佛看到了无垠的草原，辽阔的远山。

她嘴角噙笑，为阿曜解释歌词：“鸟儿在蓝天飞翔，鱼儿在水中游徜，花儿在草原开放。狂风骤雨阻挡不了我的梦，我会傲然飞翔，我是俄格尔山上自由的飞鹰。”她的目光渐渐凝聚，用清亮的眼定定看着阿曜，“这是我们塞族人流传千年的歌，我母亲临死前唱的就是这个。我从未对人唱过，今后也不会对第三人唱起。”

阿曜明白她的意思。她说得没错，有着如此曲折身世的自己，从小失去自由，至今仍禁锢在大单于编织的金色牢笼中，他比谁都渴望自由，渴望随心所欲做自己想做之事。无可否认，古丽所提的交易极其诱人，但风险之大，是拿命在赌。他可以不顾惜自己的命，可他背负得太多，不能随意丢了性命。

阿曜翻身下榻，看一眼窗外。他们在榻上密谋甚久，应该已能满足那些监视之人的好奇心了。他冲她点点头：“待我想明白了，我去找你。”

古丽知道这是在请她出去，娇笑一声，也下了榻。突然又凑近他耳边，声音软糯如甜腻的糖糕：“我可以留下来的。”

阿曜吓了一跳，一个箭步拉开与她的距离。之前与她在榻上密谈，两人距离极近，都未生出如此暧昧的情愫。如今被古丽挑起，他鼻尖渗出细微的汗水。阿曜转过头，不让她看见自己的尴尬，平复起伏的心跳：“我不会像别的男人那样待你。”

身后微微叹了口气：“我知道。”

静默了一会儿，细碎的脚步声响起，随着门的开合，他知道她已离去，方才松了口气。不知为何，那一瞬间在他脑中浮现的，不是古丽娇艳的容颜，竟是羊献容明媚的笑容。

第三十五章

踏入火坑

阿曜目不转睛望着她，刚想出声，献容扶住轿门先开了口："若你还存有报恩之心，我只求你一事。"

洛阳城南有处风景名胜之地，伊河穿山而过，将两岸生生剖成险峻的峭壁，一侧为龙门山，另一侧称为香山。山水相依，地势险峻，观之使人生出雄伟之感，被文人骚客誉为洛阳八大景之冠。这里，再过两百年将开始依山挖掘石窟大造佛像，从北魏一直延续到明代，成为中国四大石窟之一的龙门石窟。

献容一身男装，立于江边。她眼皮有些浮肿，掩不住倦色，都是这些天在山里吃的苦头。好在年轻扛得住，身着男装依旧俊俏，惹来许多村姑频频回头。阿乐走过来告诉她，刚卖掉马匹筹了些盘缠，船家说眼下正是午饭时间，要未时后才开船。见船坞旁就有一家颇大的茶坊兼客栈，两人索性去茶坊歇息，吃个午饭，也补充些干粮。

点好了吃食，等待的间隙，献容去茅房，阿乐则为献容擦几案，连碗筷也重新擦拭过。他总担心献容是世家小姐，被人伺候惯的，不喜这些山野粗人用过的东西。其实他真心多虑了，献容之所以与其他世家小姐们格格不入，便是因为她不爱装这范儿。她自小跟母亲学医，跑了不少地方为人诊治，还随母亲上山采药，哪有那么多讲究。跟着阿乐在山林子里走小路，除了累一些，她从没喊过苦。

阿乐正在勤快地各种擦拭，隔壁几桌人议论起什么皇上皇后。阿乐凝神细听，有一人说道："羊家可是七大世家之一，早就出过皇后，再出个皇后也寻常。"

另一人乐不可支："当皇后自然荣耀，那可是一国之母，只可惜咱们这位皇上……"

那人没说下去，周围已是一片会意的笑声。一名身穿丝缎之人，看起来像是个见多识广的商贾，跳出来爆料："能出皇后，哪家不愿意把女儿送进宫去。再说羊府在先前贾后案上犯了事，至今一大家子还关押在牢里呢。出了个皇后，一家子人可不就保全了？"

这话题太劲爆，更多人聚拢过来，纷纷询问："羊府出啥事了？"

还有人扒拉着那名商贾问："家族出事居然还能被选上皇后，这是何道理？"

"据说是赵王心腹孙秀孙先生保荐的，孙先生与羊夫人娘家是同族。"商贾得意扬扬，喝口茶水润润嗓子，"不过，听说至今还未找到羊家大小姐，三日后的册封大典上若还不出现，那羊家这一大家子，啧啧……"

人群愈加骚动，不少人急着问："羊家大小姐去哪里了？"

商贾摆出评书人模样，打算好好说道卖弄，猛然见到一张凶神恶煞的脸，斗大拳头在眼前晃了一晃，鼓起的手臂上筋腱暴起，一看便知不是个好惹的主。半截子话本已吐到嘴边，又立即咽了回去。

铁拳"砰"一声砸在桌面上，碗筷被震得叮当乱响，一声怒喝旋即而来："尔等妄议朝政，当心被官府捉去！"

阿乐的威胁果然管用。他虽一身布衣，但那暴怒的模样，凭谁也猜不到他的身份，还以为他是衙门中人。平头百姓们做鸟兽散，畏畏缩缩坐在一旁，再不敢乱嚼舌头。

献容从茅房回来，见到的便是这般光景。她虽觉诧异，可总不能逮着旁人问你们为啥个个做闷嘴葫芦状。她闷头吃饭，阿乐不时与她闲聊几句，见她脸上并无异样，终于放了心。看来刚刚那些话并未传入她耳中。

吃完了收拾东西，阿乐起身准备走人，突觉一阵天旋地转，身子不由跌回到凳上。阿乐立即明白了，抬头看向献容。献容面色凝重，歉疚地看着他："对不起。"

阿乐挣扎着想起身，却挨不过那一阵重过一阵的眩晕感。他用手苦苦撑着桌子，不让身子滑倒下去，从牙缝里一个字一个字往外挤："献容，回去你就是死——"

献容却是平静若水，似已做好了最坏的打算："阿乐，谢谢你一路护送。为了防止我听到消息，煞费苦心。可老天既然让我知道了，我就必须回去，这是我身为羊家人的责任。"

眼前的献容已是好几层虚影，阿乐怎样拼命眨眼都看不清楚，他努力说话，却是口齿不清，含含混混说出："我们一起去江南，我一辈子不离开你……"

这些话在献容听来只是一串不知含义的咕哝声，渐弱至无声，阿乐滑倒在地，彻底失去了知觉。

献容安顿好昏睡中的阿乐，提上随身行李，走出客栈。拐角处有一辆马车正静静等候，一位身穿斗篷之人手牵一匹马，立在马车旁。素净的玉色长袍，简单的白蓝搭配，仿佛山间流泉，晴空浮云，飘逸悠然若山水画中人物，朦胧得有些不真实。

献容走向那人，颔首行礼："齐王殿下久等了。"

司马冏默然点头，将车帘掀开，做了个"请"的手势。献容稳步登上马车，在内坐定。帘子放下，马车开始行进。这是通往洛阳的官道，宽敞笔直，比山野里躲躲藏藏不知舒服了多少倍。不出意外的话，明日她便能回到洛阳，走向她逃不脱、避不开的命运。

献容得知此事，并非是听到了客栈那群人嚼舌头。早在阿乐到处寻找船家时，她站在岸边发呆，突然司马冏来到她身边。乍见之下她惊骇不已，还未来得及出言，司马冏已先发制人："果然守在这儿是对的。想要保护你的人，一定是要把你往南边送，才能阻断你听到父母家人的消息。"

"父母家人"这几个字实在太牵扯神经，献容无暇去探寻为何司马冏会守在此地等她，急忙追问："发生什么事了？"

司马冏语气淡然，将她未知的消息言简意赅地告诉她，末了加了一句："羊小姐可以自行决定，是乘船南下保全自身，还是随我回洛阳。"

答案不言自明，献容必得回头。她心急如焚，向司马冏躬身行礼："请殿下稍等片刻，待我做些安排。"

司马冏递上一个小小的药丸："你可能用得上这个。"

就这样，献容用司马冏给她的药蒙倒阿乐，跟着司马冏回到了洛阳。马车在城门外一片林子里停了下来，这里能清楚看到高大城墙上的戍楼。司马冏请献容下马车，告诉她接下来她得自己入城。只要她亮明身份，立即会有司马伦的人前来接她。

献容明白他的顾虑。若是让人看到她与齐王在一起，恐多生事端。她认识司马冏多年，却从来只是点头之交，这是两人第一次真正意义上的接触。一路行来，司马冏虽是彬彬有礼照拂有加，却与她交谈不多。如今分别在即，未来只怕很难再有眼下这般独处的机会，献容抓紧时间问出心中疑惑："齐王殿下，能告诉我，为何你会来寻我么？"

司马冏那高远清澈的目光凝视在她脸上，却是答非所问："那一日，我是来提亲的。"

献容窘了一下，方才想起他指的是她一早在锦献山房外撞见他的那日。

"得知有两家公子争相娶你，我立即回了洛阳。"他声音低沉清润，说的话似有情，神态却似无意，"我一直希望能再续前缘，可惜，你父亲认为我身份特殊，与你再无可能。"

献容搞不清楚怎会在这种时候莫名其妙又被表白了，这与她眼下要做的事有何相关？可这些话从一位独具气质的艺术家口中说出，却有一种别样的赏心悦目，以至于献容脑子有些空白，一时不知该如何回应。她想起父亲让她选择琅琊王司马睿时曾说过，司马睿并非他心目中的最佳人选。难道，父亲所谓的最佳人选是眼前这个人？可为何父亲最终又没同意？

"若你父亲那时同意了你我之事，如今羊家便不会遭此大难，你父亲也不会命悬一线。羊侍郎被司马伦羁押，我想见他却无从入手。"他似在看着她，目光却有些缥缈。微微蹙眉，竟有种形只影单的落寞，"所以，我只能来寻你。告诉你事实，你有权知情，也有权选择。"

献容总觉得这逻辑有点奇怪，也许艺术家的思维模式与常人不同吧。她两手平措至左胸前，右腿后屈，屈膝低头，行了个标准的大礼："齐王殿下，多谢你赶来告诉我这一切。否则，未来我会恨死自己。"

司马冏目光闪烁，神色有些复杂："你不该谢我。"萧条的枝叶在他脸上投下阴影，将他落寞的神情挡得半明半暗，"若是未来你有何不幸，会恨死自己的是我。"

阿乐在客栈房间醒来时，已经过去了整整一昼夜。他肝胆俱裂，偷了匹马飞速回洛阳城，刚入得城内，听到街头巷尾纷纷议论："羊家大小姐一直住在山里的尼姑庙为父母祈福，直到今早才回来，得知了册封为后的消息。"

谁都知道这说辞逻辑实在不通，可谁也不清楚背后到底发生了什么，各种不靠谱的传闻乱飞，甚至有传羊小姐私奔去了，半路又被抓回。好在明日就是册封大典，她总算来得及赶上。阿乐询问献容如今身在何处，吃瓜群众热心告诉他，羊小姐一回洛阳便在城门口亮明身份，很快便有大队人马来接，直接入了赵王府。消息灵通人士甚至透露说，明日册封大典，迎亲的轿子不从羊府走，而是直接从赵王府出发呢。

阿乐失魂落魄回到"柳府"，他知道木已成舟，怎样都无可挽回。如今赵王府守备森严，他如何混得进去。为今之计，只能找阿曜商量了。

阿曜见到阿乐的第一反应便是将他拖入屋中，关起门来，先胖揍一顿。阿乐身手与阿曜不相上下，却任由阿曜的拳头落在身上，不解释，不抵抗，实在疼时只皱一皱眉头。

阿曜发泄一通后自己丧气地停了手。就算阿乐不说，他也能猜得出大致情况，定是阿乐不留神让她听到了封后的消息。她那么鬼精灵，有的是开溜的办法，阿乐如何拦得住。

昨日他在"柳府"听候大单于诏令，有随从奔入，向刘渊禀报：羊献容出现在了城门口，如今赵王府已得到消息，正派人前去迎接。

阿曜闻言心神大乱，完全没提防他的这番慌张失措全落在了刘渊眼中。

刘渊气定神闲地吩咐随从："去看看是不是真的羊献容。"

随从答应一声，刚要走，刘渊却叫住他，旋即将目光盯在阿曜脸上："你也一起去吧。"

阿曜吃惊地看了一眼刘渊。从刘渊一脸看好戏的神情中，阿曜明白了。刘渊其实早知道羊献容就是他阿曜放走的，甚至也知道陪着羊献容逃走的是阿乐。刘渊不说，是料定了羊献容必然会回来。他都不需要派人追踪搜索，只要四处散布羊献容册封皇后的消息，坐等小鸟自投罗网便是。

在刘渊老谋深算的目光注视下，阿曜不由全身发麻。前一日还与古丽密谋未来的单于之位，今日就看到了差距。他阿曜有何资格图谋这位子？论文韬武略，论计谋手腕，他差得不是一星半点。更别说心狠手辣，将所有人当作棋子，他除非灭绝一切人伦，否则难以匹敌。

阿曜带着极糟的心情赶到城门，刚好见到赵王府的人里三层外三层将城门围住，闲杂人员一律驱开。可有个人偏偏要跟赵王府对着干，只带了两名小厮埋头往里挤，嘴里嚷嚷着："我是琅琊王，让我进去！"

阿曜定睛一看，那高冠长袍却东倒西歪之人，正是文秀纤瘦的司马睿。平日的斯文儒雅此刻已被挤变了形，狼狈至极，却仍是不管不顾非要往里挤。奈何他的名号实在太弱，赵王府的府丁们任由他叫嚷，也不肯放他入内。

阿曜身边的人上前，亮出阿曜明面上的身份："这位是赵王义子司马明公子，他要亲眼确认是否真的是羊家大小姐。"

司马睿回头见到阿曜，脸上浮出嫌恶之情，不再往里硬挤，默默退向一边。赵王府的人为阿曜让出了一条道，阿曜不想跟司马睿打交道，扭头装作不认识，带着人往里走。

"明公子！"

阿曜回头，司马睿一脸的不情不愿，却强忍着对他的厌恶，走到他身边躬身行礼。阿曜忙侧身躲过这个礼，司马睿踏前一步，声音很低："请你无论如何劝住她，不要自蹈火坑。"

阿曜愣了一下，心里颇有些吃味。司马睿说这话时，言辞恳切，忧心忡忡。能为大局着想，将与他的情敌关系暂时抛在脑后，看来司马睿是真心为献容担忧。而这种敏感时刻能闻风赶来，只怕司马睿也一直在寻找献容。

看着他如玉一般的俊雅面容，即便衣襟博冠有些凌乱，依旧不掩高贵的气质，阿曜心里五味杂陈。若是没有阿曜的出现，献容想必已与他定亲，那便不会再有今日的危机重重。司马睿之与羊献容，原本是上天配好的眷侣，可惜却被他生生搅黄了。

阿曜没有言语，只是冲司马睿微微一点头，转身往内走。他带着复杂的心情来到城门洞口，见一乘奢华大轿已等候在旁，一大群人簇拥着一个小小的身影走向轿门。阿曜急了，不顾一切挤入内，终于看清了人群中的焦点。

还是那张明艳动人的脸，却带着疲倦与憔悴。一身男装粗麻布衣，凌乱的长发披散在肩头。她听到动静，扭头看向他。两人明明那么近，却仿若隔着万水千山，层层沟壑。那原本明亮温暖的目光，如今全被冰封，连带着周围的空气都凝固住，天地皆冻。

一瞬间，阿曜感到浑身寒意。

有赵王府仆役将轿帘掀起，献容木然踏上小脚凳，在旁人搀扶下入轿。阿曜目不转睛望着她，刚想出声，献容扶住轿门先开了口："若你还存有报恩之心，我只求你一事。"

她声音虽冷，却带着一丝期望。阿曜不明白为何她用了"报恩"一词，却不及思索，急忙点头。

"求你，照顾好无住师太。"

这是羊献容在世间对刘曜最后一点期盼。彼时，她尚不知阿曜与无住师太已经相认，更不知父母辈那些错综复杂的恩怨情仇。而已知悉这一切的阿曜，目视着轿子远去，心绪如潮水般起而复落，只觉脑中一团乱麻，千万头绪来回交缠却无一解决方案。

阿曜拿阿乐出气，暴打一顿后，俩人沮丧地跌坐在地上。偶尔目光接触一下，又别扭地各自转开。两人都不想说话，沉默了许久，一只袖箭由窗外射入，打破了这死一般的沉寂。

袖箭钉在柱上，箭尾的白色羽毛尚在微微颤动。阿曜跳起，取下袖箭上的字条，读后立即将字条烧了，对阿乐低语："你得帮我做件事！"

月色昏沉，星光稀疏，下过雨的地面泛着微弱的银光。寂静无声的街道唯有寒风呼啸而过，拽动道旁的树枝沙沙作响，恍如幽灵舞动。

阿曜由远及近走来，在地上投下长长的暗影。他身后不远处有个人，浑身黑衣只露出一双眼，悄无声息尾随着。阿曜蹲下，假装掸去鞋上的灰尘，那人便也停住脚步，猫腰躲在屋柱后。此人的注意力全在阿曜的一举一动上，浑然不知螳螂捕蝉黄雀在后，颈侧突遭一记掌击，未及吭声便瘫软下来。

阿曜冷静地回头，阿乐从那人身后转出，对他做了个清除干净的手势。阿曜点了点头，疾步奔向暗夜中那一大片高宅大院。

两短两长的敲击声后，墙壁突然被从内推开，一个妖娆婀娜的身影手执蜡烛出现。阿曜没有丝毫意外。那支袖箭是古丽的信物，古丽派了个可靠的族人来"通知"他。

古丽见到阿曜，与沈锦绣交换了个眼神，便走出暗室，让母子单独相处。

沈锦绣看着阿曜，声音温柔祥和："是我让古丽通知你的，我想见你。”

阿曜不习惯她慈母般的目光，扭过头去没有吱声。沈锦绣继续说道：“找你，是为了献容。这孩子竟在这时出现，以她一人自蹈火坑来救羊家三百多人。”

阿曜脑中浮现出前一日在城门见到她的情形。想起她那木然的神态，心仿佛被无形之手捏住，声音不自主起了哽咽：“我也想救她，可我力量实在太弱……”

沈锦绣观察他的神色：“你钟情于她吧？”

如同一道闷雷在头顶劈过，轰隆隆作响，震得他耳鸣不已。钟情这两字在脑中不断被放大，伴随着献容挥之不去的笑靥。是的，是钟情。他钟情于她，如鲸向海，如鸟投林，不可避免，退无可退。

可是——

他已压抑到极限，稍一触碰，便好似决堤般喷薄而出：“我怎有资格对她钟情？”愤怒与悲哀交织成一片，他如同受伤的野兽低声嘶吼，“她是我妹妹！”

第三十六章

母与子

阿曜泣不成声，紧紧抱住她，再也没了顾忌，放声大喊：“母亲！”

与献容相识以来，或有心算计或因缘巧合，阿曜有太多次机会与她亲密接触。且不说献容扮成娈童与他相拥，他扮成侍女见到了沐浴中的献容，还有密室中近距离疗伤，两人议亲时诸多单独相处，更有他中了龌龊之药差点控制不住自己的危险时刻。若是定力稍差些，他早已把持不住。可无论何种情形，他都最终控制住了自己。其他的理由都是借口，他心里清楚，真正原因只有一个：他害怕她是自己的妹妹！

虽然从未有人明确告诉他，沈锦绣就是他的母亲。可是从刘渊非要他杀沈锦绣却不给出理由，从古丽有意无意的暗示中，从来洛阳后种种说不清道不明的迹象中，他早已存下了怀疑。这怀疑在心中越来越大，愈来愈重，压得他喘不过气来。他可以按计划接近羊献容，向她提亲，与她各种交往，但绝不会被欲望驱使，头脑不清犯下大错。这条人伦的底线，他必须死守到底。

天知道他守得有多苦，有多少次内心疯狂叫嚣着想要吻上她甜美的唇，想将她玲珑的身体紧紧拥入怀中，甚至，梦中想要得到更多。这欲望，越抵制燃烧得越热烈，他已快将自己烧干之际，母亲与他相认了。折磨他多时的猜想最终被证实，羊献容果然是他一辈子都不能碰的女人。

阿曜痛苦的神情让沈锦绣心疼不已，叹息着摇了摇头："看来，你对她用情已深。"

阿曜深呼吸几下，扭过头去不语。

"如果，她不是你妹妹，你会高兴吗？"

阿曜猛地回头，呼吸仿佛凝滞了，愣愣看着沈锦绣微笑的脸。

"献容与你并无血缘关系，她的生母是宏献的原配孙夫人。此事只有极少人知晓，连献容本人都不知情。"

阿曜脑中似被冻结，停滞了许久后方才醒悟。宏献是羊玄之的字，沈锦绣以表字称呼他，可见两人的关系。而沈锦绣一直顶着羊玄之夫人——山东孙氏的名号，羊玄之是拿沈锦绣冒充了他自己的原配妻子啊。

沈锦绣眯眼回忆："当年刚回到晋阳，宏献便收到消息。他夫人待产时跌了一跤，加上胎相本就不好，所有医官束手无策。"

那时，回到晋阳的沈锦绣才知道，羊玄之早已安排她家人逃往江南。他让沈锦绣从此断了与家人的一切音讯，不知道她的生死，对沈家人来说反而是最大的保护。沈锦绣当然明白羊玄之的苦心，可从此骨肉分离，生死不知，真真是痛彻心扉。加上思念两个孩子，又被刘渊的诅咒折磨得寝食难安，沈锦绣状态很糟糕。

羊玄之亦是歉疚至极。他本可以将沈锦绣交与朝廷安置，却怎样都无法丢开这责任，走到哪里都带着沈锦绣，亲自保护她。他夫人乃是山东孙家嫡次女，闺名孙少华。羊玄之受命前往匈奴后，孙夫人才发现自己受孕了。此时孕期将满，羊玄之接到羊府来信，说孙夫人的状况危险至极。她不知从哪里听到谣言，说羊玄之得罪了匈奴单于，被抓了起来，生死未卜。孙夫人心慌之下跌了一跤，腹痛难忍，情况危急。

羊玄之自然焦急，想到了沈锦绣的医术，便带她匆忙赶回洛阳。

日夜兼程赶到羊府已是深夜，产房内乱成了一团。一盆盆触目惊心的血水不停往外端，屋内充斥着哭号声与呵斥声。原来孙夫人痛了整整一昼夜，却怎样都生不出来。孙夫人身体本就娇弱，痛了这么长时间，精力耗尽，此刻已是气息奄奄。

沈锦绣进入产房，当她看到面色惨白如鬼魅的孙夫人便知不妙。产妇出血太多，身体冰凉，已无知觉。稳婆企图灌参汤，无论灌多少都流了出来，她已连吞咽动作都无力做了。沈锦绣为她搭脉，从极微弱的脉息中知道已是无可逆转。她长叹一声，难过地看着孙夫人尚是隆起的肚子，突然蹦出一个大胆的念头。

门外，羊玄之正在焦虑地来回踱步，见沈锦绣出来，急忙迎上前，话都不及说，只拿眼神询问。沈锦绣摇了摇头，羊玄之顿时悲痛欲绝。

沈锦绣小心翼翼说道："夫人此刻还未咽气——"

羊玄之瞪大了眼，瞬间又觉得有了希望，急切地打断沈锦绣："她还活着？"

"最多撑不过半个时辰。"沈锦绣咬牙，冷静说道，"羊侍郎，你必须做个决断。若你即刻下决心，尚能保孩子一命。"

羊玄之被惊到了："如何保？"

沈锦绣面色凝重，声音沉重："趁着孙夫人尚有最后一丝气息，剖开肚子，取出孩子。"

羊玄之被惊得后退两步。

沈锦绣继续以医师的冷静口吻告知："只是，孙夫人的命，再无可能挽回。"

羊玄之眼睛瞬间红了，嘴角剧烈颤抖，张了好几次嘴，方才说出一句完整的话："若是你，你会如何选择？"

沈锦绣深吸一口气，看向他蓄满泪的双眼："我也是母亲，即便要交付自己的性命，我也会让孩子活下去。"

羊玄之身体颤抖着，闭目流下两行清泪，缓缓点了点头。

剖开孙夫人肚子时，沈锦绣努力让自己做到绝对冷静，不出一丝差错。不知是否是她的错觉，当她取出孩子时，似乎听到了一声满足的叹息。她不敢分神，将孩子头朝下拍屁股。孩子发出哭声，她方才松了口气，这才发现汗水已浸湿了后背。稳婆上前为孩子清洗，她看向床上的孙夫人。她已没了气息，嘴角不知何时挂上了一丝笑意。沈锦绣凝视了孙夫人许久，不知为何，她总觉得自己与她虽未谋面，却极熟稔。也许，只有做母亲的才能懂得另一个母亲的心思。

沈锦绣将小小的婴儿递到羊玄之手上："是个漂亮的女孩。"

羊玄之忍不住埋首在孩子身上，任泪水滴落，哽咽着看向沈锦绣："这孩子命不该绝。既然是你救的，你为她起个名字吧，她是献字辈。"

沈锦绣以手逗弄婴儿吹弹可破的粉嫩肌肤，想起了灵儿刚出生时的模样，不由心痛，沉吟片刻道："这孩子眉目清秀，日后定会有娇丽的容貌，就叫献容吧。"

羊玄之在孙夫人尸身前静坐了良久。已过子时，四周一片死寂。羊玄之请沈锦绣到一旁耳房内单独说话，还未开口便是深深一鞠："夫人，这孩子与你如此有缘，你来做这孩子的母亲吧。"

沈锦绣被惊到了，急忙后退几步避开了羊玄之的大礼。

羊玄之神情真挚，语气认真：“你要隐姓埋名，无论去到哪里都不安全。你若是信任在下，索性扮成在下夫人，由我来保护你下半辈子。”

沈锦绣再三推脱，但羊玄之心意已决，晓之以理动之以情，沈锦绣也渐渐被他说服。的确，羊玄之这里是她最好的躲藏之地。孙夫人嫁过来不到两年，她本就不喜交际应酬，自嫁给羊玄之后大都在府里过小日子，见过她的人并不多。沈锦绣懂一些易容术，羊玄之亦会遣散所有见过孙夫人的奴仆，另招一批人进来。加上深居简出，跟山东孙家慢慢断掉联系，沈锦绣便能以孙夫人之名活下去。

羊玄之对知情人下了死命令，绝不能泄漏孙夫人过世的消息。孙夫人秘密下葬，至今连个墓碑都没有。每年忌日，唯有寥寥数人暗中祭奠。孙夫人身前最贴心的丫鬟宫玉曾亲眼目睹了沈锦绣施救孩子的整个过程，对沈锦绣心存感激，愿将沈锦绣当作前主人伺候。后来，沈锦绣在羊府里得到宫玉诸多帮衬，名为主仆，沈锦绣却从未将她当奴仆对待。

沈锦绣人到中年后寄情佛法，发愿出家。羊玄之拦不住，只得在郁山自建了一所小尼姑庵，让沈锦绣在此安静修行。羊玄之不愿外人知晓此事，做出沈锦绣仍在府内的种种假象，所有假象都是通过宫玉安排。她一直未嫁，中年后被称为宫嬷嬷，在羊府极有威严。

“你想，献容只比灵儿小了数月，怎可能是我的孩子？不过献容并不知情，她以为我就是她生母。”沈锦绣讲完这段往事，由衷感慨，“她由我一手带大，在我心中，她与你和灵儿一般，甚至更亲。若没有这个孩子，我实在不知道该如何熬过漫长孤寂的岁月。”

献容出生时情况如此特殊，身体先天羸弱，幼儿时期极难养活。沈锦绣将全副身心扑在她身上，日夜不眠地照顾，想尽一切法子为她调理。幸好她医术高明，羊府又不缺钱，这孩子终能成活。羊玄之对她极信任，在如何养育献容这件事上，全权交与沈锦绣。

所有世家对自家小姐唯一的培养目标便是调教出一个日后的世家夫人。琴棋书画都不是重点，关键得懂女红会理家，深谙上流社会的礼仪和谱牒，再学些偏门知识，比如如何智斗小三，如何拿捏老公，等等。可沈锦绣本就不是世家出身，又经历了如此惨痛的命运。她不希望献容的人生唯有嫁人生子，如菟丝花一般，到死都只能攀在一棵树上。晋廷内有朝纲不振皇帝痴傻，外有匈奴羌人虎视眈眈，未来的政治局势必云谲波诡。若是不幸遇到乱世，一个弱女子必得有自保的本事。

所以，沈锦绣未雨绸缪，有意多培养献容一些生存技能，减少世家小姐的不良习性。自她五岁起便让她每天在园子里跑步，做华佗流传下来的五禽戏。每天坚持锻炼的结果就是，献容越来越活泼健康气色好，谁能想到她曾经差点是死胎。

献容想学些什么，沈锦绣也从不压制，任她自由发展。献容愿意学医，沈锦绣便倾囊相授，带她入山采药，让她熟悉各种野菜野草。带她去贫民窟为穷人治病，让她自小学会不以阶层区分人。沈锦绣很是自豪培养出了一个能独立思考有自主人格的孩子，这是她十七年来唯一的心灵慰藉。这孩子对她的意义，比她两个亲生孩子还要重。

听完这一切，压在阿曜心上许久的巨石终于落了下来。他由衷喜悦，终于可以光明正大承认对献容的感情。可雀跃只维持了一瞬，想到她如今的处境，阿曜的心境又跌回谷底。明天就是皇后册封大典，他却没有任何能力阻止。他与她，此生难道就此错过？

沈锦绣从柜子里拿出一封油纸包住的点心，是桃酥，却只有一个。她没有招呼阿曜吃，只自己一小口一小口咬着。

阿曜没有在意这桃酥，充满期望地看向她：“如今，我还有什么法子可以救她？”如此敏感的时刻，沈锦绣不顾危险将他叫来，定是仍有挽救之机。

不料沈锦绣长叹一声：“来不及了。她父亲的生死悬于她手，献容必须坐上这个皇后之位。”

阿曜绝望，继而自责内疚：“都是我的错，是我将她推入了火坑……”

“你是被逼的，而况，现在说这些已无济于事。”沈锦绣将手中残余的最后一点桃酥一并放入口中，慢慢嚼着咽下，“别再自责了，我们既然阻止不了此事，便该往后看。从她当上皇后的那一天起，才是真正的危机来临。”

阿曜心神剧烈一动，看向沈锦绣忧心忡忡的脸庞。

“赵王对那至尊宝座垂涎已久，他已年老，必定等不了太久。如今他控制了皇帝，想来不会弑君，而是会玩禅让的把戏。”暗室内气温颇冷，可沈锦绣额头却涔涔冒出汗来，她用帕子擦去汗水，“被废的皇帝尚有利用价值，一大群司马宗亲都会抢着争他。可被废的皇后会是什么结局，史书上太多例子，没有一个得了善终！”

阿曜不由自主打了个冷战。

沈锦绣额上的汗水越来越多，身体也有些摇晃。阿曜看出她的不对劲，担心地问她怎么了，沈锦绣摆了摆手，继续说道：“阿曜，献容能否活下来只能靠你了。你要救的不是羊府小姐，而是晋国皇后。那意味着你得跟手握重权之人争斗，你敢吗？你能做到吗？”

阿曜沉声应允，声音坚定有力：“只要能救出她，付出性命我亦甘愿！”

“不要轻言付出性命，你的性命很重要。别忘了，你还有灵儿要照顾。”她停下来喘气，汗如出浆，皱着眉头似在隐忍痛苦。阿曜想要搀扶她，却被她摆手拒绝，扶着椅背方才站稳。

“要跟他们斗，你必须强大起来，争取一切你可以用的力量。明日大典上，献容的父亲会被放出来。他有勇有谋，又极爱献容，必能与你联盟。只是……”她苦笑着叹了口气，“他跟刘渊是一辈子的死敌，只怕对你不会……”

她说得越来越艰难，身体晃动的幅度更大，语速愈来愈急，仿佛在追赶时间：“若是一时无力，不要沮丧放弃，更不可鲁莽冒进，要学会韬光养晦，等待时机。”

这几句话似乎费了她极大的力气，她站立不稳，往下瘫倒，阿曜慌忙上前想扶住她。还未触到，她已整个人瘫软在地上。

阿曜瞬间明白了，厉声质问：“你刚刚吃的是什么？！”不等她回答，他将沈锦绣的手臂绕上自己肩膀，另一手托住她的膝盖弯处，将她抱起，疾步向暗门走去，“我带你去找医师。”

她枕在儿子的肩头苦笑：“不必了，我沈锦绣放的毒，有几个医师可解？别浪费时间，听我说完！”

阿曜的心猛地一抽，双眸通红：“为何要这么做？！”

“拿我的头颅交给刘渊，取得他的信任……”腹痛越来越难忍受，她痛苦痉挛着，嘴角淌出腥气的黑血，“这个死局，必得以我的头颅才能破解。”

阿曜的身子如筛糠般颤抖，眼里涌出灼人的泪花，愤怒地嘶吼：“我不需要你这么做！我才刚与你相认，灵儿还不知道你的存在，你怎么能就这么走了，你抛弃我们一次还不够，还要永远抛弃我们吗！”

“对不起……”她颤抖着伸手想要抚摸阿曜的脸，阿曜慌忙握住她的手放在自己脸上。沈锦绣满足地感喟一声，“跟我多说说灵儿，她是个怎样的女孩……”

阿曜悲从中来，握着母亲的手，急急说道：“她清秀可人，性格温和，无论何时都笑着，受了再大委屈也从不抱怨。她有一双巧手，是左国城技艺最高超的绣娘，只要给她看一眼花样，便能立时绣出来。我们还在困苦时，靠着她为人做刺绣，熬过不少时日。对了，她还有一副百灵鸟般的嗓子，比草原上任何女子都唱得好听。每当我心情不好，她唱歌给我听，我便不再烦恼，又能充满勇气去面对一切不公。”

沈锦绣原本晶亮的眼眸慢慢黯淡下来，听着阿曜絮絮叨叨，腹内却是阵阵绞痛，又呕出一口黑血：“可惜，我听不到了……”

阿曜痛心地用帕子抹去她嘴角的血，哽咽道：“她一直期待见你，一直坚信你当年是逼不得已才抛下我们……”

“我的灵儿是个善良的孩子……”她张嘴一上一下呼吸着，说得断断续续，“见不到灵儿，是我最大的遗憾，唯有将她寄托给你照顾了……”

她费力指了指床边斗柜：“里面有四封书信，帮我交给献容和她父亲，还有给你和灵儿的……”话未说完，她的手颓然垂下，气息渐弱。

阿曜泣不成声，紧紧抱住她，再也没了顾忌，放声大喊：“母亲！”

沈锦绣脸上已覆盖了一层黑色的死气，闻言眼睛倏然一亮，嘴角噙笑，已是回光返照：“这是你第一次唤我……”

阿曜叠声唤着“母亲”，心里一阵铁爪挠心的剧痛。还未来得及告诉她，他梦中常会有一个软糯好听的声音出现，轻柔地唱着摇篮曲。她的身影笼罩在一团白雾中，看不清面貌，但必定是个美丽的女人。他知道这就是他的母亲，跟天底下所有母亲一样，她深爱着自己的孩子。在梦中，他已唤过无数次“母亲”。他只有在梦中才能喊得毫无障碍，喊出自己深深的依恋。

阿曜握住她的手，声音沙哑："我不恨你了……我其实，从知道你是我母亲的那一刻起就无法恨你。只求你，别离开我……"前路是如此迷茫，浓雾笼罩，他需要母亲的指引。自小缺失的母爱，从未享受过的人伦之乐，他需要从她身上重新去感受。上天已经剥夺了一次，为何还要让他再度失去？

烛光映衬在沈锦绣的侧脸，她脸上焕发出最后一丝微弱的光彩，眼神渐渐涣散："要保护好献容，她左眼看不见……"

阿曜怔住。

沈锦绣的嘴唇在轻微翕动，声音弱到几不可闻。阿曜贴耳附在她嘴唇上，只听到这几个字："为了救两个陌生人……"

阿曜神魂大乱，急切追问："是在晋阳吗？救的是不是两个匈奴小奴隶？"

沈锦绣再无力撑眼，喉咙里冒出一串血泡，费力发出了几个模糊音节。阿曜待要再问，蓦然发现怀中的母亲停止了呼吸。

屋内昏黄的烛光已燃到尽头，挣扎着跳动几下后熄灭了。袅袅青烟上升，四周陷入无边无际的黑暗，寂静得可怕。时间仿佛凝滞在了这一刻，身心已麻木，周遭的一切对阿曜全然没有了意义。

不知过了多久，打火石摩擦的声音响起，一根蜡烛被点燃，火光跳动着将眼前人拉出长长的暗影。

古丽默默看着坐在地上的阿曜。他抱着沈锦绣的身体，充血的眼睛红得可怕，脸上的哀恸连见多了生离死别的古丽也不忍直视。

阿曜痴痴看着怀中的母亲，她如同睡着一般，紧闭着双眸，嘴角还带着一丝慈祥的微笑。那么美，那么温柔，一如他记忆中的母亲。只是，她再也无法温柔地看着他，无法为他指明方向。不再起伏的胸膛，没有一丝温度的身躯，在一遍遍告诉他一个不愿面对的事实：他认回母亲仅仅过了三天，便永远失去了她！

古丽叹息一声：“放下她吧。悲伤需要尽快过去，你没有太多时间了。接下来的事，你……还是出去吧。”

阿曜抬起满是泪痕的脸，冷冷看向古丽：“是你跟她说的？”

古丽没有说话。

第三十七章

第二个誓言

他是棋里的卒子，一旦过河，只能往前冲。要不身死，要不成王，再无回头之路。

阿曜没有猜错，羊献容自投罗网的当夜，古丽秘密前来见了沈锦绣。她没有任何废话，开门见山亮明来意：“夫人，请借你头颅一用。”

沈锦绣出人意料的镇定，似乎早有心理准备，点头示意古丽说下去。待古丽将计划和盘托出，沈锦绣难以置信：“此事成功把握极微，难道你宁愿搭上自己的性命？”

古丽说得斩钉截铁：“热娜为了塞族人的自由宁愿一死，我也一样。”

沈锦绣眉头微皱：“身为母亲，我绝不愿自己的孩子身陷危局。为争到那至高之位，须得付出多少牺牲，甚至泯灭人伦亲情！”

古丽一改往日的娇媚，神色甚为肃穆：“夫人洞察世情，当知天下大乱已近在眼前。乱世之中，唯有强者才能活下去。无论刘灵还是羊献容，皆非常人所能保护。更何况，他刘曜不去争夺单于之位，身上却混杂着大单于和汉人的血，你觉得等待他的命运会是什么？”

沈锦绣沉默了。刘曜的身世太复杂，既有问鼎单于王位的血脉，又有匈奴族所忌恨的汉人血统。这么多年来，汉廷一直控制着匈奴，暗中支持匈奴诸部的分裂势力。可以想见，若是晋廷知道了刘曜的身世，必定会大加利用。所以，无论刘和刘聪谁上位，都不会放过刘曜。等待刘曜的，只有死路一条。

“夫人舐犊之情，古丽自然明白。可是他的出身，注定了这辈子不可能做个普通人。要么拼尽全力爬到最高，这样才有资格保护他心爱的人。要不彻底失败惨死于他人之手，绝没有中间路可走。”古丽叹口气，碧绿眼眸紧盯在沈锦绣温柔的脸庞上，“而夫人，你会成为阿曜的软肋。以他的性格，为了让你活下去，他会不惜背叛大单于。那他非但保护不了你，反而还提早走上了死路。”

“你说的，我心里都明镜似的清楚。”沈锦绣声音平静，面目无波，“明日你约他来见我。届时，一切都能了结。”

那时的沈锦绣已经明白，唯有自己的死亡，才能助儿子在这个死局中杀出一条生路，这是她唯一能为儿子做的了。

古丽望着阿曜，目光变幻不定，似悲悯，似爱怜，似迷离，不知心中在想些什么。良久，她的神色终于转成凌冽，厉声呵斥道：“阿曜你给我认清现实！你可以悲伤，但抹干眼泪，还得做你该做的事。”顿一顿，声音低沉，“否则你母亲就白死了！”

阿曜的心已碎成了千万片，又被古丽残忍地一片片拼接在一起。他瞪着古丽，许久不说话，双目红肿如桃，神情憔悴零落。古丽被他瞪得心里有些发虚，刚想说话，却见阿曜抱着沈锦绣站起身来。

阿曜脚步迈出，仿佛踩在云端，强撑住才没有软倒在地。挪动着麻木的脚步走到榻前，将沈锦绣小心翼翼放在榻上，为她细细整理衣裳与妆容。待一切做完，他在床头跪下，双手据地，恭恭敬敬磕了三个响头。

他深呼吸几下，平稳住情绪，扭头看向古丽："你与我的交易，我现在就答复你：我们成交。"他说得异常平静，似已接受了命运的安排，"但有一件事请你帮我，我今晚必须见到献容。"

古丽为难："阿曜，此时见她并不明智——"

阿曜打断古丽："我不会动带她逃走的念头，只是有几句话必须跟她说。"

他走到斗柜前打开抽屉，里面并排放了四封书信。阿曜将信揣入袖袋，回身对着古丽："只需半个时辰，哪怕一炷香也行。我知道你在赵王府里有人手，况且我明面上是赵王义子，我代表大单于去跟羊献容说几句话，赵王不会拒绝的。"

古丽思考再三，勉强点了点头："记住你说过的话。"

阿曜眼里尚闪动着泪光，却是笑了："放心，我不会再鲁莽行事。"他看向跃动的烛火，深幽如墨的瞳仁里明灭不定，"我有太多的事要做，一步步来吧。"

摇曳的烛光映照下，匕首锋刃在掌心划了一道。血立即渗出，在掌心形成猩红的一道血线。一只有力的大手握住另一只娇美的手，掌心相对，血液融到了一起，滴到桌上铺着的雪白帕子上。两人蘸着血，签下大名。阿曜以匕首将帕子一分为二,一人持有半幅签着对方名字的帕子，盟约从此立下。这是匈奴最高的立誓方法，一旦定誓，终身不可悔改，否则必将遭人唾弃，声名尽毁。

赵王府后花园有一座奢华的两层花楼，原是赵王为欣赏满园牡丹所建，如今临时被改成准皇后出嫁前休憩的闺楼。楼里楼外装点一新，满眼喜气，若不是里三层外三层的守卫，还以为是赵王府喜事盈门。

已过了亥时，赵王府经过一整日忙碌，绝大部分人此时已进入梦乡。古丽与阿曜没有改装，没有翻墙，而是堂而皇之从正门走入。身边陪着的人身穿道士服，正是如日中天的赵王心腹孙秀。能请动孙秀的亲自陪同，自然不会有任何阻碍，他们一路畅通无阻进了花楼。

到了最里间的寝室门口，孙秀让守卫开门，略带讨好地向阿曜示意："明公子，夜已深，明日还要早起赶吉时，请尽快吧。"

阿曜微微躬身："谢孙先生，半个时辰足够。"

孙秀看一眼古丽。古丽娇媚地轻笑一声，上前挽起孙秀的手，凹凸有致的身子贴上去，孙秀登时神魂不舍，挽着古丽便走。阿曜心情复杂地看向古丽，他知道古丽为了这半个时辰要付出什么。可古丽却是满脸的不在乎，看都不看他，随着孙秀摇曳而去，而那老色鬼的手早已迫不及待攀上了她的纤腰。

阿曜深吸一口气，刚要推门，已经跨出几步的孙秀突然回头，意味深长地喊住他："明公子，明日大典前，宫里会有嬷嬷来验身，点宫砂。"

阿曜先是尴尬，继而心头涌出难言的痛楚，胡乱点点头，轻轻推门而入。

前方摆放了一张高过人顶的折屏，将房间分为内外二室。阿曜转过屏风，看到青铜灯台上如小儿手臂粗的红烛根根燃烧，照亮了一张雕花大榻。几案旁，献容呆呆枯坐。

她身着待嫁红衣，头发只梳了个简单的发髻，斜插一把青玉雕的羊首发梳。原本灵动的双眸此刻茫然瞪着泣泪的红烛，红衣将修长的颈项衬得愈加粉白，烛光勾勒出精致美丽的侧脸弧度。

乍见阿曜，献容慌忙站起，长袖碰倒了几案上的杯盏，落在地毯上打湿了一大片。她顾不得身上溅到了水，只是瞪着大眼盯着他。阿曜心潮澎湃，大踏步走向献容，千言万语涌到口边，还未及说出口，却听得献容尖声大叫："来人啊，有贼——"

话音未落，献容的口已被捂得严严实实，阿曜在她耳边低语："是我啊。"

献容不顾形象拳打脚踢，依旧呜呜咽咽企图喊出声。那棉花一般的气力落在阿曜身上自然是不痛不痒，但阿曜已然明白，她是不想见到他。见她实在闹腾得厉害，眼下又没有足够时间慢慢解释，阿曜索性顺手拿过榻上一件红绸，缠住她的嘴。再抽出腰带缚住手脚，终于让她老实了下来。

献容手脚无法动弹，口中无法发声，只能像蛹虫一般蠕动，用憎恶的眼神一遍遍瞪他。这如刀子般的眼神很快变成了惊恐，嘴里发出呜呜声。阿曜居然在她面前宽衣解带，一件件衣物丢在地上，很快便只剩白色贴身中衣。献容不是第一次见到阿曜的身体，却从未有此刻的惊惶。

他怎敢在此处胡来?!

阿曜没有半刻犹豫，飞快褪下中衣。倒三角的完美形体筋肉紧绷，肩头的伤口早已愈合，留下一圈淡粉色的疤痕。献容不敢再看下去，闭起眼努力将身子缩成一团，仿佛这样便能成为一只刺猬，抵挡一切外界的侵扰。

阿曜急促的声音传入她耳中："你别多想，我是让你看这个！"

献容试探性地半睁开眼，随后愣住，蓦地将眼撑大。令她震惊的是，眼前男人脊背宽厚，光滑的古铜色肌肤上有多处伤痕，最显眼之处在下背部的正中心，一个狰狞的伤疤肉芽横生，赫然印出清晰的字迹——"奴"！

他刻意将这“奴”字对准她的视线中心，急切问道：“还记得这个吗？”

阿曜在刚脱下的衣服里翻找，掏出一个锦袋。献容一眼便认出这是他视若珍宝，随身携带的东西。她曾好奇心爆棚，想要知道里面究竟放了什么，阿曜此刻给了她答案。里面是一块翠色的衣角和撕成条状的同色布条，陈旧的衣角和布条上染有锈迹般的血痕。

献容瞬间安静了下来，眼睛盯着这些布条，怔怔发愣。阿曜见她的神情绝非不知情，更确定是她。再次转过身将背对着她，手指点在左腰侧一处伤痕上，语气兴奋：“还有这里，知道这个伤是怎么来的？”

阿曜解开献容，万分期许地观察她的反应，不料献容却是神色怪异：“阿乐难道没有告诉你？”

阿曜怔住：“阿乐？他早就知道了？”他见献容完全没有预期中吃惊的表情，思绪不由有些混乱，“你早已知道我是谁了？”

“我一直在后悔，若是五年前不救你，如今，羊家是不是能免此大难。”献容用充血的眼死死盯着阿曜，一字一句说得悲怆至极，“我付出一只眼睛救回了害我全家之人，我竟成了东郭先生，可笑乎？可悲乎？”

献容昂头失声大笑，一边笑一边抹泪，可该死的泪水却怎样都抑制不住。眼睛，五年前，阿曜已百分百确定就是她。他本该喜悦，可心头却沉重得如同坠上铁锭。他默默将地上的衣服捡起穿上，声音低沉：“我在母亲面前立过誓，此生必要救你出来。请你信我！”

献容冷笑：“谁的母亲？”

“我的母亲……”他抬眼看向她，声音哽咽，“也是你母亲。”

轮到献容惊愕了。

阿曜哀痛地叹息：“她不是山东孙家嫡女。她本名沈锦绣，出身晋阳医家……”

阿曜将他所知一五一十全告诉献容，没有半点隐瞒。说到沈锦绣的半生飘零，献容亦是心痛不已。说到沈锦绣是如何被羊玄之改头换面成了孙夫人，献容难以置信，猛地想起广化庵外那片竹林里的孤坟。

每逢节日，还有自己生日，父母都会带她去祭拜。他们从不说那是谁的坟茔，却要求她必须牢记：日后即便父母过世，她也得在这一日祭拜此坟。原来，她祭拜的是以自己生命换她活下去的生身母亲！

献容悲恸难忍，实在不愿相信这些错综复杂的过往。可她明白，阿曜所说皆是实情，每一点每一滴都能与她的生活轨迹对应上。

她仍想从母亲口中亲自得到确证，问道："母亲现在何处？"

阿曜没有回答，神情凝重，从怀中拿出书信递给她。献容迫不及待拆开，果然是母亲娟秀的字迹。

母亲先是自诉身世，与阿曜所言一模一样。接着为阿曜开脱，说她此生最大的悔恨便是遗弃了儿女。她说，无论发生什么都不要怨恨阿曜，他是逼不得已，他会担当起责任，要相信他，给他希望与光明。她说，养育了献容，是她这辈子的骄傲。最后，母亲要她鼓起勇气，无论前路有多艰难，一定要咬牙活下去。

只要活着，便有希望。

献容颤抖着将信读完，她不敢深入细想一个她无法面对的猜测，抬起头紧盯着阿曜："母亲究竟在哪里？"

"她为了我……"阿曜眼圈红了，吸吸鼻子，扭过头去，不让献容看见他的泪水，"自尽了……"

献容不敢相信。心仿佛被一只无形的手捏着，阿曜说的每一个字都是那只手，将她的心一遍遍挤捏着，碾出痛苦的汁液。她猛扑过去，用尽全力扇了他一巴掌。力气之大，令她掌心手腕立时浮肿起来。可她顾不得痛，她的心已被切割出一道道血口。

她眼里满是仇恨，嘶声大吼：“是你杀了她！你诱骗我，害我全家，不就是想要这个结果吗？现在你满意了？！”

阿曜生生受了她一巴掌，脸上浮起红红的手掌印。他无所谓自己挨打，甚至身体上的疼痛远好过心底的痛楚。可他不愿献容伤害自己，扭住献容再度伸过来打他的手。献容没站住，跌入他怀中。他长臂一伸，将她牢牢圈住，在她耳边焦急说道：“献容，我会赎罪。欠你的，欠母亲的，我一定会偿还。”

献容拼命挣扎，一口唾沫吐在他脸上：“我决不再相信一个刽子手！”

阿曜侧开脸，却没躲过。他任由唾沫留在脸上，一手捂住献容的嘴，免得她只顾咒骂，顾不上听他交代：“时间不多了，你一定要听我说！你明日就要踏入火坑，在后宫中千万小心。司马伦很快会篡位，但那个位子他坐不了太久，有的是实力显赫的皇族要拉他下台。我会联络司马颖，他拥兵最多，最有可能与司马伦抗衡。他会保住你和皇帝，唯有你们活着，他才有出兵讨伐的理由。我会联合你父亲，尽力与你保持联络。无论发生什么事，记住，第一重要的是活着。母亲说过，只要活着，就有希望。”

门外传来脚步声，该是孙秀来了。他放开捂住献容嘴的手，献容刚要喊叫，突觉嘴唇被一个潮乎乎又软又暖的东西闷住，片刻后她才反应过来，他在亲她！

唇上被柔润的触感覆住，脸热辣得似乎全身血液都煮沸了，不停翻涌上来。那一刻，献容心底升腾出一种怪异的感觉。说不出是什么，她只知道居然不讨厌这感觉，可她明明是那么恨他！

献容未来得及挣扎，那霸道的唇已离开了。这个吻是如此短促，若不是唇间尚留着潮湿的触感，献容都有些恍惚，这究竟是真实发生过，还是她的幻觉。她没缓过神来，听到耳边轻轻响起低沉磁性的声音："五年前我曾向你立过誓：我会一辈子守护你，做你的左眼。"

门"吱呀"一声被推开，阿曜抓紧最后的时机，低声在她耳边许下承诺："今日我再次立誓：此生非你莫娶！"

他说完便放开了献容。献容得了自由，即刻从他怀中跳开，如避瘟疫一般，嫌恶地用手抹去嘴边他留下的印记，更要抹去居然没有憎恶他这一吻的心绪。

孙秀满面春风，携着古丽绕过屏风走进来。古丽看了看满脸潮红的献容，再看向略有些尴尬的阿曜正以衣袖擦去脸上的唾沫，经验丰富的她立即猜出是怎么回事。但她神情仍是漠然，对阿曜点了点头："走吧。"

阿曜再看一眼献容，转身离去，还未出屋便听到身后传来愤懑的声音："此生，我决不原谅你！"

阿曜神色黯然，脚步凝滞。古丽哂笑一声，眼里蒙上冰霜："等到连活下去都成问题，仇恨就没这么重要了。"

阿曜没有答话，默默看向天边。月光被乌云遮盖，夜色清冷，周遭唯有死寂，他整个人在孤寂的夜中犹如凝住的雕塑。不知从何处钻来一股干冷的风，吹拂起他的衣袖，他用冷冽的声音对古丽说道："走吧，该去讨要属于我的东西了。"

几案上，昏黄的烛光摇曳，一双骨节粗大的手极为缓慢地打开金丝楠木盒子。随着盒盖一点点揭开，先是露出衬底的黑色丝绸，再往后，刚露出掺杂着些许白发的发髻，阿曜便将头扭转过去。

他站在屋内一角的阴暗处，身体止不住战栗，不敢去想象盒子里的情形。那是古丽交给他的，他捧着送到刘渊面前。短短几步路已是艰难备至，每一步如同踩在锋利的刀刃上，割得他遍体鳞伤。

几案那边始终没有声响，阿曜偷眼看去，那如狼一般的双眼正死死盯着盒子里，一向阴晴难辨的脸上有着难以言说的表情，似是愤怒，似是哀伤，又似是欣然。持着盒盖的手在微微颤抖，他却全然未觉。

阿曜从怀中取出狼牙簪子，双手奉上。沉浸在思绪中的刘渊猛然惊醒，目光复杂，在他手中的狼牙簪子上逡巡："丢了吧。"

阿曜愣了一下，缩回手。刘渊似乎想到了什么，改口道："或许，你可以留着。"

阿曜听出了言下之意，刘渊允许他留着唯一一件来自母亲的遗物。阿曜将簪子放回袖袋，听得刘渊发问："她的尸身在何处？"

阿曜深吸一口气，竭力让声音平静："已丢在乱坟岗。"

刘渊面无表情"嗯"了一声，不置可否。

阿曜沉声问出："大单于现在可以告诉我，她到底是何人吗？"

刘渊凝视着盒子，许久方才沙哑着声音呢喃："她是我在这世间最恨的人。你杀了我的仇人，很好，非常好。"

阿曜竭力不去看盒子，继续逼问："她与我究竟是什么关系？"

刘渊又是沉默许久，缓缓将盒盖合上，重重吐出一口气："什么关系都没有。"

"可是，我听说——"

刘渊不耐烦了，厉声打断他："你不必听人乱嚼舌根！你与灵儿都是我一时兴起，宠幸了一名卑贱粗鄙的女奴所生。你们的母亲身份太低，我这么多年来才一直不愿认你们。"

阿曜不再追问，心中不由猜测：刘渊不肯说出自己的身世，这是鄙夷他身上的汉人血统，还是尚有一丝舐犊之情，不愿他与灵儿在匈奴受歧视？

刘渊缓步踱到他身边："待回到左国城，我会对所有部族宣布，你被我正式收为义子，与我儿子们一般待遇。"

阿曜讶异地抬眼看向刘渊，这可与他之前承诺的不一样！

刘渊的声音已恢复寻常：“自明日起，我会让所有人称呼你为曜王子。日后只要你立下军功，我会封你为王。无论未来是谁继任大单于，我都会保你一世无虞。”

阿曜的不满只在眼里瞬间闪过，即刻垂下眼帘，不动声色地躬身行礼：“谢大单于。”

刘渊观察着他的表情：“委屈吗？明明是我亲生儿子，我也答应过会认你，可我却出尔反尔了。”

阿曜摇头道：“我所有的一切都是大单于给的。”

刘渊凝视了他许久，嘴角浮起一丝微笑：“阿曜，你长进了。”

阿曜垂头未置可否。

刘渊凝视几案上的木盒，声音里是之前从未有过的疲惫与哀伤：“未来你就会知道，不认你这个儿子，反而是为你好。这一辈子，你不必去跟刘和刘聪争，稳稳妥妥做个富贵闲王吧。”

阿曜的心微动了一动。自从知道刘渊是自己父亲的那一刻起，阿曜从未感受过所谓父爱。而据他日常观察，大单于对其他儿女也无多少关怀。他始终觉得，所有儿女在大单于眼中与棋子无异。可这一刻他却隐隐感受到，刘渊对自己并非全然无情。

阿曜看向几案上的木盒，心又开始绞痛，一股愤怒从脚底升腾上来。那一抹淡到可以忽略不计的亲情，怎能抵消掉他胸中熊熊燃烧的斗志。他可以韬光养晦，可以隐忍蛰伏，但那至尊之位，他必须去争。他要对得起母亲的牺牲，他必须借助刘渊给他的血脉，完成一个不可能完成的目标。

他是棋里的卒子，一旦过河，只能往前冲。要不身死，要不成王，再无回头之路。

第三十八章

册封大典

接过金册的那一刻，意味着她正式成了母仪天下的皇后。献容仿佛听到身后人丛中，有个轻微的叹息声传来。

永康元年十一月初七，换算成公元纪年是300年12月4日。这个日子后来被载入史册，羊献容这个名字第一次登上历史舞台。

入冬时节，一早天色便是阴霾晦暗，终日不见一丝阳光。赵王府临时改成闺房的花楼内，即便白日也红烛高照。天尚未大亮，一群命妇蜂拥而来，为彻夜未眠的献容洗漱打扮。她如同一尊精致的布娃娃，随她们摆布，要坐要站，怎样都行。捣鼓了许久，她里三层外三层套上了金线织就的团锦嫁衣，飞云髻上插着对称的两枚九重凤凰步摇，最后戴上璀璨的珠冠，一身行头重得能压垮她的脖子和身板。

如此雍容华贵的打扮，越发衬得肤如凝脂。加上她本身的气质，真是端庄淑贤，仪态万方。只是，肿胀的红眼圈无论施多少粉也遮盖不住。

吉时未到，献容枯坐在榻上，任由命妇们簇拥着调笑，一句话都懒得回。直到春儿出现，她的麻木神情方才转变，首次行使皇后权力：让这帮无聊的长舌妇出去！

“父亲怎样了？”待到屋中只剩下她与春儿，献容迫切追问。从那夜羊府被抄，春儿代替她被抓，整整过去了一个月，两人才第一次见上。

春儿红肿着眼睛，低声道：“老爷已被接到太极殿等候嘉礼大典。”

献容松了一口气，旋即想到：“你们在刑部可有受委屈？”

春儿摇了摇头：“只听说二老爷一家被提出刑部，在别处受了刑，回来后倒是有太医来诊治，如今伤势该是无碍。其余人只是精神愁苦些，身上没吃什么苦头。”

二老爷指的是献容的叔叔，羊玄之亲弟。献容没想明白为何叔叔会受刑，春儿也完全不知情。见春儿仍在瑟瑟发抖，献容安慰她：“你放心，等今日典礼结束，羊家所有人就能回府了。”

春儿握住献容的手，急切说道：“小姐，我跟你去宫里！”

献容摇头：“你马上要跟羊军成亲了，何必——”

春儿匆匆打断她：“羊军跟我说，若我执意要跟着小姐，他便另娶他人。他说，小姐的前途难料，他只愿过安生日子。”

她说了一半便哭起来，献容心疼地轻拍她肩头：“羊军说得没错。那是个火坑，跳进去便一辈子出不来。此刻你还有的选择。”

春儿收住抽泣，鄙夷地“呸”了一声：“那个没担当的烂账男人，现在看清了他反而是好事。”她看向献容，神色坚决，“我跟小姐一同长大，小姐无论去哪儿，我都要跟着。那里纵然是个火坑，那也先烧死我，还能给小姐挡一挡。”

献容感动至极，话语未出泪先流。突然“哐当”一声，门被用力推开，屏风后转出一个华丽丽的美男来。二十出头的年纪，头戴亮闪闪的金冠，身穿一身亮泽的青黛色宽袍。青黛色需用西域来的青金石磨粉染色，非富贵人家消费不起。而况此人袍子上还以金线密密织就繁复的饕餮纹图案，边缘饰以齐整的玉石片。通身的华丽装扮却没有土豪的俗气，加上不错的身材与颜值，难怪这位孔雀王走到哪里都有大票女粉丝狂热追捧。

不过献容可没时间欣赏时装秀，这个时候，成都王司马颖怎会来这里？献容急忙抹去眼泪，起身行礼。

司马颖指着垂头站在献容身后的春儿，得意地微笑："你这位贴身丫鬟，可是由本王亲自从刑部大牢带出来送还给你的。"

献容吃了一惊。自被迎入这座花楼，她一直处于明里尊贵实为囚徒的状态。她向身边人要求传话给司马伦：释放她的贴身丫鬟，她得有个信得过的人带入皇宫。不料这么点小事居然劳动了司马颖。献容嘴上说着感激的话，脑中却是飞速转动，揣测孔雀王的目的。

司马颖慵懒地挥手，让春儿出去，举手投足尽显明星范儿。春儿暗暗着急，装作没看懂司马颖的手势。献容还未成礼，哪有丈夫未见先见小叔的道理。她若是离开，孤男寡女独处一室，即便两人是叔嫂关系，也于礼不合。

司马颖见春儿不肯离开，放下那张尽职的明星脸，上前揪住春儿的衣领往外拖。这般蛮横的举动跟他平日的人设实在太不一致，春儿惊愕地被他像小鸡崽一般拎着推到门外。

献容气恼地质问："成都王你这是做什么？"

司马颖将门重重合上，转头对她冷笑："本王想与你说话，这贱婢居然敢拦着。再不识相，别怪本王开杀戒！"

说这话时他眼里满是阴狠的戾气，说完后又恢复了时尚明星的人设，摆出姿态最美的造型。这转换太自如了，若是让他那些粉丝们撞见，不知作何感想。

司马颖眼下跟赵王一路，不宜与他硬碰硬。献容冷静下来，沉声问道：“成都王想与我说什么？”

司马颖用那双描了眼线的丹凤眼上下打量献容，啧啧叹气：“本王曾向羊府求亲，却无端遭羊侍郎拒绝，让本王至今耿耿于怀。”

献容脑中警铃大响，后退几步：“是献容粗鄙，不堪匹配成都王。”

“都说羊侍郎文韬武略，本王看来也不过尔尔。若那时便将你嫁与我，羊侍郎何至今日的下场？”司马颖向她步步逼近，身上香气逼人，丹凤眼愈发邪魅狷狂，“若只是嫁个寻常傻子倒也罢了，可如今，你那至尊之位能坐得了几天？真是可惜了这张漂亮脸蛋。”

献容被逼到角落退无可退，她摆出庄重的面容，厉声斥责道：“成都王慎言！如此大逆不道之语，请勿再提！”

“你以为你这个皇后能有多大分量？本王想见你就见，想说什么就说，又有哪个敢来阻拦？”献容的斥责在司马颖眼中只是色厉内荏，他继续凑上前，一手撑在墙上摆出壁咚的造型，两眼肆无忌惮盯着献容精致的五官，拉扯出一个倾倒众生的笑容，“本王今日前来，是给你一条生路，走不走就看你了。”

献容不语，目光四下搜索。身边只有一盏落地青铜宫灯，几支红烛在烛台顶上燃着。

司马颖目光在她身上肆无忌惮地逡巡，伸手捞起她佩戴的香囊，凑在鼻下深深一嗅。这么暧昧的姿态与动作能让少女心爆棚的粉丝心醉，但献容满心只有惊骇，大叫：“殿下请自重！”

她的音量很大，足以让屋外层层叠叠的人听到，却无人入内阻拦。献容明白了，司马颖定是获得了司马伦某种程度上的默许。她这个皇后果然是人人都能欺负，还未成礼，便有人堂而皇之要给皇帝戴绿帽子。献容不禁为尚未谋面的丈夫悲哀，更为自己悲哀。

司马颖浓烈的香气将献容笼罩住，赤裸裸地表达他的勾引意愿：“只要本王愿意，不知天下有多少女子迫不及待献身。本王能看上你，是你的幸运。本王这辈子已不可能娶你，但露水夫妻总能做得。”

献容气得浑身发抖。这话真是无耻至极，自以为是，目中无人，这是将她看作什么了！无论此人皮相有多好看，包装有多精美，献容此刻只想作呕，恨不得将这张自以为是个女人就会跪舔的俊脸踢爆。

司马颖却愣是看不出献容对他嫌恶到极点，凑得更近，目光迷离，用舌头舔自己的唇，舔得一片润泽光亮：“无论你在宫里发生何事，自有本王护得你周全。”

献容深呼吸几下，稳一稳情绪。此刻不易动怒，必须探明他的真实目的。她不露声色问道：“我是有夫之妇，更是皇后，成都王冒如此大风险，怕是不只想做露水夫妻吧？”

司马颖笑了，长眉一挑，回答得轻描淡写：“也不需要你做什么，帮本王传递些宫内消息即可。”

原来打的是这个算盘！

他封地远，万一皇城有变故，他怕来不及反应。她身为皇后，总比那些内侍宫女消息灵通。妙龄少女被逼嫁给又老又丑的傻子，定会春心难耐，他稍一诱惑便能上钩。端的是好心思，可惜，献容从来都不是他的粉丝。

她狠了狠心，将身边那盏落地宫灯推倒。红烛掉在地上，刚好落在她的拖地嫁衣上。那些金丝和绸缎最经不得火，立即燃起火苗，延烧到地毯上。司马颖被吓到了，急速踩脚退开好几步，此刻他已管不了摆造型，生怕火苗蹿到他自己身上。

献容不顾裙摆正冒着烟，向大门跑去，冲着屋外大喊：“快来人，走水啦！”

司马颖又气又恼，知道自己的算盘不能得逞，咬牙切齿手指献容："你等着，迟早你会跪着来求本王！"

大门被打开，有人战战兢兢探了一眼，见到果真有火苗在献容身后蹿动，慌忙大喊："快担水来！"

有这么多人在外守着，闺房内的小小火灾很快便被扑灭。这消息后来在洛阳城中传开，好事之人都在咬耳朵：将要举办婚礼之时，婚服竟然起火，这可是有多不吉利。日后当羊献容苦苦挣扎，几次三番生死悬于一线时，信奉谶纬者便摇头叹气，这皇后之位大凶，从她出嫁那天婚裙起火便已埋下预兆。

花轿在通往宫门的铜驼大街缓缓行进，周边的内侍宫女还有宿卫军队伍，前后望不见尽头。这条大道乃曹魏时期修建，铺着方形地砖，路两旁有魏明帝所铸铜驼，这街名亦是由此而来。

道路两旁站满了人，踮着脚尖透过层层防卫看向硕大的十六抬大花轿。洛阳城内好久没这么热闹过了，人们在窃窃私语：花季少女嫁给跟自己父亲一般年龄的人，这人还是个傻子，就算位于九五之尊，从婚姻角度来看，这女孩一生幸福就此陨没，真真可悲可叹。

一干吃瓜群众正在扼腕痛惜，一支箭以迅雷不及掩耳之势射来，轿旁众人未及反应，那箭已穿入花轿。抬轿的十六人受了惊吓，有几个腿软了，花桥倾斜着停了下来。宿卫军校尉大喊一声，一队人朝着箭射来的方向追赶过去，剩余护卫将花轿团团围住。

校尉快步来到花轿前跪拜："皇后娘娘可无恙？"

花轿内传来柔和的声音："无事。"

厚重的帘子被掀开一角，皇后的贴身丫鬟探头出来，将一支箭交给校尉："恐是小儿恶作剧，没有伤到人。将军请速进宫，莫要耽误良辰。"

那支箭不但去掉了箭头，还包了一层棉布，必无伤人之意。校尉松了口气，看向箭射来的方向。那是洛阳城内有名的酒肆，足有三层楼，射箭之人该是藏身在最高处。能将一支无头箭准确射入花轿且计算好不伤到人，这份臂力与眼力绝不可能是小儿所为。校尉提高警戒等待片刻，却是再无动静。去追踪的那队人也回来了，说没有搜查到可疑之人。不可再耽搁时辰，校尉挥手命令花轿继续前行。

花轿中，羊献容稳稳坐着，脸上被厚厚的脂粉遮盖，看不出任何表情。

春儿坐在一旁的小几凳上，实在按捺不住，轻声问道："小姐，到底是什么？"

羊献容从宽大的衣袖下伸出手，摊开手掌。掌心中是一块翠色布条，已经很陈旧了，染有锈迹一般的血痕。

春儿讶异："这是……"

羊献容没有回答，只是攥紧拳头，将这块布条牢牢握住，仿佛溺水之人捞到了一块浮木。想起刚刚受到小叔子的欺凌，她除了自残毫无办法。若那时有他在，定然会拼死护她周全吧？她的手在微微颤抖，眼里泪光闪现，又即刻用指甲掐自己的掌肉。疼痛让她甩开心头刚起的软弱。那是她的仇人，绝不可以再有念想，纠缠不清。

眼里的泪光隐没不见，她又恢复成面无表情的布娃娃。

巳时三刻，迎亲队伍到达皇宫正门——阊阖门。平日紧闭的正门如今严正敞开，献容被搀扶下花轿。又换了一批内侍和宫女，改乘四人小轿经由正大门入内。正中是条石铺就的御道，只有帝后有资格在上行走。此刻御道铺起了红毯，小轿被抬上御道，四下里一片寂静，只有细碎的脚步声，更显庄严肃穆。

一路行进，到达前方高大的夯土台前，至此献容得下轿步行。高大的阙楼耸立两旁，这是曹魏时期建成的铜雀台。正面高台上耸立着一座恢宏的大殿，碧瓦金砖，光辉耀目。这就是太极殿，整座宫城中最重要的正殿，重要的议事，登基与册封等大典皆在此完成。

殿外悬着诸多大件乐器，编钟、玉磬、笙、铙，叮叮咚咚响起，献容在庄严却单调的音乐声中被宫娥搀扶着一步步踏上高台。她仰起头，透过眼前碍事的串串珠帘望去，太极殿气势恢宏，却是压抑迫人。

大殿前站了乌泱泱许多人，正中头戴皇冠的肥胖中年男子满脸欢笑，已迫不及待向她伸出手来。这就是她的丈夫，号称天子，名义上掌握着这个庞大帝国。这是她第一次见他，如此近距离，虽不能抬眼直视，却也瞧了个大概。献容不由心下哀恸。果真如传言所说，皇帝神情憨呆，行动迟缓。四十多岁的人了，眼神仍如稚子般没半分遮掩。

献容眼光一直在搜索，直到看见一个高瘦的身影立于人群之中，方才将心落回原位。她已有许多天没见过父亲，再次见到，不由哽咽。父亲身穿朝拜吉服，脸颊消瘦了许多，胡须似是新修整过，双目深陷于眼窝中，疲倦而无神。见到献容望过来，羊玄之不能有任何言语动作，只得勉强浮起一丝笑容。眼里神情仿佛在宽慰献容，让她莫要担心自己。

皇帝司马衷身边始终跟着一个年近五旬的近臣，神情恭谨，时不时提点皇帝行止。此人名叫嵇绍，官任侍中，是大名鼎鼎的竹林七贤之一嵇康的儿子。嵇康因反对司马篡魏，被司马昭杀死，他的儿子嵇绍却忠心辅佐司马衷。

嵇绍主持大典，让皇帝与献容在几案后并排跪下，持香拜祭天地。他们俩一跪下，身后那群人也一同跪下磕头。皇帝在嵇绍小声提示下，磕磕巴巴念完了一篇册封诏书，将皇后金册与宝文交给献容。

接过金册的那一刻，意味着她正式成了母仪天下的皇后。献容仿佛听到身后人丛中，有个轻微的叹息声传来。

昏黄烛光下，阿乐如一摊烂泥倚在榻上，几案上丢着好几个空酒壶。门“吱呀”一声推开，阿乐扭头见是阿曜，浑不在意，拿起酒壶昂头灌入嘴中。

阿曜将他手中酒壶夺去：“别喝了，有太多事情要做，你没时间在这里借酒消愁。”

阿乐摇晃着脑袋嘟哝：“还能做什么？都成定局了。”

阿曜沉着脸在几案对面坐下：“这世上哪有什么定局，我要救她出来。”

阿乐一惊，差点从榻上滑下来：“怎么救？那可是皇宫，咱们连宫门都混不进去！”

“知道蚍蜉撼大树吗？”阿曜眼里闪着熠熠光芒，声音坚定，“就算力量再微小，只要我们齐心协力，总有一天能让她重获自由。”

阿乐顿时清醒了许多，疑虑道：“你已经想好了要怎么做？”

“明日你秘密去一趟羊府。”

这么多酒居然没让阿乐头脑麻痹，他立时醒悟：“不错，她父亲一定会救她。”猛地想到什么，他眼神闪烁，说得犹豫，“你说，她现在会不会……毕竟那是个皇帝……”

“她不会。”阿曜知道他想说什么，语气极为肯定，“你别忘了她有多狡猾。”

阿乐看向窗外的夜色，目光变得温柔，嘴角浮起笑意：“是啊，那条滑不溜秋的小狐狸……”

阿乐沉入回忆浮想联翩，阿曜却在仔细打量他。一道精光从阿曜眼中闪过，又很快隐没不见。

第三十九章

皇后上任

他目光犀利，言辞毫不容情，“不论何种原由，献容已嫁，这是无可更改的事实。她这一生必以皇后身份名载史册，而皇后，绝无改嫁的可能。”

第二日一早，新婚帝后先接见宗亲，再是朝臣，最后是宫中有等级的妃子和太妃们。林林总总，整个仪式得耗去一整天。

太极殿内金玉满堂，雕梁画栋。正中高台上，重重锦绣垂幔环饰。金光耀眼的御座上坐着司马衷，左右各设一张略小些的座次，左为羊献容，右为司马伦。底下乌泱泱一大堆人，都是来朝贺的司马宗亲。

阿曜所料没错，献容的新婚第一晚并不难熬过。傻有傻的好处，献容哄司马衷喝下几杯酒，整个世界便能清净下来。她是学医之人，知道床榻上铺着的白色丝缎作何用处，割破手指头便糊弄了过去。

殿堂内一群人开始按官阶品秩逐个上前觐见皇后。嵇绍站在皇帝侧后，他知道新皇后对大部分皇亲国戚不熟，便为她低声介绍。先是皇帝的亲弟弟们，按年齿来排，活到成年的虽有十六位，但成年后死了的更多，如今站在这里也就五个。

司马衷是老二，有个同母的老大早逝，不然皇位也轮不上他。老三司马柬三十岁时病死了，他跟司马衷都是皇后所生。老四早逝，老五就是十年前被贾南风咔嚓掉的楚王司马玮，老六长沙王司马乂是个大胖子，体形上与傻二哥最接近。老七淮南王司马允老实本分，老八吴王司马晏有眼疾，看不清东西。老九清河王司马遐去年刚病死，由他年幼的儿子司马覃继位清河王。接下来是成都王司马颖，他之后便是最年幼的豫章王司马炽。司马炽十六岁，比献容还小一岁，身量颇小，眉眼恭顺。

五位亲王之中，其余人皆庸庸碌碌无甚特色，最吸引人眼球的唯有司马颖。孔雀王穿的朝服就算跟旁人一模一样，也要在衣领衣袖和配饰上下足功夫，彰显与旁人的不同。他昨日封后大典前就对献容有不轨之举，如今在朝堂上仍摆着风流倜傥的模样，毫不避忌地盯着献容。跪拜之时更是敷衍，恭祝的三两句话一听便是言不由衷。

司马颖这般放肆，皇帝只会呵呵傻笑。有一颗不知何时便会起爆的炸弹在身旁，献容对自己接下来的后宫生活实在无法抱什么遐想。

接下来是旁支宗亲，首先上场的是血缘最近的齐王司马冏。司马昭活到成年的儿子只有长子司马炎和次子司马攸。司马冏的父亲司马攸被过继给了无子的司马师，所以司马冏既算是司马师那一支的，又是当今天子的嫡亲堂弟。

他仍是那般风轻云淡孤高自赏，与旁人极少交流，仿佛置身的不是旋涡般暗流涌动的朝堂，而是千丘万壑的名山大川。该有的礼仪皆做得中规中矩，挑不出一点错处，唯在跪拜时抬眼看了一下献容，让献容瞥见了他眼眸中透出刀锋般的锐利光芒，即刻隐而不见。

剩下各个旁支王族中，有两位王与她之前曾发生过交集：东海王司马越与琅琊王司马睿。司马越也曾起过与她结亲的念头，她正是去见他的路上被阿曜和阿乐劫持，从此人生发生了巨大的转弯。献容对司马越本人毫无兴趣，但想起这段往事，不由唏嘘感慨地望向跪地恭祝的司马越。

今天这日子，修道王爷总算穿上了朝服而不是天天不离身的道袍，嘴角仍带着一丝谦卑的笑意。明明脸长得还算不错，却是毫无记忆点，丢进人堆中便会让人忘了他的存在。

待见到神情憔悴的司马睿，献容的心不由紧了一下。

司马越和司马颖，甚至十多年前的司马冏，这些人虽曾与羊家议亲，但那都是政治联姻。唯有司马睿是她最坚定的追求者，是真真正正喜欢她这个人。可今日两人相见，已是恍若隔世。见他跪拜时失魂落魄的神态，祝词说得支离破碎，献容鼻子一下子酸了。若她当初不忤逆老父，顺顺当当嫁给司马睿，怎会被人利用，陷入泥沼？

若时光能重回，她一定不再任性，遵父母所愿，宁静度过余生。

宗王们觐见花了整整两个时辰，献容端坐着，直觉得屁股发疼脖子发僵，浑身不自在。她约略数了数，各种王，还有他们的儿子孙子，加起来足有百位之多。

西晋分封同姓王的癖好，简直是历朝历代之最。这些同姓王不是虚封的头衔，而是有实实在在的封郡。在封地里不仅有自己的小朝廷，还可以自行收税，甚至拥有自己的军队。西晋的建立者司马炎不是傻瓜，为何如此喜欢分封同姓王？

这得从司马氏攫取皇位的手段上说起了。

司马懿祖孙三代靠着隐忍狠辣取曹魏而代之，仍需笼络门阀世族来稳固皇位，自然得给支持者们好处，那九品中正制便是保证门阀世世代代享受荣华富贵的途径。可司马炎也知道，决不能把这些大户养得太肥，更不能给兵权。他司马炎玩的是“禅让”，万一哪个权臣也来玩这招呢？曹魏不兴宗室，以至于曹家人被司马家玩得团团转，却没有一个曹姓王族起来反抗。故而司马炎吸取教训，给了门阀九品中正制的同时，削减州郡兵，大封同姓王于各地，并任命近支亲王都督诸州军事。他的如意算盘打得叮当响，用同姓王来牵制功臣和外戚，确保江山代代在司马家轮转。

可惜只传到他儿子手中，这分封宗亲的游戏就玩不下去了。司马炎千算万算，却漏算了同姓封王的可怕之处：窃取皇位的低成本。这些宗王们有私兵，有僚属，篡了位也不需要改朝换代。既然是皇帝自己的家事，吃瓜群众们自然不会提上脑袋来反对。功臣们随风倒，照样是司马家的天下。尤其当皇位上坐着个傻子时，简直是培养野心家的温床。

羊献容环顾四周，看到底下无数道目光正虎视眈眈盯着皇帝身下那把椅子。所有目光中，最骇人的是站在非常靠后的一人。四十来岁，中等身材，脸形方阔，眼大如牛，有狼顾之相。此时正目不转睛地看着高台正中央，奸猾的脸上不时闪过垂涎之意。献容在脑中拼命搜索，想了许久方才回忆起此人的名号，河间王司马颙。他爷爷是司马懿的三弟司马孚，所以此人是皇帝的族叔。

她仿佛能听到四周尽是吞咽口水的声音，令人不寒而栗。在满堂的恭贺声中，献容克制不住身体微微颤抖。她瞬间想明白了一个道理。她身边随时可能起爆的炸弹不是下面那只高傲的孔雀，而是身边这位憨厚敦实的低智商丈夫——司马衷！

在太极殿见过了宗亲，献容回自己的寝殿显阳殿接见宫中嫔妃。之前的贾南风所住宫殿为栖凤宫，乃是整个皇宫最奢靡的宫殿。献容不愿住那儿，别说她不习惯那么没品位的金碧辉煌，光是想想贾南风在那里作威作福那么多年就瘆得慌。献容另挑了一座不那么张扬的宫殿，离皇帝所居的崇光殿也稍远，这样她心理上好受一些。

回到显阳殿，出乎献容意料的是，她本以为会见到一堆莺莺燕燕，没想到只有四个女子向她磕头行礼。

在赵王府备嫁时，献容已被宫中嬷嬷突击培训过。后宫嫔妃分十二等，一等为贵嫔，二等为夫人，三等为淑妃，四等为淑媛，再下为昭仪，昭华，修容，修仪，婕妤，容华，美人，良人。司马衷之前有个悍妇把门，前三等级一个都没有，连伺候司马衷最久，诞下太子司马遹的谢玖，也只是四等淑媛。贾南风诬告太子谋反，将恨了许久的谢玖也一并关入金墉城杀了。如今司马衷后宫里，等级最高的也就是个五等的昭仪王良美，她是太原王家不得宠的庶女，却已是司马衷后宫内娘家最有来头的了。有贾南风在，哪个世家大族敢把女儿送入后宫？贾南风也绝不允许世家们用塞女儿的手法干涉朝政。

贾南风死后，后宫暂由王良美代管。也就这么些人，能有多少事。她已三十八岁，无儿无女，形容枯槁，一副等死模样。献容见了她，不由毛骨悚然，她在这吃人的后宫里守了二十多年活寡，好不容易熬到贾南风死了，她自己也成了风中残烛。

再就是两位美人凤喜和瑞秀，都是庶族出身，原是贴身伺候司马衷的宫女。司马衷即便被贾南风压制得死死的，但总能寻机会偷个腥，贴身宫女就是最好的途径。姿容出众者，又或者太有想法的，早被清理得干干净净，只剩下长相一般唯唯诺诺才能生存下来。她们俩被宠幸后，自觉喝下了绝子汤，再不敢出现在皇帝面前，战战兢兢活到了今日。

最后一位名叫蕊儿的最年轻，跟献容差不多年纪，刚被封为良人。她出身更低，是屠户之女，原是赵王妃侍女。贾南风死后，司马伦怕皇帝闲置太久，随便找了个婢女塞进来，倒是颇得司马衷喜欢。

见完这四人，嬷嬷又带了个孩子进来。年约四岁，眉清目秀，眼神里时不时闪动着惊惶，牢牢拽着嬷嬷的衣角不放，似乎对什么都怕。在嬷嬷指点下，孩子跪下来磕头，怯生生喊了一句："皇祖母。"

这一声叫唤差点让献容从座上滑倒。她才十七岁，居然被个四岁孩子叫祖母，献容心下哀叹，这是什么排辈啊。

这是废太子司马遹的儿子司马臧。司马遹有三个儿子，贾南风将司马遹一家关入金墉城，不久就毒死了司马遹，他的两个儿子也遭了殃。只有司马臧因太年幼，侥幸活了下来。

献容在偌大的后宫中接见一箩筐的皇亲国戚，努力适应新角色。这一天的黄昏时分，另外两人也如约碰面了。

暮色萧瑟，朔风如刀。洛阳郊外，郁山广化庵外的竹林中，原本孤零零的坟茔旁又多了一座新坟。没有墓碑，毫不起眼，不知者极易错过。

羊玄之一身缟素，立于新坟茔前，神色怆然，目闪泪光。阿曜身穿素衣立在他身后，默默递上一封信。这里埋葬的只有母亲尸身，她的头颅尚在刘渊手里，那只金丝楠木盒子不知所终。他曾向刘渊隐约提起，可得到的却是刘渊不置可否，还有那或阴冷或漠然的复杂眼神。

羊玄之身体颤抖，信看得极慢，似是要在字里行间再寻出那纤瘦的美丽身影。几次哽咽难忍，背过身偷偷抹泪。阿曜看着羊玄之，心中突生一个念头：他是爱她的吧？两人相依为命十七载，心中的秘密唯有对方可诉，早已超越了寻常夫妻的情感。

阿曜看向另一座坟茔，那里埋葬的是真正的羊夫人，献容的生母。这埋骨之地是沈锦绣临终前嘱托，葬在羊夫人身边，这样羊玄之与献容每年祭祀时，不必跑两地。她心细如斯，她对他是否也有不能对外人道的情意？

羊玄之终于读完信，扭头用袖子抹了抹眼角，小心翼翼将信折起，收入袖袋，动作缓慢如老者。他看向阿曜，又恢复了一贯的老辣："我可以跟你合作，但仅限于献容危难之时。"

阿曜恭谨地行礼："这就足够了，谢羊侍郎。"

"你记住，你救她，仅仅是因为赎罪，不必肖想你不该得到的。"他目光犀利，言辞毫不容情，"不论何种原由，献容已嫁，这是无可更改的事实。她这一生必以皇后身份名载史册，而皇后，绝无改嫁的可能。"

此番话仿如一把尖刀刺进阿曜胸膛，阿曜心口锐痛，挣扎说出："若是生逢乱世，人为刀俎我为鱼肉，她又该何去何从？"

"无人可预测将来。但有一点我能肯定，无论发生什么，献容都不会委身于你，你死了这条心吧。"

阿曜仍想做最后的挣扎："可母亲——"

他厉声打断阿曜："我与你合作，正是看在你母亲面上。可你别忘了，你不光是她的儿子，你身上更流着匈奴人的血！"

阿曜张了张嘴，又沮丧地合上。这身世他无力更改。而况，他的父亲与她的父亲，是一生的死敌。

天更阴沉，朔风拍打着衣襟，寒气侵入体内，周身血液仿佛凝住。他努力深呼吸几次，让自己专注在当下，垂头行个大礼："晚辈只想救出献容，不敢做别的肖想。"

羊玄之老辣的眼中精光闪烁："你可有计划？"

"成都王司马颖出镇邺城，手握重兵，在天子几位弟弟中最有势力。他虽投靠了司马伦，但以他的心气，绝不甘屈居人下。晚辈想要策动他，侍郎觉得如何？"

羊玄之皱眉道：“无须你去策反，他必定会反司马伦。可等他杀了司马伦之后呢？皇上是个易于摆布的傀儡，你觉得他会安心做个亲王？”

阿曜恍然，不由踌躇：“若他得了机会，只怕会比司马伦更难对付。”

羊玄之点头，心中暗忖：此子聪慧，一点就通。可惜了，是他的儿子……

阿曜不由焦虑：“可眼下我力量微薄，仅凭侍郎也难以对抗司马伦。难道我们就坐视不理？”

羊玄之不动声色，抬头看向昏沉的天边：“不必担心，我有更好的人选。”

朔风更大，鼓起两人的衣襟，两人在渐沉的暮色中一同看向远处的皇城。最高处的凌云台装饰着云母，在暮色中熠熠发光。可惜红彤彤的光线转瞬即逝，大片高楼与宫墙被笼罩在愈来愈重的层层阴影中，与两座坟茔一起慢慢融入无边的暗夜。

自献容入宫后，每一日对阿曜来说都是度日如年。好在不出十日，古丽便带来了她从宫内得来的第一手可靠消息。

冬夜漫漫，布置精良的屋内燃着银炭，一室暖意。轻薄帷幔低垂，青铜灯上插着红烛，照亮了帷幔后两个影影绰绰的身影。男人长身玉立，女子身形妖娆，两人坐得极近，正在窃窃私语。

“她挑了十来名家世清白的年轻宫女升为良人，许诺她们只要诞下皇子便晋封婕妤。谁拔得头筹生下皇长子，会由皇后亲自教养。”古丽向阿曜飞了个媚眼，吃吃低笑，“现在司马衷夜夜做新郎，后宫一派喜庆，真是其乐融融呢。”

阿曜无视古丽挑逗的目光，沉浸在思绪中欣慰而笑：“她还是那个性子。无论身处何地，都一门心思往前冲。”

“她的目的谁都猜得到：尽快弄个皇位继承人出来，这样司马伦篡位就师出无名了。”古丽冷笑一声，悠悠说道，“可她想得太简单了。司马伦怎会袖手旁观等着哪个后妃怀孕？羊献容太过张扬，必定会引起司马伦的反击。”

“你是说，她这么做反而会逼得司马伦加快进度？”

“那是自然。你可知道，今日司马伦以皇帝名义下旨，要求各位藩王就国，限三日内动身。若是不肯走，便会削地甚至减去供奉。”

司马炎大封同姓王，都是实打实给了封地。可藩王们却大多不去封国，而是赖在洛阳城。一来洛阳富庶繁盛，诸王乐此不疲。二来离权力中心近，朝堂上有什么风吹草动能立时知晓。他们只需派人去封国打理，按时收租征税即可。这些年来，前代王爷们又生了一堆儿子，个个都向朝廷讨封赏，京城地界都快不够这些王爷们居住了。

“司马伦赶这些王爷走，就是要动手的前兆，免得这些人在京城里碍事。”古丽斜眼睥睨阿曜，“这意味着，你也马上要离开洛阳了。”

阿曜猛地看向古丽。

古丽眨了眨眼，碧色眼珠透着狡黠：“别忘了大单于跟司马伦的协议，他得为司马伦牵制住司马颖。司马颖是头一个被司马伦点名的。他回了邺城，大单于也须得回左国城。”

阿曜沉默片刻，眼里闪着思量，抬眉凝视她：“那你呢？”

“大单于命我留在赵王府，他需要有人在洛阳为他传递消息。”古丽以媚眼瞥他，娇笑道，“放心，也会把你最关心的消息传给你。”

阿曜没再作声，站起身来。古丽知道他这是暗示自己该走了，起身伸个懒腰，声音慵懒如波斯猫：“你怎么如此笃定？难道，甘愿跟着大单于回去？”

阿曜嘴角向上扯了扯，似笑非笑：“放心，我很快就会回来。”

古丽走到门边，手扶门框回头看他，眉目里艳光四射，勾人魂魄：“我经常夜半来你这里，所有人都以为我与你是那种关系，你还不肯让我留宿吗？”

阿曜将脸侧开：“你该知道我的心意。”

古丽拍了拍他的肩头，轻笑着走出了门。

第四十章

过招与拆招

●

阿乐看向他的背影，高挑挺拔的身形坚毅而强韧，仿如劲松。阿乐突然觉得这个比亲兄弟还亲的人，有了一种极其细微的陌生感。

日光初升，照耀在宏伟的建筑群上，蔚为壮观。走出显阳殿，强烈的光线刺目，献容眯眼朝天望去，居然出太阳了！

这个冬天格外寒冷，阴沉沉的天延续了好久。雨雪交织，直淋得人心底也发起了霉斑。终于见到阳光了！献容欢欣雀跃，将自己沐浴在和煦的暖意中，闭眼展臂，拥抱太阳。

“曜者，耀也，光明照耀之意。日出有曜，太阳出来了就有光明，有光明就有希望。”

耳边传来银铃般清脆的声音，十二岁的小女孩对着浑身脏兮兮的十五岁少年浅笑盈盈。

她听到自己心脏“咯噔”一声跳出个强有力的声音，仿佛心中被封得死死的地方裂开了一道缝隙，阳光瞬间照亮了刻意不去触碰的角落。过往的种种片段，仿佛光线里跃动的灰尘，精灵般在眼前尽情飞舞。她就这样沐浴在和煦的阳光下，忘了自己的身份，忘了前路的重重难关，眼中只有无忧无虑的自己，还有那被光明笼罩的高瘦身影。

“小姐，怎么啦？”

献容猛地睁眼，男孩女孩不见了。耳边的笑声消失殆尽，眼前唯有令人窒息的重重宫阙，隔绝出两个截然不同的世界。她甩了甩头，心中狠狠嘲笑了自己一把。羊献容啊羊献容，你要面对的是生存问题，居然浪费时间对着太阳矫情！

深吸一口气，神魂回归原位，对着春儿点头：“走吧，去崇文馆，嵇侍中恐怕等急了。”

她举步向崇文馆走去，一举一动仪态万方，尽显皇后风范。她每日去宫中的藏书楼崇文馆，让嵇绍为她讲解朝政运作和各方势力沿革。嵇绍身为名门之后，刚正不阿，极重正统。他明白当下的局势有多危险，既然皇帝是个扶不起的阿斗，就必须有人能接过辅佐皇帝的重任。如今看来，献容只要不做第二个贾南风，正是最佳人选。

故而嵇绍对这个聪慧的女弟子倾囊相授，寄予厚望。而献容也如一块干海绵，尽力吸收她过去不熟悉的朝政知识，在藏书楼翻阅各种外界难以接触到的档案资料。每日的忙碌让她暂时忘却了种种忧愁与烦闷，她真的没时间自怨自艾，揽镜自怜。

同一片蓝天下，有个人在对着太阳下的一块牌匾发呆，牌匾上三个中规中矩的金字“月容阁”在阳光下熠熠生辉。

“要走你自己走，我不走！”

听到身后的抱怨，阿曜对着牌匾长叹一口气，回身看向赌气坐在廊道上的阿乐：“舞团所有人都等在门口了，你不走，我要怎样给你编排理由呢？”

撤退的命令下得很急，大单于只给了所有人一天时间收拾，阿乐自从得知撤退的消息就一直跟他闹别扭。

阿乐跳下台阶，气冲冲手指着他："你说要救她的！如今已过了一个月，除了去见羊玄之，什么行动都没看你做过。还不如我自己杀进去！"

"仅靠一身蛮力，我看你能闯过几道门！"阿曜没好气瞪他，"五年前她还不是皇后，我们都难以脱身去见她，更何况现在！"

阿乐愣住，反应了片刻，方才惊诧地问出："你已经知道了？！"他从未告诉过阿曜，羊献容就是五年前那个女孩。

阿曜顿知自己无意中漏了嘴，索性不再瞒他，凝重地点头："她入宫前一晚，我曾去见过她。"

阿乐脑中瞬间涌上许多念头，想问他，却不知如何开口。沉默良久也只是将头偏开，假装在看匾额上的字。一种无法言说的尴尬气氛渐渐升腾，弥漫在两人之间。

良久，阿曜拍了拍他肩头："走吧，我已有安排，我们很快就会回来。"

阿曜背起随身行囊，往门口走去。阿乐看向他的背影，高挑挺拔的身形坚毅而强韧，仿如劲松。阿乐突然觉得这个比亲兄弟还亲的人，有了一种极其细微的陌生感。

在洛阳献艺达四个多月的白羽舞团终于启程回西域了。在洛阳待了这么长时间，白羽舞团为京城人贡献了精湛的异域表演，出城路上随处有行人向舞团挥手告别，比那些离京的藩王还热闹。

藩王就国的诏令下达后，一时间洛阳四面城门热闹非凡，日日有大批豪华车驾出城。白羽舞团离开之时，正是成都王司马颖离京之日。

舞团与司马颖都是往北走，在城北的大夏门竟然巧遇上了。舞团自然得将车马赶在一边，等候亲王先行。

司马颖随行的队伍浩浩荡荡，甚是拉风。他的封地本在成都，但贾南风让他去镇守与匈奴相邻的邺城，他便将自己的小朝廷与兵力都布置在了这座北方重镇。经过他数年经营，如今邺城超越了晋阳，成了晋朝北方最大的城市。

白羽舞团的人等待许久，方才轮到出城。有赵王特批的文牒，舞团顺利通过检查，向北行去。舞团离开不到十日，洛阳皇城内出了一桩大事。

雪花如絮，厉风如刀，献容匆匆赶往她新封的良人居所——平乐苑。这是宫内一个相对独立的园林，有好几处建筑，献容安排这些伺候过皇帝的良人们五至六人居一宫。

还未到苑门便听到一片凄惨的哀号。献容急步入内，只见地上一片狼藉，到处是打破的碗，地上流淌着浓黑色的药汁，众多女子捂着肚子痛得满地打滚。一队兵卒正凶神恶煞地检查是否有漏网之鱼。有个宫人被架住身体，掐着她的嘴往里灌药。女孩被呛得呼吸不畅，如将死之鱼一般扑腾挣扎，凄楚万分。

献容厉声大喝："住手！"

她疾步走到那几名兵士面前，不顾力量对比悬殊，拉下被他们扯住的女孩。那些兵士见她华贵的穿着打扮，不敢对抗，便收了手。

"臣向皇后娘娘请安。"

傲慢的声音响起，献容转身，见一个身着道袍之人向她行礼，是孙秀！

献容气得浑身颤抖："孙先生，这里是后宫，外臣不得擅入，更不得在此行凶！”

孙秀倨傲地哼了一声：“赵王这是为皇后娘娘着想。这些女子出身太差，不堪为皇家开枝散叶。”

献容冷笑：“那本宫就从世家大族中挑选合适女子充盈后宫。”

孙秀毫不避忌直视献容，慢悠悠道：“陛下的血脉，必得出自皇后方为正统。”

手下向孙秀报告，事情已全部做完。孙秀向献容随意行个礼，带人扬长而去。献容胸膛不住起伏，双手微颤。堂堂后宫竟任由这些人横行跋扈，皇权已经弱到了什么程度！献容深恨自己力量太弱，任由这些人践踏，随意拿捏生命。而她做的是什么皇后，哪有母仪天下的能耐！

可她除了忍，别无他法。努力深呼吸，将胸口的闷气憋回去，叫宫女内侍们收拾这满地的混乱，又传来太医。太医的诊断与献容自己的诊断一致：汤药里用了半杞、鹅橡子、花菇伞，还添加了麝香。这是最狠毒的绝子汤，灌下这么一整碗，从此终身宫寒，怀孕的可能微乎其微。望着满地悲恸哀号的女人们，献容心惊胆战！

“求陛下救救我们！”

凄楚的哭泣，凌乱的衣饰，司马衷下朝回后宫，见到的便是这样一片哀戚。所有嫔妃聚在显阳殿中，每个人都是面色惨白，神情涣散，一见到他便呼啦啦跪下啼哭。得知赵王的所作所为，司马衷先是大吃一惊，继而手足无措。

一名新近受宠的良人哭着膝行上前，抱住司马衷的大腿：“这是陛下后宫之事，竟任由外臣随意插足，戕害妃嫔，我们这些人的性命如何得保？”

司马衷急了，一屁股坐到地上号啕大哭：“那也没办法呀，朕又阻止不了赵王。你们要什么，朕补偿给你们。给你们首饰好不好，你们放过朕吧。”

女人们见到司马衷的㞞样，哭得愈加绝望。大殿里一片哭声，闹得献容头疼。献容彻底明白了，司马衷完全靠不住。不是他不愿意，而是他没能力。

如今安排再多的宫人侍寝已无用，司马伦一定会再度出手。何况经过此事，也无人再敢侍寝。献容只得让皇帝去那四位嫔妃处轮着睡，如今唯一没喝过绝子汤的唯有司马伦送来的蕊儿，可献容知道她也绝不敢怀孕。每日请安，诸女都是愁容满面，整个后宫笼罩在一片萧瑟凄切中。

献容向司马衷提出想见见老父，如今能给她出主意的唯有父亲了。司马衷满口答应，不料到了晚膳时分，司马衷赔着笑告诉她，她的要求被门下省否决了。门下省是皇帝的近侍顾问机构，有驳诏之权。后宫中人一年只能见一次娘家人，皇后可一个月见一次。如今时间还没到，不可开特例。

献容恨恨地反驳：“那前任皇后怎得想见就见？”贾家人在后宫里可是横着走的，想什么时候来就什么时候来，谁敢阻拦？

司马衷想为自己的新婚娇妻解释一番，却是颠三倒四说不清楚。献容疲倦地应付了几句，回到自己的寝殿。枯坐灯下，四周是死一般寂静，可她仿佛听到每个角落里都有吃吃的嘲笑声。真是太不自量力了，朝堂上那么多饱读诗书的名士大臣都对司马伦唯唯诺诺，她一个刚踏入旋涡的弱女子有何能耐对抗？等待她的，唯有任人宰割。

偌大的寝殿徒有华丽的空架子，却是寒冷彻骨。献容抱膝望向窗外。菱格窗花仿佛牢笼格栅，她就像被关在笼中的金丝鸟，只会扑腾无力的翅膀，没有些许威胁。她打开窗扇，朔风裹挟着飞雪扑面而来，寒气逼人。

寒冷有什么可怕，起码她还能感受到活着的气息。人活在世上，本就斗不过天，斗不过地，可怕的是还要人斗人。

是怎样一步步落入今日的境地啊？是那个人。从见到他的第一眼起，命运就被无形的绳索牵引，避无可避地走入绝境的深渊。情之一字，如蚀心之毒，动情的瞬间便已酿成大错。再怨恨又有何用？如今已无回头路，就这样闭着眼过下去吧，即便身心俱疲，满目疮痍。若那一刻必须到来，她再不甘也只能接受，唯愿家人尚能保全。

天色暗沉，大雪纷飞。落地的雪受冻结冰，路面格外湿滑难行。如此恶劣的天气，皇后仍坚持去崇文馆，不由让那些负责监视皇后的护卫们叫苦不迭。轿子到达崇文馆，侍中嵇绍如往常一般亲自到馆门口迎接，将献容恭迎入馆内。

司马伦派来的护卫们每日都得在此地浪费一个时辰，躲在墙角听屋内关于政经文史的无聊对话，然后每晚上报。今日这种鬼天气，站不到一盏茶的工夫就能把人耳朵冻僵，还不能搓手跺脚发出动静惊扰屋内的人，实在是倒了八辈子霉才摊上这桩苦差事。好在嵇绍的侍从出来招呼众人去耳房烤火取暖，喝盏热茶。护卫们对视几眼，再听到屋内传来的依旧是毫无新意的念书声，不约而同涌向了耳房。

崇文馆内放置着层层书架，摆放了卷卷古籍，古铜碳炉内燃着的银丝炭噬噬作响。献容与嵇绍面对面安坐榻上，中间几案摆着好几个书卷，嵇绍正摇头晃脑抑扬顿挫地念着贾谊的《过秦论》。屋外响起三声轻敲，嵇绍放下书卷，对献容点头示意。献容迅速下榻，向二楼奔去。身后，嵇绍的朗读声更加响亮。

二楼的书架更多，靠墙角落的一排书架后转出一人，厚重的玄色裘毛冬装不掩修长的身姿，剑眉朗目，风姿出众，隽雅的脸上带着微微笑意，深邃的眼眸更添几分沉稳的气度。见到献容，他躬身行礼，轻唤一声："皇后娘娘。"

献容压抑住激动之情，回礼道："齐王殿下。"

司马伦让藩王们就国，各位藩王不想在这个时候得罪赵王，大都乖乖启程。唯独司马冏不肯遵从，以母亲刚去世，需要守孝为由留了下来。好在司马冏手无兵马，只钟情山水，从不结交朝臣，司马伦对他还算放心，没催促他离京。

不等司马冏出声，献容急切问道："父亲最近如何？"她在这担惊受恐的牢笼内单打独斗太久了，迫切需要盟友的支持与安慰，而况这位盟友是受她父亲所托而来。

司马冏感喟："羊侍郎一切安好，只是担心你，近来精神略有不济。"

献容鼻子一酸，忍不住有想哭的冲动。这一个多月来她时常心惊肉跳，每日殚精竭虑，多想有父亲在身边，能商量依靠。可司马伦绝不容许父亲入宫，她只能想这种迂回的战术。

献容由衷地行个大礼："齐王能在此刻帮助我们，献容实在感激不尽。"

司马冏轻轻侧过身子，避开了这个大礼："不必谢我，这是我欠羊侍郎的。"见献容面露不解，他转而另起话题，"我十四岁那年离开洛阳，侍郎亲自来送我，与我谈了许多。"

献容愣了一下。她从未听父亲提及此事，不过那时她还是个五岁毛孩。

提及往事，他眼里有一抹怅然与苦涩："那时的我年幼丧父，母亲又因我被驱逐出京身患重病。家中愁云密布，人人提心吊胆。朝中大臣都对我避之唯恐不及，唯有你父亲不顾非议来为我送行。他对我说过一句话，我永远铭记在心。”他抬眼看向献容，声音温润却有力，“很多事，当你在面对时觉得天都塌下来了，五年后你再回头看，根本没什么大不了。”

献容抬眼看向窗外簌簌飘落的鹅毛大雪，轻声背诵：“故天将降大任于是人也，必先苦其心志，劳其筋骨，饿其体肤，空乏其身，行拂乱其所为，所以动心忍性，曾益其所不能。”

司马冏见她已明了这番话的深意，欣慰点头。阁楼清冷，她的毛绒斗篷丢在一楼，此刻感出了寒意，不由瑟瑟发抖。司马冏将自己披着的裘毛风衣解开，正要脱下给她，却又缩回手。环顾一圈，见旁边搁着炭盆，上前以打火石点燃刨花，燃起银丝炭。

“这十多年间，我与你父亲一直有联络，他指导了我许多，是我的恩师。”他用钎子拨动炭火，让火燃得更旺一些，温暖的目光看向献容，“所以，有什么话要传递出宫，你尽可以相信我。”

提及这次会面的目的，献容悲从中来，蓄了泪的眼里波光潋滟，水雾迷蒙。她向司马冏深深一鞠，声音哀婉：“是我太任性妄为，不肯听从父亲的忠告。如今到这境地都是自作自受，追悔莫及却已无用。此生恐怕再难见父亲一面，请齐王转告他，献容今生不得尽孝，只能来生补上。若我遭受不测，羊家也难逃此难。请父亲未雨绸缪，早做安排。”

泪水夺眶而出，雾蒙蒙地让人心生怜惜。说到最后，已是哽咽，深呼吸几次方才将满腔悲怆压下去。

他站直挺拔修长的身子，走到她身边伸出手，似乎想触碰她的肩头，却是伸到一半又愣生生缩了回来，脸上原本的怜惜之情转成冷峻之色：“难道皇后就这么放弃了？”

献容昂头让泪收住，吸了吸鼻子苦笑：“不然怎么办？我有什么能耐与司马伦斗？”

他紧盯着她，黑不见底的眼眸中仿佛有团火焰在燃烧：“谁都知道，皇帝在谁手中，谁就能挟天子以令诸侯。你可以做第二个贾后。”

献容摇头，眼里是认命般的无奈：“我不会做贾后，权势非我所求。而况贾后经营多年才到一人独霸宫廷的局面，时势如此迫急，已不允许我做第二个贾后。”

盆里的炭都燃着了，暖阁中温度慢慢升了起来。他将手背在身后，轻哼一声：“你还没到山穷水尽的那一步，却轻言放弃。你父亲说你有主见，非一般女子可比。看来是言过其实了。”

献容被他激怒了，眼里闪着精光射向司马冏。

他沉沉地盯着她双眸，似笑非笑：“别忘了，你还有个孙子呢。”

“他还那么小，我怎忍心将幼儿推上如此危险的位置？”献容不是没考虑过此事，可一旦立为皇太孙，年仅四岁的司马臧便会成为司马伦的眼中钉，随时都有丧命的可能。

司马冏见榻上铺着舒适的厚垫子，气定神闲地在榻上落座，礼貌地以手势指了指几案对面，邀请献容也坐下。“你以为你不推，司马伦就会放过他？身为前太子的儿子，生下来那一刻便已注定了此生的宿命。”

就像我一样，做上这狗屁皇后的那一刻，我的宿命也已定了，逃无可逃。献容这般想着，沮丧地坐在榻上：“这是我父亲的意思吗？”

第四十一章

皇后的振作

局中人自以为能掌控一切，他们走的每一步都是当下的最优选择。唯有跳出棋局，方知自己一步踏错，步步皆错，可惜已是事后诸葛亮。

司马冏从容自在地取过榻上的茶具，悠闲地煮起茶来。这等风雅之事，他做起来极是优雅，动作宛若行云流水。

“我们不妨来分析一下当前局势。皇上虽然脑子有点……”他以手比着太阳穴做了个心照不宣的手势，“贾后可不是一般人。她虽做了不少坏事，但运筹帷幄，杀伐决断的能力不下于男人。她没有儿子，天下最不希望皇上出事的便是她。她以外戚镇住世家大族和宗亲藩王，大家心照不宣，彼此牵制，不会去撕破脸面，这局面总能维持到太子继位。”

献容不禁惊叹。天下人皆骂贾后荒淫弄权，司马冏竟能毫无偏见地评价她，难怪父亲会信任他。

“她最大的错处便是杀了太子。”献容闲不住，索性帮着司马冏一起煮茶，熟门熟路地在茶盏里放入各色调料，“为了保住贾家一族的利益，竟授人以柄，反致身死族灭。若她早知这结局，自太子幼时便对他慈爱，太子继位后贾家最多失势，绝不至灭族。可惜，她年轻时以为自己定能生个儿子，将太子视为眼中钉。太子越大越不可能再与之复合，最终只能走这一着满盘皆输之棋。"

局中人自以为能掌控一切，他们走的每一步都是当下的最优选择。唯有跳出棋局，方知自己一步踏错，步步皆错，可惜已是事后诸葛亮。献容不由想到，若不是因为贾南风走了这着臭棋，自己又怎会被迫来做她的继任，接过她留下的烂摊子。这位跟她原本八竿子都打不到一处的女人，竟影响了她的命运。而自己的结局会怎样，能比贾南风好哪儿去？

"一念愚即般若绝。贾后的确错得离谱，可始作俑者乃是先帝。"司马冏长叹一声，眉间隐隐愁容。涉及他伯父司马炎，他不愿多谈下去，只点到即止，"贾后死不足惜，但维持了十年的平衡已破。多少人在蠢蠢欲动，只是不敢做那先出头的椽子。司马伦既老又蠢，最适合做捅娄子的第一人，他身边有太多人在撺掇他。"

献容想起了孙秀，这个不学无术的道士可是天天在吹着耳边风。还有一直给司马伦打头阵的司马颖，无论身世还是实力，他都比司马伦强太多，难道真会甘心向司马伦俯首称臣？

"只要他宣布禅让，立即给了京城外那些有权有兵的藩王机会。司马伦手头兵力不足，为他谋事之人又都是邪佞之徒，撑不了太久。"茶已煮好，司马冏为献容斟满杯，奕奕有神的目光看向她，"可关键是，谁来做下一个司马伦？"

献容立即明白问题的严重性，压低声音道："成都王司马颖？"

"手握重兵的藩王何止他一人？长沙王司马乂、河间王司马颙，都是有野心又有地盘之人。"司马冏容颜清雅，姿态高贵，十分赏心悦目。可这位娴雅公子说出来的话，却是让人心惊肉跳，“还有那些势力稍小一些的藩王，又凭什么要听命于他人？谁不想尝尝权力的滋味？”

司马炎大封同姓王时，也考虑到了万一藩王尾大不掉，反会威胁中央，所以设置了制约措施。比如税收，封国只能留三分之一，其余上缴国库。比如军权，封国的兵力由中央调派，大国能调遣五千，中等封国三千，小国一千五，藩王不能随意出兵或征兵。再比如各封国小朝廷的人事任免，核心职务必须由朝廷来任命。中央安排的官员负有监督之责，藩王们在封地的风吹草动都逃不过朝廷耳目。

献容在嵇绍那里学习了一个多月，对这庞大帝国的运行机制已有大致了解。她的心跳愈发急促，手脚却是冰冷，饶是屋内的炭盆和暖和的茶水也无法令她回暖：“先帝那些制约封国的举措，唯有在皇帝足够强大时方能号令得动。可若是朝廷孱弱，藩王们谁还会听那一纸废话？”

一旦中央失控，意味着再无能力控制这些藩王。他们想征兵征税任免官吏，根本不需要上报朝廷。司马伦打开的祸端会将所有人吞噬殆尽。

司马冏一双眸子炯炯有神，却又精气内敛：“所以，他们又会继续争斗下去，不是你死，就是我亡。”

献容按捺不住心跳加剧，浑身不由自主战栗起来：“司马伦撕开的这道口子将会越扯越大，再无法填补，汉末大乱即在眼前。”

司马冏俊秀如玉的脸上微微含笑：“我现在觉出来了，你父亲对你的评价并没有言过其实。你的确聪颖灵秀，一点就通。”

献容完全没在意他的夸赞，她满脑子只有这件事：“即便我让陛下立司马臧为皇太孙，难道就能挡得住司马伦？”

“挡不住也要挡，司马臧被杀就换上别家宗亲的孩子。生在皇家，那就是他们的命运！”他见献容眼里流露出不忍之色，身子前倾，明亮如刀锋的眼眸里散发出咄咄逼人的寒光，“别觉得我心狠，若是真的动荡来临，人人皆是命运的棋子，如蝼蚁草芥不堪一击，何况几个幼儿！拼尽全力去力挽狂澜，即便最后败了，总胜过卑躬屈膝苟延残喘，像条狗那样活着。”

窗外的天色愈加阴沉，室内炭火荧荧，在他脸上映照出跳动的火焰。他声音低沉，如暖风拂面：“记住，你不是一个人，你还有羊侍郎和我。”

献容心潮澎湃，被激发出极大的斗志与勇气，用力点头：“我会尽我之力遏制那些野心家。即便是蚍蜉撼大树，我也得撼出些声响来，好歹证明自己来过这世间一遭。”

他笑了，情不自禁以手轻拍她放在几案上的手。这动作是那么自然，像是长辈对后辈，也像是亲人间的熟稔。献容愣了一下，心中浮起异样的感觉。他似是觉察到了，立即缩回手，垂下眼帘喝茶。

献容收回不该有的胡乱思绪，定定看向他，眉目精致的脸上有一丝警觉：“齐王为报师恩，为我和父亲传递信息，这完全说得过去。可若是与我一起对抗司马伦，这可是提着脑袋的事，你为的是什么？”

司马冏愣住了，踌躇片刻后哑然失笑：“临危不乱，思考缜密，你又让我刮目相看了。”

献容不愿避开这个话题，继续拷问：“焉知你会不会成为下一个司马伦？”

“我自有必须这么做的理由。”他抬眼看向她，嘴角微扬，似是带笑，“至于我会不会是第二个司马伦，现在说什么都不作数。你会因为有此担忧，就不尽力阻挡司马伦吗？”

献容摇头。

他以钎子将炭火拨得更亮，脸庞在炭火照映下明灭不定：“人品有真有伪，善恶有虚有实。我无意自辩，皇后可听吾言观吾行，以时日来见证吧。”

他抬眼看向屋外。将落未落的残枝被大雪所压，摇摇欲坠。原本清晰的世界被纷飞的雪花模糊了视野。天色灰蒙，乌云压顶，一场前所未有的大风暴很快便会席卷而来。

公元301年的新年很快到来。

洛阳之外的其他地方丝毫感受不到中央朝廷的危机四伏，沉浸在一派欢乐的新年气氛中。尤其是北方重镇晋阳，有了来自西域的白羽舞团助阵，更是将年味推到了高潮。

舞团是大年初五入城，只演到正月十五，没想到场场爆满，引发了晋阳百姓的高度热情。正月十五上元节那天，街头挂满花灯，热闹非凡。晋阳民众们听到了一则来自京城的消息：年仅五岁的司马臧被册立为皇太孙。

司马臧是前太子的儿子，血统上绝对根正苗红。何况前太子死得冤屈，他的儿子被立为皇太孙，也算对前太子的在天之灵有所告慰。民众们欢欣鼓舞，庆祝朝廷终于解决了令人头大的继承人问题。

是夜白羽舞团演出，阿曜站在后台听台下观众们对册立皇太孙的议论。他看向人声鼎沸的大广场，那里正在燃放新年焰火。一串串火星蹿上夜空，几声脆响，绽放出璀璨的花朵。他的脸在烟火映衬下格外清冷，闪着起起伏伏明明暗暗的光芒。

正月十六，舞团出晋阳城西门，向着草原进发，他们要穿越匈奴地界，回到西域。天气愈趋寒冷，满眼皆是白皑皑的起伏山峦。马车上飘扬着白羽舞团的旗帜，一群人顶着朔风暴雪，艰难地在泥泞山路上蹒跚前行。

这里是吕梁山东麓，越过眼前这道山梁便进入了农耕与放牧犬牙交错的地域。前方就是转角的山隘，意味着最艰难的路已到了尽头。翻过这道山隘便是一路平缓的下坡，雪会转成小雨，到了山脚可能连雨也不会再有，道路会更适宜行进。

每个人正打点精神准备通过山隘，突然一阵乱箭从前方转角处射来。猝不及防下好几人倒地，剩余的人慌忙从马车上抽出武器。不料，身后也是乱箭齐发，他们在这狭窄的山路上被包围了！

舞团中人个个武艺精湛，终究挡不住对方人数众多又占据地利，很快便只剩下五六人在负隅顽抗，身上脸上到处是血，保护着正中那名留络腮胡子穿戴皮氅的男人。眼见得已被层层包围，那男人高声狂呼："是谁要杀我，出来吧！"

一声胡哨响起，对方的阵营中让出一条道，一人骑马越众而出，对着男人颔首："大单于别来无恙。"

刘渊脱下厚重的皮帽，撕去脸上的假络腮胡，露出瘦削的脸和如狼的双眸，对着马上的年轻人拱手："原来是成都王殿下。"

司马颖身穿玄色裘皮，犹如戏耍老鼠的猫，俊脸上满是得意的笑容："本王仰慕大单于已久，故在此等候多时。"

刘渊将手中的剑回鞘，眼神幽深莫测："承蒙殿下厚爱，去邺城做客也好。"

邺城与晋阳隔了好几百里，晋阳也非司马颖的封地。既然他蹲守在晋阳附近，卡住必经的交通要道，定是早已得了消息。己方既然已无胜算，刘渊便不再做困兽之斗，识时务者为俊杰。

司马颖满意地点头，看向刘渊身后那几位浑身浴血的年轻人。这几人在刚刚的搏杀中异常勇猛，武艺高超，司马颖问道："这几位是？"

刘渊看向自己身后，三位是他最忠心的贴身侍卫，还有阿曜和阿乐。他也不隐瞒，一一为司马颖介绍。轮到阿曜，刘渊坦然道：“这是我儿子——”

刘渊尚未说完，阿曜急忙插嘴：“刘聪见过成都王殿下。”

刘渊讶异地瞥向阿曜，狼眼骨碌转了一圈。

刘和虽未被封为太子，但他是刘渊活到至今最年长的儿子，母亲呼延氏又是刘渊的原配妻子，匈奴诸部早已视他为接班人。刘聪母亲出身不高，只是个妾室，当年被刘渊抛弃在晋阳，后不知所终。故而刘聪虽彪悍，却只被刘渊当作一员猛将。刘渊冒险潜入洛阳城，绝不可能带着刘和，带刘聪在身边倒是非常有说服力。

刘渊诧异的表情只维持了一瞬，嘴角带上一丝玩味，看向司马颖，悠悠说道：“这是我儿子，刘聪。”

“果然是虎父无犬子。”司马颖做了个请的手势，一辆马车随之驶近，“那就委屈大单于随我去邺城吧。”

雪下得愈发大了，兵士们清理战场，将尸首推下悬崖。纷飞的鹅毛大雪很快掩盖了一地血迹，再看不出这里曾发生过一场厮杀。

二月初尚是寒气逼人。距离洛阳六百多里的邺城，成都王府偌大的会客厅内，司马颖正在宴请贵客。他身穿深紫色裘袍，志得意满坐在上首，对着刘渊举杯敬酒：“委屈大单于了，缺什么吃穿用度，大单于尽管提，本王必定满足。”

刘渊悠然嘬了一口酒：“成都王太客气了，如此尽心招待，元海感激不尽。”元海是刘渊在洛阳做质子时取的字，只在跟汉人贵族打交道时刘渊才会如此自称。

司马颖向坐在刘渊身边的阿曜敬酒：“聪王子请满饮一杯。”

阿曜回礼，端起耳杯昂头喝下。他们被抓的当夜，阿曜便找机会向刘渊请罪。他担心自己的身份太过卑微，故而借用了刘聪之名。他低声解释："二王子一向受大单于器重，司马颖得知二王子也一并被他捕获，定会觉得多了一重筹码。如此可以麻痹他，对大单于或有助益。"

刘渊点头："你倒是想得周到，行事越来越稳妥了。"

阿曜从刘渊眼中看到了赞许，不由松了口气。他与刘渊极少有机会长久待在一起，这趟被捕，竟无意中促使这对父子平生第一次日日相对。刘渊面对司马颖时尽责地扮好慈父的角色，有事也会与阿曜商量。刘渊博览群书，引据论典时阿曜都能对答如流甚至举一反三，每每让刘渊惊诧。于是刘渊会有意无意指点他，父子俩的关系在这些日子中奇迹般格外融洽。

聊了几句邺城的风土人情，刘渊喝下一口暖酒，悠悠问道："不知成都王打算让元海在邺城做客多久？"

司马颖挥手让侍从添酒："怎么，大单于归心似箭了？本王听闻大单于文韬武略，足智多谋。大单于常住在此，本王方可日日讨教。"

刘渊老谋深算地轻笑："成都王何必浪费时间在我身上，如今最重要的事难道不是谋取洛阳吗？"

阿曜默不出声听两人对谈，闻得此言，抬眉看向司马颖。

司马颖果然有些按捺不住，清了清嗓子："大单于出此大逆不道之言，难道不怕本王杀了你？"

刘渊心里冷笑。司马颖果然还是太年轻，心里那点小九九早被人一眼看透，却偏要藏着掖着，尽说些没用的废话。

"杀我一人，匈奴诸部皆反，对殿下有何益？殿下留我在身边反而是好事。匈奴诸部归服，殿下才能无后顾之忧，一意谋取洛阳。"刘渊环顾一下四周，满意地点点头，"这里吃穿用度不愁，乐不思蜀啊。反正，我已不是第一次做人质了。”

司马颖被刘渊戳穿了心思，颇为尴尬。借着饮酒，以宽大的袖子遮面。

刘渊不再跟司马颖兜圈子，打蛇得掐七寸：“赵王心意，路人皆知，相信不日便会有行动，这可是殿下的绝好机会。可就算有了勤王的名义，行动上也得迅捷才是。不然，被河间王或是长沙王抢了先，这天大的功劳便轮不上殿下了。”

司马颖听得愣住，不再顾及毫无意义的面子，极认真地点头，心下暗自盘算。

刘渊见司马颖已开始信任他，嘴角露出一丝微笑：“我只怕要在邺城待上不少时日。既然受殿下款待，总不能白吃白住，索性，就给殿下做个谋士吧。”

司马颖这才意识到此人的身份，不由警觉起来：“大单于为何要帮本王？”

“因为我想跟殿下做笔交易。”刘渊目光如刀锋，盯着浑身亮灿灿的孔雀王，“元海将殿下捧上九五至尊，陇西云州和并州则让与我匈奴自由驰骋，如何？”

阿曜的眉毛跳了一下。

这正是刘渊与司马伦的密约。刘渊身边的其他人不知情，古丽作为两方的联络者可是一清二楚，早已告诉了阿曜。如今看来，刘渊摒弃司马伦了。他应势而为，重新选择了下一位合作者。

两张扇面大小的羊皮上密密麻麻写了字，司马颖将其中一张递给刘渊：“按照匈奴人的习俗，是否还得歃血为盟？”

刘渊洒脱地点头：“请借匕首一用。”他的武器已被收缴，指了指司马颖腰间挂着的匕首囊套。

司马颖一想到得割破自己的手掌，不由瑟缩一下：“还是以击掌代替吧。”

刘渊眼里瞬间飘过一丝鄙夷，又恢复常态：“也可。”

两只手掌相击，算是结下了盟约。刘渊说道：“元海若是长久不归，匈奴王廷恐生变故。请成都王允我写封信，好让他们安心。”

司马颖滴溜着眼，神色摆明了不信任。

刘渊豪气地笑了：“元海写了些什么，成都王尽可以看。若是怕我使诈，成都王在一旁监督便是。”他凑近司马颖，压低声音，“成都王也不希望因我不在，匈奴出什么变故吧。”

司马颖眼皮跳了跳。

刘渊说得没错，匈奴绝不会任由自己的单于踪迹全无，只要多花些心思，寻到他这儿是迟早的事。司马颖虽实力强大，但也绝不敢挑起汉匈战事。再者说，匈奴五部只是表面统一，若刘渊毫无下落，他的政敌索性宣称刘渊已死，另立新君，那他司马颖扣留的这位大单于便失去了价值。所以，必须让匈奴人知道刘渊是被他软禁，才会投鼠忌器，自缚手脚。

司马颖给刘渊拿来纸笔，亲自监督他写信。刘渊信中只提自己在晋阳被司马颖劫持，需留在他身边做一段时间谋士。他不在之时，大王子刘和监国，左右贤王辅国，匈奴王廷不可轻举妄动，不得骚扰晋朝。时机到了，他自会回去。

刘渊只是陈述事实，字里行间没有半分怨恨不满，司马颖看了三遍都没看出有什么猫腻，也确定刘渊没用暗号或隐语。可阿曜却看出了端倪，抑制不住心跳。

信中没有一个字提及阿曜，刘渊写的是“聪儿”。这封信到达匈奴后，那边立即会知道刘渊是将阿曜冒充成了刘聪。那么，刘聪为保父性命，刘渊未回之前定会隐藏自己，免得走露消息。他阿曜便可顶着刘聪之名，在此便利行事。

阿曜在惊叹刘渊思维缜密的同时，不禁想到，刘渊这么做，是为了保这个他从不待见的儿子，还是另有目的？

第四十二章

“禅让”

阿曜拧着双眉，神情意味深长，“欲说服人，诱之以利，而非诉之以理。”

阿乐沉思片刻，暗暗记下这句话。

刘渊在信后盖上随身携带的单于之印，交给司马颖。司马颖命人将信送往左国城，眼光瞥向站在一旁的阿曜，开始摊派任务：“现在诸事已了，那便请聪王子即刻启程去洛阳，帮本王盯着司马伦。若有任何风吹草动，本王便能即刻知道。”司马颖笑得诡异，“聪王子有个赵王义子的身份，要入洛阳并不难。”

刘渊的浓眉挑了挑，颇有深意地看向司马颖。

“聪王子能做上赵王义子，定然是大单于的安排。”司马颖晃了晃手中的羊皮，更是皮笑肉不笑，“这份盟约，想必赵王手中也有一份。”

当初让司马伦认阿曜为义子，此事洛阳城人人尽知，司马颖以此推导出他与司马伦有密谋，这并不难。

刘渊不疑有他，哈哈大笑：“成都王大可放心。既然与成都王结盟，说明元海已另栖良木，赵王手中那份自然作废了。”

司马颖慢悠悠将羊皮收入袖袋："聪王子明面上仍可为赵王所用，只是，暗地里须得是我的人。"

刘渊了然，原来他是要阿曜去做双面间谍。如今他父子皆对司马颖有用，一个人可牵制另一个，端得是好计谋。刘渊不禁对司马颖另眼相看。之前他只听说这个位高权重的年轻王爷眼高于顶，浮华虚夸，从未听说他擅长谋略。可从秘密抓捕他刘渊，到与他结盟，再到派遣阿曜，种种安排皆是滴水不漏，哪里像是个眼光短浅的司马王族。看来，日后与他周旋，必得更加谨慎才行。

既然受了如此重任，阿曜与阿乐当即启程前往洛阳。飞马奔驰在邺城与洛阳之间的驰道上，阿乐问出心中憋了好久的疑惑："果然如你所言，我们很快就能回洛阳。可是，你怎能预料到司马颖派的人是你？你又怎知道我们必会落入司马颖之手？"

阿曜提着缰绳放缓马匹，沉默片刻方才回答："是我将舞团的行踪透给司马颖。"

白羽舞团接到命令，第二日一早撤离洛阳。当日深夜，司马颖的王府中来了一位神秘客人。此人被引入王府内最安静的书房，司马颖正等候在内。

待遣开侍从，司马颖急急发问："司马明公子，你乃赵王义子，让本王如何相信你？"

来人脱下挡住头面的宽大斗篷，露出一张俊逸无双的脸，只是微有些憔悴冷峻。他躬身行礼，开门见山："我的真名叫刘聪，是匈奴大单于之子。此刻，大单于正在洛阳城中。"

司马颖吃了一惊，这真是个劲爆的消息。心里不禁盘算，若是拿下刘渊，不知能得来多少封赏？不过他立即推翻了这个主意。如今司马伦当政，他把刘渊送给司马伦，对自己没半分好处。而况，他对来人更感兴趣："听闻聪王子勇猛有谋，深受大单于器重，为何要来向我告发自己的父亲？"

阿曜早已备好说辞，侃侃而谈："成都王可知，我还有个长兄刘和？他乃大阏氏所出，年龄又在众兄弟中最长，如今在匈奴诸部，以他为太子的呼声最高。"

司马颖镇守邺城，自然能探听到各种匈奴部落的消息。他满含深意地看向阿曜："论智谋论勇力，聪王子都在乃兄之上，只是受限于母亲出身，聪王子必是心有不甘吧。"

阿曜闪着眼，目光深邃："在下思前想后，必得寻到更大的靠山，方能与长兄一搏。"

司马颖明白了，这是要投靠他啊。他呵呵一笑，甩袖坐下："你不是赵王义子吗，如今赵王权势最盛，为何不寻赵王，反来找我？"

阿曜苦笑道："我能成赵王义子，是因为大单于与赵王定了秘密盟约。成都王以为，赵王会跳过我父亲，与我联合吗？"他抬眼看向司马颖，声音压得更低，"而况赵王一旦篡位，必是死路一条。我何必挂在一个死人身上？"

司马颖眼珠转了一圈，饶有兴致地问道："本王与你合作，能得来什么好处？"

阿曜胸有成竹地微笑："我将父亲送与成都王。"

阿曜将那夜与司马颖的密谋一五一十告诉阿乐。阿乐恍然，难怪司马颖将他们的行踪掌握得如此精准，这便是阿曜给司马颖的投名状。将匈奴大单于拘禁在身边，无疑是一枚极好用的棋子，既牵制了匈奴，又能得来一名堪比孔明的谋士。当然，刘渊可是一柄双刃剑，没有与之匹敌的权谋，锋锐的刀刃很可能伤到的是自己。但司马颖自视过高，只怕从未想过这个问题。

阿曜冷哼一声，目光看向天际的地平线：“让司马颖将我派往洛阳，也是我的主意。没有大单于在一旁，我可以放开手脚做许多事情。”

阿乐虽不识字，但头脑极聪明，立时领悟过来：“难怪你要冒充刘聪。你刘曜的身份低微，难以让司马颖信任。”刘和刘聪争太子之位已是波涛暗涌，以此作为理由，司马颖才会相信为何儿子要出卖老子。

阿曜想留在洛阳，可他绝不能得罪刘渊。而一旦回了左国城，刘渊必然要趁着晋朝内乱有所行动，或乘机扩大地盘，或不时扰乱边境，阿曜将会身不由己被他役使，再回洛阳无望。所以，让司马颖拘着刘渊，再给个最正当的理由重返洛阳，能想出如此巧妙的一石二鸟之计，阿曜的飞速成长让阿乐刮目相看。

阿乐仍有些疑惑：“司马颖竟不派人监视你，他怎知你定会乖乖去洛阳为他探听消息，而非偷溜回匈奴？”

“大单于写信回匈奴王廷，命刘和监国。你想，我若真是刘聪，这时候溜回匈奴，便得事事听刘和号令，这于刘聪有何好处？不如留下好好表现给父亲看。司马颖认定了这一点，自然对我放心。”阿曜拧着双眉，神情意味深长，“欲说服人，诱之以利，而非诉之以理。”

阿乐沉思片刻，暗暗记下这句话。阿曜一甩缰绳，猛夹马肚，马如箭一般飞驰而去。阿乐急忙跟上，在风驰电掣中看向身旁的阿曜，眉眼间闪着思量。

早春二月，乍暖还寒。黄昏时分，阿曜与阿乐风尘仆仆进入洛阳城。天下起了绵绵细雨，满城笼罩着一股怪异的气氛，天际瞬间劈下惊天大雷。

正是风雨黄昏后，百姓们却不顾湿冷，惊慌失措，奔走相告："皇上禅位给赵王啦！"

两人勒马相顾，心里"咯噔"一声：该来的还是来了！

明明皇帝还不算老，也有皇位继承人，在朝廷中还有不少支持者，怎么就莫名其妙禅让了？

这出闹剧还真就只能发生在司马衷身上，别的皇帝都轮不上。

这天早朝，司马伦尚未发动，因为他知道朝臣中有不少人站在皇帝那边。下朝后，他邀请司马衷一起去听儒士讲学。这是小范围聚会，来的全是司马伦的死忠。正当司马衷听讲儒学听得昏昏欲睡之际，他最贴心的内侍魏内官捧着皇帝的玉玺、印绶走入，大呼赵王天命所归，当继大位。在场所有人皆赞同，对皇帝说着禅让之后生活多美好之类唯有傻子才会信的鬼话，司马衷就在一片忽悠声中同意禅让了。

魏内官不知羞耻地非要将玉玺、印绶塞给司马伦，随后司马伦表演了三次推让，最后在一片马屁声中勉为其难地接了下来。

阿曜和阿乐逮着擅长八卦的吃瓜群众一个个问，将或添油加醋或纯属臆想的过程七拼八凑粘贴在一起，大致了解了整个闹剧过程。两人除了苦笑还是苦笑。禅让这种纯靠表演的作秀，也唯有在司马衷这儿才能进行得如此顺利。而司马伦是司马衷爷爷那辈的，族叔祖居然尊自己的孙子辈为太上皇，叫一个刚满十八岁的花季女孩太上皇后，为了做皇帝连人伦辈分都不顾了。

站在街上，看见身边所有百姓都在交头接耳，阿乐焦急地看向阿曜："我们现在可怎么办？"

阿曜没有回答，目光望向皇城中那大片金灿灿的屋顶。最高的凌云台屋顶贴满云母，在绵绵细雨中失去了往日的光彩。风携着雨丝从他耳边擦过，他眉宇紧拧，黑眸若深渊，幽深不可测。

此刻的王宫，阴寒从地卷起，直扑面门，皇帝的寝宫崇光殿前围了许多人。司马衷所有嫔妃都来了，冷冽的寒风凄雨中，每个人的哭泣声都比喝下绝子汤时更凄惨。

孙秀在一旁宣读诏书，这诏书当然是新任“皇帝”所下。拉拉杂杂说了半天富丽堂皇却完全没用的话，说什么他父亲司马懿托梦给他，让他早入宫取代自己的侄孙。他再三托辞不受，但禁不住司马懿每天梦里来叨叨，于是他决定接受天命，尊司马衷为太上皇，改年号建始。

孙秀念完“诏书”，得意扬扬地做了个手势：“请太上皇与太上皇后移驾金墉城颐养天年。”

站在司马衷身后的嵇绍愤怒地“呸”了一声。听到“金墉城”这三个字，嫔妃们哭闹得更凶了。谁不知道那是个有去无回的活地狱，到处飘着政治失败被弄死的孤魂野鬼。去那里是给那些不得善终之人做伴呢，哪是什么颐养天年。

献容一直绷着脸沉默不语。她怕自己一旦开口，会生生吐出心口不停翻涌的血液。看向一脸痴傻的司马衷，真是哀其不幸，怒其不争。她在司马冏和老父的鼓励下振作精神，誓与司马伦对抗到底。没想到这位队友自己主动让位，打乱了她所有的谋划。

如今大局已定，她说什么做什么都无用了。

司马衷完全不明白这些女人哭闹什么，牵起献容的手憨笑：“皇后，我们以后可以想怎么玩就怎么玩，没人逼朕每日坐在那个不舒服的位子上，多好啊。”

献容看着智力只停留在儿童时期的司马衷，绝望到极点，反而笑出声来。对司马衷而言，这天下人争抢的位子唯独对他最无用处。若不是当年他那没脑子的母亲非逼着司马炎立他为太子，他一辈子做个有钱有闲的王爷，反而是最好的结局。手中有了权力却无大局观，这得有多可怕。

一大群人急匆匆奔来，边跑边大喊“陛下”。脚踏木屐，高冠博带，实在跑不快。有个人冲得太急，在湿地里滑倒，弄得宽大的广袖和衣襟上满是狼狈。献容定睛一看，那跌倒之人竟是司马睿，他身后还跟着洛阳名士王导、陆机等人。献容没想到司马睿也没去封国，此刻竟然还能站出来支持皇帝。

司马睿不顾浑身狼狈，上前死死拉住司马衷的袖子，双膝跪地，磕头大哭：“陛下千万不能禅位啊！赵王以小人伎俩骗取皇位，这禅让名不正言不顺，满朝文武不服，天下百姓不服！”

司马衷为难地噘起嘴：“是朕自愿的，反正现在已经这样，没办法了。”

王导跪地大呼：“陛下，臣等去死谏！”

王导这一喊，一同前来的人纷纷点头。献容抚额苦笑，这太没实际作用了吧。他们这些清流名士天天坐而论道，能想点管用的主意吗？

献容此刻已经平静下来，她看向司马睿，声音柔和，却有着慰藉人心的力量：“琅琊王，事已至此，死谏没有任何益处。你们的性命更重要，留着等待未来吧。”

“献——”司马睿急忙改口，苍白的脸上是无尽痛楚，声音哽咽，“皇后娘娘，但凡有任何用得着臣的地方，请一定告知，臣必誓死达成。”

献容不由感动万分，鼻子酸涩难忍。到了这份上，朝堂之人就算没有落井下石也避之唯恐不及，一个无权无势的闲王还敢说出这种话来，那是一种多高洁的品行与无畏的勇气。

孙秀鼻子里哼着冷气，僵硬地看着这帮来砸场子的名士。献容担心他们被司马伦记恨，好言好语劝说他们回去。天色已晚，名士们围成一圈就是不肯走，硬是被孙秀带来的兵士们驱逐出了宫门。

献容吩咐嫔妃和宫女收拾东西，再额外吩咐春儿："赶紧去把臧儿带来。"

如今最危险的是这个孩子，司马伦会不遗余力铲除他。春儿带着那苦命孩子匆匆赶回，献容抱起司马臧，严厉的声音在大殿前激荡起层层回响，她要让所有人清楚听到她的话："日后皇太孙跟着本宫起居。本宫吃什么，他就吃什么。"

说完后，献容保持着皇后该有的仪态，不顾雨丝越来越密集，缓步向司马衷走去："陛下，我们走吧。"

献容拒绝了坐轿，让皇帝，哦不，太上皇挺直腰杆徒步走过这段路。他们得朝着皇宫北面走，出北宫门才能到达金墉城。路程虽不长，却是从人间到地狱，献容想要司马衷记住这段路。

夜幕降临，灯笼的烛火在凄风冷雨中摇曳，如鬼火一般。刺骨的寒意从四肢钻入，仿佛在内里扎了根，直透到骨髓。

一行数十人，包括所有伺候过司马衷的嫔妃，每人按等级配备一至五名宫人，在孙秀带领的宿卫军押解下到达金墉城。这座四方卫城位于宫城西北角，地势险要，抬眼便能望见绵延数里长的邙山。曹操的孙子魏明帝建此城的目的本是军事要塞，若有敌从邙山进攻，金墉城首当其冲。故而城虽小，城垣却是宽厚坚实，四角皆有戍卫的角楼。

可此城从建成之日起从未履行过戍卫之职，反倒是因为城高墙坚，关禁闭特别管用。从魏至今，死在这里的皇族实在太多。第一位便是被司马师废掉的魏朝皇帝曹芳。后来是司马炎的第二任皇后杨芷，贾南风对待这位名义上的婆婆手段狠辣，竟是让她活活饿死。过了不到十年，太子司马遹一家又被贾南风关了进来，很快被毒杀。然后便轮到了作恶多端的贾南风自己。她死了不过两个多月，她的继任者又很快被送了进来。献容念及至此，心下的悲怆凄然真真是难以言说。

门口列着两排兵士，手执兵刃，神情木然。献容站在金墉城门前仰望，高大的城墙在细密的雨丝中只看得出黑压压的轮廓线，仿佛随时会倾轧下来，将一切吞噬。

孙秀语带威胁，要求太上皇一行加快速度。献容刚要迈步，身后传来一个熟悉的声音："献容！"

献容急忙转身望过去，在一排兵士身后有个玄衣博冠之人，身形高瘦，留着俊逸的山羊胡子，是羊玄之！他被那群兵士所挡，无法走到献容身边，只能定定望着她。目光有悲伤，有愤怒，更有千言万语想要叮嘱，最终只能化成一股浓浓的哀戚流淌。他身边伴着一名长身玉立的年轻人，是司马冏，也充满怜悯地凝视献容。

献容不知不觉间泪已满眶，她一直强撑着，直到此刻方才咂摸出哀恸的滋味。孙秀见她还不走，上前猛推了她一把。献容被推得踉跄，周围人皆是敢怒不敢言。这哪是对待太上皇后，简直是当成了阶下囚。羊玄之既心疼又无奈，只得挥手让献容进去，不要在此刻得罪权势正熏的孙秀。

献容稳住身子，挺直腰身，昂头一步步走入那道门。没关系，我还活着。只要活着，就有希望。

天色在此时完全暗下，连一丝丝晦暗的光明也寻不见。沉闷的隆隆声轰鸣，厚重的大门在身后被紧紧关闭，只余下阴冷，潮湿，还有无边无涯的黑暗……

羊玄之望着献容的背影消失在门后，之前强忍住的眼泪淌了下来。

他知道，这道门隔着生与死。他眼前仿佛出现沈锦绣温柔和煦的面容，他想握住她温暖的手，想对她呢喃他的感激。若不是沈锦绣，献容一个世家小姐怎可能通医术，又怎会如此乐观坚忍。这将会是献容在这可怕地方求生的本事。

她的坚强，比什么都重要。

第四十三章

步步紧逼

献容抱着孩子痛楚地呢喃：“愿你来世，别再生于皇家！”

阳春三月初，草长莺飞时。

巍峨恢宏的太极殿内，新上任的皇帝司马伦身穿黄袍，头顶旒冕，正为最近京城里闹的几件事头疼。他知道自己僭位称帝不得人心，最快的方法就是用钱收买。所以这位七十岁才坐上皇位的陛下，新上任第一天就宣布：所有官吏考试统统废除。只要你年满十六，在太学里学习过或正在学习，一律任命为官吏。郡县两千石以上的官吏则一律晋封为侯。他的党羽、儿子孙子曾孙，甚至他赵王府和亲信府里的奴仆士卒杂役等人，甭管个人能力如何，通通加官进爵。官位不够没关系，现造个官衔名位来，反正人人都有官做。

这烂大街的封赏带来的后果是：造官帽的貂毛不够了。于是孙秀灵机一动，改用狗毛。每次朝会，满座都是戴狗毛的文武官员，于是街头巷尾很快便流传出“貂不足，狗尾续”，也成了后世“狗尾续貂”

的来历。这么多新封的官，总得有赏赐吧？可傻子皇帝留下的府库藏存简直是毛毛雨，里面的金银全熔了也不够铸造官印，索性就拿了无字的光板代替官印，于是民间又有了讥讽之语：“白板封侯。”

司马伦当上皇帝不足半月，民间就有了那么多风言风语，可这些狗尾白板的笑话还不算最糟。司马伦刚登基，孙秀便去石崇府里索要他最宠爱的小妾——当世第一美人绿珠。石崇勃然大怒不肯给，于是孙秀随便安了个谋逆的名头，将石崇一家子全杀了，那位目中无人的石家三小姐石明玉也在其中。绿珠不愿落入猥琐的孙秀之手，愤然跳楼自尽。

毁了第一美女后，孙秀又对第一美男下手。此人名叫潘岳，他被后人所熟悉的是另一个名字：潘安。只因年少时对曾是门下小吏的孙秀出言不逊，这位以颜值闻名青史的大帅哥也丢了脑袋。

一个出身低微的五斗米道士，连个正式的官职都没有，竟如此轻易就把京城第一富豪、七大世家之一的石家给灭了，可见权势比出身管用多了。其余六大世家皆是噤若寒蝉，惶惶不可终日。孙秀如此横行无忌，靠的不过是司马伦这棵老朽的大树。司马伦鼠目寸光，根本顾不上孙秀给他到处树敌。眼下最困扰他的是另一件要紧事：他的长子司马荂闹着要当太子，但这件事有个最大的障碍。

崇光殿内，司马伦一身黄袍，抬起满是褶皱的脸，阴沉地看向对面的孙秀：“又失败了？”

孙秀小声禀报：“被太上皇后识破了，没能送到太孙面前。”

司马伦恼怒地拂袖站起，声音抬高了好几度：“这都第几次了，一个不满二十岁的女人就这么难对付？！”

“太上皇后医术高明，对太孙看得又牢，实在难找到机会。”

司马伦现在开始后悔选了羊献容：“当初只想随便弄个女人塞给太

上皇，刚好刘渊提了，就顺水推舟做个人情。”他思索片刻，眼中浮起杀意，“既然这么难对付，此女留不得，索性跟司马臧一起做掉吧。”

孙秀点头：“是，属下即刻去办。”

孙秀前脚刚走，一名内侍匆匆入内，凑近皇帝耳语几句，司马伦那风干柚子脸立即变了颜色，低声吩咐：“赶紧叫他进来！”

一个高瘦之人身穿玄色斗篷入内，向司马伦单膝下跪行礼。他掀开斗篷，露出剑眉星目，却是神色疲惫，风尘仆仆。

司马伦挥手让他站起，迫不及待地询问：“大单于被司马颖拘禁了？”

阿曜表情凝重，哽咽着说出：“行至晋阳时被围，舞团全军覆没。我们被带到邺城，大单于无法脱身，只得拼死让我逃出，来向赵王——”司马伦身边的内侍嗯哼一声，阿曜赶紧改口，“向陛下求救。”

司马伦皱起满是褶子的脸，嫌恶地瞪着他：“怎么救？朕的兵不如司马颖多，朕自己躲他还来不及呢。”

阿曜急了，说话声音不由更大：“陛下不救大单于，总得自救吧。在邺城时我见到司马颖正在扩军屯粮，只等洛阳一有消息，他便立即起兵勤王。此刻他的大军说不定已在来洛阳的路上！”

这话如同平地一声雷，将司马伦震得差点瘫倒在地，话都说不利索：“这可如何是好？”

阿曜叹了口气，面色凝重：“陛下，有句话虽不好听，却必须由我这个外族人来说。”他顿了顿，鼓足勇气方才说出，“陛下可得护好太上皇和太上皇后的命。若是实在……保不住，起码可以将皇位还给太上皇，绝了司马颖的借口，陛下还能安然做回赵王。”

司马伦先是露出极度厌弃的表情，手本已抬起打算制止阿曜，听到最后一句时却是浑身一颤，手巍巍颤颤地垂下。突然他想到了什么，对内侍挥手大喊：“赶紧把孙秀叫回来。”

阿曜那时并不知，他竟及时阻止了司马伦杀献容的谋划。可惜，他只能挡一时，羊献容的凄惨命运才刚刚开始。

西晋初年，司马炎为了加强防御，在宫城之外又建筑了一圈城墙，称为皇城，布置着官署、太庙、太学、武库，还有太子东宫和供皇家玩乐的骑射场。金墉城便在皇城的西北角。皇城内最重要的建筑群当然是宫城，一圈高大的宫墙保护着皇家起居。

西晋军制分中军、外军和隶属各个封国的州郡兵。中军直属朝廷，驻守京城内外。驻在城外的叫牙门军，驻在城中的叫宿卫军。宿卫军又分许多营，分别担任皇宫、宫门和京城宿卫任务。城防乃重中之重，宿卫军首领皆直接听命于皇帝。司马伦上了台，便让他的儿子们掌管宿卫军。

皇城东垣是城防重地建春门。此门距离宫城北门最近，若要从城外入宫，走这道门最为便捷快速。守卫此门的护军营由三班组成，每班二十人，由一名校尉统领轮值。前些日子这里新添了一名校尉，花名册上登记的名字是“司马明”。

官兵们都知道，这便是现任皇后娘娘婚前所生的儿子，皇帝陛下亲口承认的干儿子。认亲这件事曾在洛阳城中引起轰动，人人皆知。有这么彪悍的背景，再加上司马明公子武功高强，还有个极能相马的手下，这些本事在男人堆里很是吃得开，所以，阿曜带着阿乐刚一上任便受到了官兵们的热捧。

这件差事是他向司马伦讨要来的，他必须找个理由待在皇宫里伺机而动。可司马伦不愿，阿曜只得亮出自己的“身份”。司马伦这才知道，这位刘渊一直说是“义子”的年轻人，竟是匈奴二王子刘聪。

司马伦眼下还不想得罪刘渊。刘渊虽暂时被司马颖所拘，但仍是匈奴单于，日后说不定仍有用处。可司马伦又不愿给阿曜太高职位，思来想去，给了个守宫门的小角色。阿曜没有二话，尽忠职守当起了“守门员”。他恩威并施，赏罚分明，很快便将手下那二十个兵收拾得服服帖帖。

孙秀将他安置在皇宫墙角一处僻静的院落暂住，这里离金墉城尚有不少距离，但能遥看到金墉城高大的城墙。阿曜时常凝视着那片灰黑色的墙体，直到夜幕将之完全吞没。

阿曜和阿乐入住新居后的第三夜，这小小院落来了位客人。普普通通的宫女服套在这具窈窕婀娜的身上，别有一番性感妖娆。

古丽开口的第一句话与司马伦一模一样：“大单于被司马颖拘禁了？”

阿曜点头，将来龙去脉又说了一遍。当听到白羽舞团被司马颖伏击，全军覆没时，古丽声音不由起了颤抖：“我在舞团里的族人，全都死了？”

阿曜愣了一下，与阿乐偷偷交换一下眼神。刘渊之所以被捉，是因为他的出卖，也就是说，舞团里那些古丽的族人，是死于他刘曜之手。他知道古丽向来将族人看得极重，不敢告诉她实情，含混着点了点头。

古丽碧色眼眸里水波盈盈，却强忍着不让泪流下来。阿曜急忙往下讲，分散她的思绪。他告诉古丽，刘渊已做了司马颖的谋士，他能回洛阳是被司马颖派来做双面间谍。

古丽倔强地一直忍着泪，听完阿曜讲述后吸了吸鼻子，强作欢颜：“大单于性命无虞便好，此刻他绝不能出事。我们得想办法让他尽早回匈奴。”

阿曜却是不认同，刘渊肯定不会想现在就走：“大单于愿意留在司马颖身边，定有他的主意，我们只需听令就好。”

古丽觉得此言有理，点了点头，看向阿曜："想不到他竟让你以刘聪之名行事，这对你来说倒是好事。"

阿曜没有回话。刘渊打的什么算盘，此事到底是好是坏，他现在的道行还太浅，完全看不清。他只能走一步算一步。

阿乐问古丽："你现在是什么身份？"

古丽鼻子轻轻哼了一下，说得轻描淡写："乐府舞姬，就住在宫里。"

古丽没有提，阿曜也不便问。但他心底明白，古丽能在宫里自由行走是孙秀的缘故，她早已是孙秀半公开的宠姬。委身于这么一个猥琐的道士，古丽做出的牺牲真是够大。

阿曜看向古丽："你……能见到她吗？"

古丽摇头："金墉城有重兵把守，谁都进不去。我若是提出见羊献容，那是自己找死。我劝你在司马伦面前也绝口不提，否则一个不慎，便是杀身之祸。"见阿曜眼里流露出失望，古丽安慰他，"好在你那一番言辞已经让司马伦打消了杀她的念头，可以暂时不用为她的安危担心。接下来司马颖与司马伦的殊死力搏，这才是我们该关注的。"

阿曜将目光转向窗外，夜色勾勒出远处层层叠叠的虚影。他眉目间的阴霾犹如隔着一层薄雾，叫人看不清情绪："只要活着，就有希望，不是吗？"

司马颖果然打着清君侧的旗号，从邺城领军南下。双方大军在洛阳与邺城中心点的朝歌相遇。司马颖虽兵力更多，但司马伦占据了地利。一时难以决出胜负，陷入胶着。

三月里暖风袭人，柳絮纷飞。洛阳百姓却无踏春的心情，人心惶惶，不知可怕的围城战几时到来。阿曜就是在这般压抑的气氛中再度见到了献容。

那日他正在宫门口当值，远远看到一大群人簇拥着一人走来。被围绕的中心点是他再熟悉不过的窈窕身影，裙裾曳地，大袖垂膝，仪容优雅，如净水明月般淡然。金色阳光在她肌肤上勾勒出一层暖暖的色调，冲淡了几分面色的苍白，愈发显得端庄从容，姿态万方。

阿曜的心扑通扑通跳得厉害，情不自禁向前跨出一步，却猛地被人拽住。他回头，见阿乐拉住了他手臂，极细微地摇摇头，眼里满是警示。他醒悟过来，强忍着退回脚步，眼睛却不由自主凝视着献容。

献容也见到了他，脚步猛地顿住。视线瞬时变成无形的凝胶，冻结在他脸上。周遭一切皆成虚幻，只余献容与阿曜默默相望。这一眼，便是万年。自册封大典前夜两人一别，已有三个多月未见。他还是那么好看，浓黑修长的剑眉入鬓，明亮深邃的眼睛宛若黑曜石。唯一不同的是，他的面容添了几分风霜，倒是赋予了他另一种英武之气。

她被押解的内侍轻推一下，思绪这才回归当下。她继续前行，走得恍恍惚惚，脚步似已不属于自己。走入宫门，走过他的那一刻，她突然想起了两人的初识。人生若只如初见，该有多好。如今虽只有咫尺间距，却隔着纷繁纠葛又爱恨莫辨的人世沧桑，这巨大的鸿沟再也无法跨越。

两人就这般交错而过，除了目光，什么都无法交流。阿曜死死握着腰中长剑，无处发泄的力气几将剑柄折断。他要有多努力才能压制住拔剑上前的欲望，她身边围绕的不止是司马伦的心腹内侍，还有数十名禁军。她定是去见司马伦的。眼见她凶险在前，可他却什么都做不了！

阿曜对自己生气到极点，全然没有注意到，一旁的阿乐也在凝视着献容。他目光里的复杂层次绝不比阿曜少，可他只能更加隐忍，加倍压抑。

献容面对司马伦时仍未从神魂不舍中完全清醒过来，以至于对着所谓皇帝，她只默默站立，没有行礼，更没有一句敬语。不过这场面本就尴尬，七十岁的“皇帝”对着十八岁的“太上皇后”，到底该谁敬谁呢？索性免去礼仪和称呼，打开天窗说亮话。

献容万万没料到，司马伦叫她来的目的，竟是让她毒死司马臧！这猪脑袋到底是进了多少水，她羊献容可是这世上最不希望司马臧死去的人！献容震惊了半晌，胸口不住起伏，好不容易才将怒气遏制下去：“恕难从命，我无法对一个幼儿下手！”

司马伦早已预料到这答案，无所谓地笑了笑，风干柚子一般的脸上露出诡异的笑容：“太上皇后现在想不通没关系，日后自然会慢慢想通的。到了那时，朕还有更重要的事，需要倚重太上皇后。”

谈话就这么莫名其妙结束了，献容揣着一肚子狐疑又被送回金墉城。司马伦到底是何用意？将她巴巴地叫来，却只说这几句完全无用的话。献容眼皮子直跳，总有一种不好的预感。过宫门时再度见到阿曜，这次两人早有了心理准备，更能隐藏住内心的波动，不再直勾勾看着对方。

阿曜一直为她提心吊胆，见她无恙地走出，一颗悬着的心才放下。但，究竟司马伦对她说了什么，为何她的脸色这么难看？

献容刚入金墉城，突见春儿气喘吁吁跑来，面色惨白：“小姐，快去看看臧儿，他昏倒了，口吐白沫！”

献容大惊，慌忙跟着春儿往寝殿跑，一边询问情况。今日午饭尚未送到，臧儿肚饿，昭仪王良美来看他，给了他一块饼，臧儿吃后没多久便出了事！

献容瞬间明白了司马伦召见她的真正用意，这场看似无厘头的谈话原来是调虎离山之计！

献容冲入寝殿，看到司马臧躺在榻上，身体剧烈抽搐着，几名宫女在一旁束手无策。献容翻开他眼皮，眼睛已翻白。再掰开他的嘴，嘴里的血渍已成黑色，十分可怖。献容从头上拔下银簪，以尖头挑了一点司马臧嘴里的残余，银针头立刻变黑。

献容大怒，看向那些宫女："不是交代过你们，除了我，任何人给他吃的东西都不能要！"

宫女们瑟缩着躲在角落，有一人瑟瑟发抖地跪下："刚刚王昭仪来探望太孙，奴婢一时没有留意。等奴婢看到时，太孙已经将那块饼吃得差不多了。"

另一人大着胆子回复："王昭仪平日里常来看望皇太孙，太上皇后是允许的……"

献容哑口无言，她知道怨不得她们。从进入金墉城的那一天起，司马臧的饮食起居全由献容一手包办，司马伦几次三番在饭食内下毒，都被献容辨识出来。王良美年纪与沈锦绣相仿，在后宫苦熬了那么多年，中年又被关入这可怕的地方。献容怜悯她，允她与司马臧接触，让孩子慰藉她枯槁如活死人的生命。她最提防的是被司马伦送入宫的蕊儿，摆明了就是司马伦安插在皇帝身边的人。可她防备再牢也没提防住难测的人心，最终竟会是这最没存在感的人下了毒手。

春儿从柜中取来她的看家法宝，摊开摆放在她面前。献容未雨绸缪，早在被关押前便备下了常用药物，放入随身物品一起带入金墉城内。献容看了一眼那些瓶瓶罐罐，焦虑地摇头："这是断肠草，需以炭灰和碱水解毒。可是，炭灰还算好找，去哪儿找碱水！"

碱水这种最寻常的东西一般厨房里都有。可他们一日三餐皆是外面送入，厨房形同虚设。而她带的药物能解那些厉害的毒，偏偏对付不了这种普通毒物。断肠草的毒很容易解，但毒性极大，不能耽误时辰。眼见得司马臧抽搐痉挛的幅度越来越大，毒性已深入五脏六腑。

献容抱着司马臧，看向怀中的软糯小儿。小小人儿抽搐得越来越慢，瞳孔已在散去。献容无回天之力，心口涌起难言的哀伤。她当然知道生在皇家，就必得承担起旁人不必承受的命运。可这孩子何辜，仅仅因为他的父亲是前太子，而他们的祖父孱弱无能，他和他的两名兄长尚在幼年便一个个惨死。

献容抱着孩子痛楚地呢喃："愿你来世，别再生于皇家！"

第四十四章

不是你死，就是我亡

阿曜望向两人，深邃的目光中似有火焰在流动：“齐王殿下，羊侍郎，我必会拼死效力，但我有个条件。”

献容突然想起什么，急忙放下已无气息的孩子，向外飞奔而去。

她气喘吁吁赶到城门口，正看到王良美在用力拍着大门，昂着脖子朝外嘶喊：“告诉陛下，我已杀了司马臧，我可以出去了！”

献容怒不可遏，厉声怒骂：“对五岁幼儿下手，你还是人吗？”

王良美回头，蜡黄枯槁的脸上露出一丝可怖的笑容：“我早就不是人了！你要是在这宫里待上二十年，你也一样不再是人，只是会喘口气的行尸走肉。”

献容上前，劈头劈脑一巴掌扇在王良美脸上：“司马伦给了你什么好处？”

王良美被打得踉跄后退几步，脸上立时浮起了五个指印。她瞪着献容，眼珠凸出，状如幽鬼：“金银珠宝我都不要，我只要自由。只要能让我呼吸一口这宫墙外的空气，杀人放火我都愿意做！”她癫狂大笑，瘦削见骨的脸上皱纹一圈圈颤动，“我被关在这牢笼里，战战兢兢活了二十年，守着这么个无能的男人，我一天都待不下去了！”

沉重的大门发出嘎啦啦闷响，被一点点推开。王良美狂喜地扑到门边。

春儿想去追王良美，献容却将她一把拉住：“不必！”

献容看向王良美，冷笑一声：“真是可悲。你以为走出这道门，等待你的会是什么？总得有人为皇太孙的死背黑锅。”

王良美脸色瞬时变得惨白，又立即强作镇定：“不会的，孙先生答应过我的。”

门已开到足够人进出，她不再跟献容多说，飞一般冲了出去。突然，迎面一支箭射来，正中她胸口，她不置信地低头看了看插在体内的箭杆，又扭头看向献容，目光里满是惊愕与不甘。身体犹自想要挣扎，又一支箭从侧方插入脖颈，她瘦弱的身躯如一捆枯柴倒地，再无声息。

金墉城内诸人皆惊吓得四散跳开，每个人惊魂未定地看着倒地的王良美。一摊血从她身下蔓延，浓重的腥味四散开来。有人忍受不住掩鼻呕吐，是献容最忌惮的蕊儿。她死死盯着血泊中的王良美，面色苍白如纸，身体战栗若寒蝉，那是一种兔死狐悲的哀伤。

大门后快步走来一队兵士，将地上的尸身拖拽而走，拉出一条长长的血线。沉重的大门嘎啦啦又重新关上，随着“哐当”一声闷响，这里又只余四角狭窄的天空和一群绝望哭泣的人。

献容木然地看向湛蓝的天空，回想起司马伦所说，他还有更重要的事需要她做。司马臧的死只是第一步，接下来，司马伦会步步紧逼。不论要她做的是什么，绝不可能是好事，而她除了等待别无他法。

一念及此，她不由心生嗔恨，见到阿曜的那份难言的窃喜，瞬间化为乌有。

四月初，草长莺飞，柳絮飞舞。

洛阳的春景向来美好，可眼下这座繁华都市陷入了极度的恐慌。司马伦和司马颖两军在朝歌拉锯了一个多月，终于展开大战。司马颖凭借兵力优势苦战取胜，司马伦这边几乎全军覆没。司马颖虽折损了不少兵马，但此役的成功瞬间提升了他的人气。不少在观望的藩王纷纷起兵响应，也打着勤王的旗帜想分一杯羹。其中最有实力的当数长沙王司马乂、河间王司马颙。有他们的加入，司马颖底气更足，几路大军汇集后浩浩荡荡向洛阳杀来。

献容没有料到，在司马颖大军即将到达之际，如此紧张的时刻，司马伦又再度召见她。来到崇光殿，献容惊讶地发现，不过短短数日，司马伦竟像个八十多岁的耄耋老者，脸上褶子更多，遍布老人斑，弯腰驼背，呼吸沉重艰难，得在孙秀搀扶下才能巍巍颤颤地站起。

司马伦屏退所有人，只留孙秀贴身伺候，一句话断断续续费了半天劲儿才说完整：“太上皇后可还记得，朕说过有件更重要的事需要太上皇后做。”

献容没有言语，等着司马伦自己开口。司马伦给孙秀递了个眼色，孙秀从怀中掏出一个小陶瓶，对献容轻轻吐了几个字。

献容浑身战栗，几次张口都说不出话来。她手指司马伦，费力深呼吸才稳下情绪，悲愤大骂：“你究竟有何把握，能让我答应做此荒谬忤逆之事？”

孙秀胸有成竹地笑了，晃了晃手中的小陶瓶：“无论你做不做，此事注定落到你的头上。唯一的区别是：若你肯做，陛下便保羊家不受牵连。若你不肯，也一样由你来顶罪，陛下会下令尽诛羊家九族！”

将陶瓶收入怀中，孙秀阴沉地冷笑一声，眼里射出凛冽的寒光："你自己看着办吧。"

献容一点都不记得自己是怎么走回金墉城的。如行尸走肉般跌跌撞撞，以至于经过宫门时完全没注意到阿曜和阿乐关注的目光。

是夜，献容毫无睡意，将窗子大开，看着无尽的夜空斗转星移，星辰冷漠地在她头顶上旋转。空气冷冽，寒意从四肢渗透进去，一层一层扎根到骨髓深处。可她没有知觉，她的身体已无一丝生气。

她一直枯坐到天明，春儿走入寝宫准备为她梳妆时，才发现这里冷得像冰窟。献容听不到春儿关切的问候与焦急的轻责，她双眼空洞，无神地对春儿呢喃："去告诉守门之人，我要见司马伦。"

再度来到崇光殿，献容发现司马伦的状态比她还糟。四月阳春的天气里，他半靠在榻上裹着厚厚的冬袍，身旁燃着炭盆，他还在瑟瑟发抖。

孙秀命身边众人退下，对献容做了个"请说"的手势。

献容音调平板，声音仿佛发自另一个空间："我同意，但你必须保证羊家所有人的安全。"

司马伦用苍老的声音慢吞吞回复："自然，君无戏言。"

献容眼里布满血丝，怒瞪司马伦，牙咬得格格直响："若你反悔，我会变成厉鬼向你寻仇。不光是你，还有你所有子孙后代，我会让他们永世难安！"

孙秀笑得鸡贼："你若不信，陛下可以先写下密诏交给羊侍郎。"

孙秀将摆放了笔墨的几案端到司马伦面前，司马伦颤抖着手当真写起了诏书。

献容默默接过孙秀递来的小瓷瓶，黯然问道："我死前尚有一事不明，无法瞑目。"

司马伦点头道："请说。"

"你的兵力已在朝歌折损大半，而司马颖这边有了司马乂、司马颙的加入，兵力远胜于你。等司马颖大军杀到，洛阳城必守不了太久。我不明白，为何要在这种时候杀陛下？"

孙秀打断献容："是杀太上皇，陛下才是当今天子。"

献容不跟他在言辞上计较，再度对着司马伦发问："留着太上皇，好歹还能跟司马颖做笔交易，日后说不定还能做回赵王。杀了他，你可是什么筹码都没了。"

孙秀轻蔑一笑："你的说辞，倒是跟司马明公子如出一辙。"

献容眼皮跳了一下，垂眸没说话。

"做回赵王，你觉得可能吗？"司马伦放下毛笔，混沌的老眼看向献容，"朕可不是傻子，会被这种鬼话说动。洛阳一旦城陷，朕清楚知道自己会是什么结局。"

献容仍垂眼不语。

"司马颖他们凭的是什么旗号？无非是利用那傻子罢了。"司马伦阴沉地冷哼，眼里老是有浊泪流出，孙秀体贴地为他擦去，"若是太上皇死了，清君侧这旗号便打不响亮。司马颖、司马乂、司马颙，这三人还未到洛阳，便会为拥谁为帝大打出手。这便是朕唯一能翻盘的机会。"

献容竭力克制怒气："可无论他们谁胜出，最终仍会来对付你。你不过是苟延残喘罢了。"

司马伦盯着自己枯槁的双手，如鸡爪般的双手总是不由自主地颤抖："朕早就知道了。不管是死在他们手上，还是上天垂怜让朕提早咽气，朕的时日已不会太久。"他顿了顿，嘴角浮起一丝残忍的笑意，"不如，把这个局搅得更烂些，也算是给朕的子孙们提前报仇吧。"

暮色惨淡，残阳若血，天边无尽的黑暗铺天盖地而来，吞噬着大地一切生灵。

献容被一队禁军护送着走回金墉城。她走得跌跌撞撞，一路沉浸在司马伦那些残忍的话中。他只给了献容两日时间，两日后若是司马衷未死，他的人便会出动。届时，羊家人一个都别想活。献容知道，就算司马伦对抗不了司马颖的大军，要杀羊家上下三百口仍是轻而易举。

她被逼着走上绝路，罪魁祸首是谁?

当她走过宫门，见到阿曜时身体一激灵，突然发疯般冲上前。押解献容的那些禁军一时没留神，竟让献容成功冲到了阿曜身边。

她猛地揪起他衣领，一口痰唾在他脸上，不顾形象地破口大骂：“都是你，都是你这奸佞小人将我逼到今天的地步。我被你害死，你可满意了？你等着，我做鬼都不会放过你！”

献容一手拽着他衣领，另一手用力戳他胸膛。一边骂一边戳，头发衣饰散乱开来，像个骂街的泼妇。阿曜愣住了，呆滞在原地不知该如何反应。禁军们急忙上前拖开献容，她双手被束缚住，便用脚踹，嘴里仍在恶毒地诅咒，将她知道的所有粗鄙词汇都用上了。直到被禁军们架着走了很远，依旧能听到她不绝口的骂声。

阿乐担忧地目送献容离去。他从未见过如此失态的献容，关切地看向阿曜：“你没事吧？”

夕阳已被夜色完全吞没，阿乐看不清他脸上的表情，只隐隐感觉出他在微微发抖，却沉着声音摇头道：“没事。”

阿乐没有看见，阿曜的手心背在身后，将一枚小小的药丸紧紧捏住。

洛阳城东有一大片鳞次栉比的楼观和宅院，房屋敞亮，庭院宽广。除了皇宫，整个洛阳就数这儿最豪华。原因无他，只因这里是晋朝立国的源头，当年司马懿选址造宅之地。司马师、司马昭，还有未登基前的司马炎都在这里住过，称为永安里。这里是司马家族最大的聚居区。不过，能在这儿拥有宅邸的都得是亲王级别，像司马睿司马越那样的旁支王族得另外找地方住。司马冏的齐王府、司马颖的成都王府都坐落于此。

是夜三更时分，风吹着淡薄如烟的乌云掠过，凄清的月光勾勒出永安里一片亭台楼阁的剪影。借着惨白的月光，勉强能辨认出门楣上悬挂的匾额，写着书法技艺极高的三个字：齐王府。

颇有些陈旧的书房内，三人的面色在铜灯光亮下肃穆而沉重。一枚已碾碎了的药丸躺在书桌上，羊玄之正在读一方写满字的丝帕，面色越来越凝重。他看完后将丝帕递给司马冏，司马冏急忙阅读。

羊玄之看向阿曜，焦急询问："我们还有多少时间？"

这药丸里的丝帕是献容事先写好的，并没有说期限。生死关头，献容不会忘记传递如此重要的信息。既然没在丝帕里写，那就一定用了别的方法。

阿曜沉下心来仔细回忆，想起献容一手抓着他的衣领，另一手戳他胸膛。她是用食指和中指两根手指戳他的，这可不是个寻常的手势。

阿曜猛地抬头："两天！"

"只有两天！"羊玄之眼神凌厉，浑身上下散发出许久不见的杀气，"那就必须铤而走险，明晚行动！"

"齐王府兵丁大都是这段时间暗中招募，可用的死士只有七八十人。"司马冏一脸懊恼，"本想再历练一段时间，没想到他动作这么快。"

羊玄之将浓眉拧成一字形："羊府可征战的部曲最多能有六七十人。"

司马冏俊逸的身姿微微佝偻，仿佛压上了千斤重担："加起来还不到两百人。"

阿曜不由焦虑："这么少？！如何敌得过几千禁军！"

羊玄之紧握拳头："再少也必须放手一搏！"

阿曜脑中急速飞转，努力计算超低概率的胜算把握："也许，我们仍有机会。近来宫中夜夜宴饮，孙秀身边有内应能帮我们。明晚是我当值，我会在亥时偷偷打开建春门。跟着我的那帮兄弟人数虽不多，也能为我们效力。"

羊玄之点头道："建春门乃是司马门，守卫皇城的重地。若能控制司马门，大事便成了一半。"

所谓司马门，是秦代以来对最重要的宫门之统称。皇宫虽四面皆有门，但为安全起见，也为节约宿卫兵力，一般只常开一门，其余门都是关闭状态，平日里只需两人守卫即可。建春门日间常开，守卫兵士分作三班，每班皆有二十来人，夜间戌时关闭，只能从小门进出。内里还有宫城，那是最后一道防线，但防卫力量较之皇城门已弱了许多。所以，能打开建春门已是成功的一半。

"只是……"羊玄之仍有疑虑，看向阿曜，"你确定你的手下都能听从你？"

"我平日待他们不薄，应该没问题。我更担心的是——"阿曜浓黑的眉眼间雾霾紧锁，"百来人虽少，深夜突袭也能成事。可最难的是：我们没有足够的武器。"

自汉代以来，为保都城安全，历代皆有严令不可带重型兵器入城。权贵之家仅有少量刀剑等短兵器，唯有守卫皇城的宿卫军配有矛戈戟枪这类长兵器，但只在当值时去武库登记领取，交班后必须原封不动还到武库。

一念及此，阿曜实在无法乐观："我们总不能拿着匕首短剑去跟手执长兵的宿卫军对抗吧？"

羊玄之转向司马冏："殿下，在下前几天的提议，你该重新考虑一下了。"

司马冏闪了闪目光，烛光照在他脸上，让他的神色幽深莫测："侍郎，你该知道我的心意。"

羊玄之闪了闪眼神，默然叹息："明晚就行动实在太仓促，我们成功的机会甚微。齐王若想退出，此刻还来得及。何况，这门亲事非你所愿……"

阿曜听出了话外之意。为了拿到武器，司马冏必须去结一门亲。而司马冏似乎早有心仪之人，却难以如愿。

阿曜看向这位艺术家气质十足的王爷，如此翩翩风采，又有高贵血统，会是什么样的女子，连他都难以企及呢？他年已二十六，虽结过一门亲，但未留下子嗣。如今做鳏夫已历两年，仍未再娶，是因为那女子吗？

联想到此人曾与献容有过婚约，阿曜心情颇有些复杂。

司马冏沉默着，烛光在他眼中一漾一漾，透出起伏不定的难言心事。羊玄之一直注视着司马冏，老辣的眼中闪过一抹怜惜与不忍，却是迅速隐而不见。

过了许久，司马冏垂下眼帘，声音淡然无波："我明日一早便去提亲。"

羊玄之松了口气，也将目光垂下，两人竟是半晌无语。阿曜看着两人，心思如枝枝蔓蔓的青藤在辗转盘绕，他不敢，也不想去问出答案。

三人便这般静默，直到司马冏打破沉寂，转头看向阿曜："你去联络你的部下，明日亥时行动！"

阿曜望向两人，深邃的目光中似有火焰在流动："齐王殿下，羊侍郎，我必会拼死效力，但我有个条件。"

第四十五章

修罗场

就算是上断头台，她也得保持尊严。死不过是瞬间的事，可若是怕死露出殁样，活着还有什么意义？

司马颖的大军已抵河阴县，距洛阳只有五十里，最迟两日后便能到达京城。

消息传到洛阳，如瘟疫般瞬间传遍角角落落。百姓们都想逃避兵祸，但司马伦下令所有城门封闭，没有他的手令一律不许出城。城内到处是凄惨的哭声，粮食布匹价格飞涨，户户家门紧闭，平日车水马龙的街上如今鬼影都能爬出来。

偌大的京城，只有一个地方尚是灯火通明，笑声晏晏，觥筹交错之声不绝于耳。

厨房里热气腾腾，厨师们各种忙碌，内侍们端着菜肴穿梭而行，谁都没有注意到角落里有个人影在偷偷张望，一猫腰溜进了耳房。

耳房内是一罐罐酒坛，有几罐摆在中央，已开了封口。那人从怀中取出一包粉末倒入开封的酒罐中。正一罐罐倒粉末之时，突然门打开了，一名内侍端着托盘走入。内侍见到人影正欲高呼，一支袖箭已插入心口，他悄无声息地倒地。那人灵活地一个翻身，迅速接过内侍掉落的盘子。

将尸体拖到耳房一角藏好，一切处理得干净利落。那人扯下面巾，居然直接从门口走了出去！婀娜多姿的步态引得路人口水直流，正是孙秀最宠爱的西域舞姬。

古丽大摇大摆走入崇光殿。大殿设了许多席位，坐着司马伦的子孙和亲信们。虽是宴饮，气氛却着实压抑。前方高台上，司马伦裹着厚厚的裘衣，已在不停打盹。孙秀体贴地将司马伦搀扶下来，让人送他回寝殿安歇。然后，孙秀举杯对着所有列席之人说道："今日用来宴请诸位的，是宫中最好的食物和酒。过了今日，只怕再难享用到这些了。"

孙秀此言引得席间人人面露哀伤，有人甚至忍不住偷偷哭泣。孙秀环视一周，大喝道："今夜有酒便今夜醉，管他死后洪水滔滔。"

他一拍掌，门外涌入一群娇美的女子，笑着靠向每张席位上的人。内侍们端着酒入内，为所有人斟上满杯。孙秀大笑："美酒美女，诸位此刻不享受，难道要待明天来后悔吗？"

众人都醒悟过来，纷纷搂住身边的美女。音乐声响起，古丽跳起了西域有名的胡旋舞。她舞技高超，身姿婀娜，媚态十足，引得席间男人个个眼睛发直，暗吞口水。觥筹交错，杯盘狼藉，个个酒酣人醉，梦里不知身是客。

这些纸醉金迷的人全然不知，此时的皇城东门建春门，正在当值的守城校尉司马明公子，将自己带队的这一班二十个兵士聚在一起，悄声跟他们说了今晚的行动。有人刚面露犹豫，一旁的阿乐眼睛不眨，手起刀落，迅速灭绝后患。其余人等哪还敢再提个"不"字，纷纷宣誓效忠，愿意跟他勤王，以博个前程。

这边崇光殿内，古丽一边轻盈地舞着，一边盯着这些人手中的酒。看见诸人将酒一杯杯灌入，她嘴角露出一丝不易觉察的冷笑。她看向坐在前方的孙秀，如今只剩他尚未喝了。借着舞曲的间歇，古丽一个跃身跳到孙秀身边，娇媚地将酒杯举起喂他。孙秀笑盈盈地正准备喝，一名内侍入内，在孙秀耳边轻言几句，孙秀脸色变了变，即刻起身。

古丽凝视着孙秀匆匆离去的背影，不由暗自捏了把汗。

崇光殿偏殿中，一名身形单薄的年轻女子正焦急等待着。门推开，孙秀走入，那女子跪下，却是看看左右不语。孙秀挥手让所有人退下，对女子吩咐："说吧。"

那女子浑身战栗，颤抖着声音说出："陛下——不是，太上皇……刚刚驾崩。"

孙秀的眼睛立即瞪大："当真？"

那女子正是司马伦派给司马衷的侍妾，被封为良人的蕊儿。她急切点头："今晚是太上皇后服侍太上皇用晚膳。刚刚太上皇后将奴婢叫去，奴婢看到太上皇躺在地上没了气息，脸和嘴唇都发紫。太上皇后命奴婢前来告诉孙先生，该做的事她已做到。唯望陛下遵守承诺。"

孙秀未听完，已迫不及待往外走："我现在就去验身。"

更鼓敲响丑时四更，阿曜打开建春门侧边小门，司马冏、羊玄之领着一群黑衣人迅速涌入建春门。向阿乐宣誓效忠的兵士们惊讶地看到，除了领头几人配有刀剑，其余人等竟是两手空空，铠甲俱无，且人数竟只有百来人。

距离建春门最近的便是存放粮食的太仓，这群人匆匆走过太仓，径直奔向另一座建筑——武库。武库门口早有人在观望。大门迅速被拉开，一名甲胄精良的将领被簇拥着迎上前来，这是掌管武库的卫尉皇甫商。司马冏和羊玄之对皇甫商略一点头，无须多言，挥手让死士们入内。

死士们直到此刻才穿上铠甲，拿出长枪长戈、刀矛弓箭，人人装备齐整。还有人推出一辆撞车，车头木桩裹着铁皮，用以冲撞城门。

司马冏在武库前方站定，看向身前的百来人，深吸一口气，抽出剑来。所有人皆面容肃穆，一场恶战即将到来。时间刻不容缓，司马冏和羊玄之带领区区百来人冲向最近的东宫门。阿曜和阿乐则带着跟他一起守门的部下到处放火，造成人多的假象。

此时的金墉城内，献容站在窗前凝神望月，良久不动。月亮被乌云遮掩，月辉从天地间暗去，树影婆娑，更显寂寥。她整个人仿佛一尊雕塑，融入腥黑的暗夜中。

门被猛地推开，孙秀带着一队禁军大步闯入。司马衷已被安置在床上，果然如蕊儿所说，脸色和嘴唇发紫，嘴角还能看出隐隐的血迹。

孙秀在司马衷身边蹲下，仔细观察，又以手探他鼻息。献容木然站在榻边，似在等着命运的宣判。

孙秀嘴角浮起一丝诡笑，又很快隐没不见。换上哀戚之色，干号了几声便转头对献容阴冷地宣判：“大胆妖后，竟毒害太上皇！先押入大牢，明日由陛下亲自审问。”

孙秀挥手，一名禁军将领上前揪住献容的衣领往外拖，毫无怜惜之心。春儿想挡住那人的手臂，却是螳臂当车，被掀倒在地。这么大动静早已惊动了金墉城内众人，有人探头往外看，竟见到堂堂太上皇后，名门世家的贵小姐，在众目睽睽之下被揪着衣领，一路拖拽而行，真真令人不忍注目。

这么多人在观望，却无一人上前。

宫城门口，在撞车的大力冲击下，门很快碎裂。这动静早已惊动了护卫宫内的左右二军，当阿曜他们带人冲入时，宫中鼓声大噪，皇城火光冲天，两军冲击到一处。众人惊慌失色，宫人内侍尖叫着乱跑。如此慌乱，崇光殿中醉生梦死的一干人，惊醒的只有少数。

刀剑金戈铁马，脚步声，嘶喊声，还有兵器碰击声，声声刺着阿曜和阿乐的神经。体内压抑多年的血性全然释放，他们不知疲倦地刺倒一名又一名兵士，眼前血肉横飞，喷泉般的鲜血四溅。熊熊烈焰中，两人浑身染满鲜血，手中长兵杀得钝了口。乱箭如雨，死尸四横，层层叠叠。到处都是奔跑的宫人和惨烈的哀号，皇宫成了最恐怖的修罗屠场。

宫内宿卫军深夜布防人数只有平常兵力的三分之一，又是仓促应战，很多人连衣服都没穿戴整齐。武库已被占领，这些人没有趁手的武器，被杀得节节败退。羊玄之一边砍杀，一边对阿曜大喊："快去找她！"

阿曜见己方占有优势，不再恋战，带着阿乐和部下奔向金墉城。羊玄之与司马冏继续冲杀，很快攻到了崇光殿。殿内杯盘狼藉，司马伦大多数亲信尚在打着呼噜，躺满一地。司马冏搜到一名来不及逃跑的内侍，问出司马伦逃去了凌云台。

羊玄之立即明白了司马伦的用意："他占据制高点，是想要撑到守城禁军赶到！"

他们即刻向凌云台攻去。眼下时间便是生命，司马伦有五万军队守在洛阳各处，一旦得到消息赶来，他们将会像蚂蚁一样被碾轧殆尽！

刚冲出崇光殿，两人发现竟有一支宿卫军从正院门冲入，足有百来人。估计是从别处宫门紧急赶来支援。

羊玄之扭头看向司马冏："你带一半人去凌云台，我来挡住这些人。"

司马冏焦急摇头："我带走一半，你怎能抵挡住这么多人？"他紧了紧握剑的手，看向院门处不停涌入的兵士，"我与你一起，把这些人干掉再去凌云台。"

"擒贼先擒王！"羊玄之用布满血丝的眼睛怒瞪司马冏，"只要司马伦死了，这些人自然溃不成军，我只需撑到你拎出司马伦的头颅即可！"

这番道理司马冏怎会不知，可他实在不忍心让羊玄之以身作诱拖住这些人。正犹豫间，羊玄之已在吩咐羊勇："你带一半人跟齐王去凌云台，不得违令！"

羊勇是羊府护卫长，一向对羊玄之忠心耿耿。他咬牙点头，快速清点人数。

羊玄之见司马冏仍在犹豫，恼怒地拔剑向他虚砍过去："还不快走！"

剑在地上划过，崩出几点火花。司马冏见羊玄之一脸决然，再无回旋余地，只得与羊勇带上一半人迅速离去。奔到崇光殿后院门口，司马冏忧心回望，两军已撞在一起，羊玄之面目狰狞，奋力砍杀。刀剑飞舞，枪矛碰击，喊杀声连成一片，大地似在颤抖。

司马冏不敢再看，脚步不停奔向凌云台。

献容被毫无尊严地拖出金墉城。她被拖拽了一段路，怎样都挣不脱，狠狠冲那双拽住她衣领的手咬下。那将领痛苦地大喊一声，手松开，献容跌落在地上。

将领愤怒地拔剑，献容坐在地上冲那人厉声大吼："来啊，杀了我吧！若你杀不死我，便让我自己走！"

她头发衣服凌乱狼狈，眼里却有一股子凌厉的狠劲，竟让那些手握兵器的男人们看了心怵。那将领看向孙秀，孙秀不说话，眼神里已是默许。献容从容站起，略略收拾一下，挺直腰杆，昂首阔步向前走去。就算是上断头台，她也得保持尊严。死不过是瞬间的事，可若是怕死露出尿样，活着还有什么意义？

还未走到建春门，有宫人们在四下逃窜，宫门内隐隐有金属撞击声、厮杀声，还能见到四起的火光。孙秀拦住一名慌张逃跑的内侍，厉声喝问："发生什么事了？"

那内侍哆哆嗦嗦回答："齐王和羊玄之攻进来了！"

孙秀大惊失色。司马伦手头兵力仍有五万之多，但都布防在各处城门，此刻宫内守备不足，大都抽调去守城门了！

献容趁这当口拔腿便跑，她已看到前方阿曜与阿乐带着人正向她冲来。可惜还未跑出多远便被那名禁军将领追上，像拎小鸡崽似的将她拖回来。她正要挣扎，颈项上被架了一把剑，抬眼看去，是孙秀。

孙秀一手扭着她的手臂，另一手以剑抵脖，盯着冲过来的阿曜和阿乐。阿曜见献容被钳制住，眼睛滴溜一转，气喘吁吁地禀报："齐王谋反，我赶来保护先生。"

孙秀松了口气："明公子，眼下情况如何？"

阿曜向孙秀走去，拿话让孙秀松懈下来，伺机想夺下献容："司马冏人多势众，建春门已失守，孙先生赶紧逃吧——"

"他胡说！"阿曜带来的部下中有一人大喊，"他们也就一百来人，竟逼我们一起谋反……"

那人话音未落，被阿乐抽刀砍杀，"扑通"一下倒地。阿曜本已快接近孙秀，没想到自己阵营中居然有人反水。孙秀拉着献容迅速退后几步，躲入人后。阿曜失去机会，愤怒地回头，却见自己带来的那些兵士分成了两派，另一派自动归入孙秀的队伍中。

阿曜看着那些背叛他的兵士，顿觉心寒："你们不是发誓跟着我的吗？”

其中一人大喊：“你是要我们替你送死！你们才多少人，能拿下整个皇宫？”

阿乐红了眼，大喝道：“别跟他们废话！”

阿乐冲上前厮杀，两方混战成一团。孙秀只带了几名禁军，趁此缓冲机会，押着献容往距离金墉城最近的大夏门逃去。阿曜和阿乐解决完那些叛变的兵士，拼命追孙秀。可惜孙秀已逃到了大夏门口，一队守门兵士出来接应孙秀，双方在宫门口再度拼杀起来。

孙秀押着献容退入宫门。他现在已经知道了司马冏羊玄之只有百来人，只要坚持一下，守卫宫内各处的宿卫军集结起来，剿灭区区百人不在话下。

现在，双方争的是时间。拖得越久，越对司马伦有利。

凌云台足有九层之高，是洛阳城内最高的建筑，一至四层极为宽广，仍是楠木的木原色。五至九层陡然缩小，饰以亮闪闪的云母片，阳光下一片金光闪闪，极远处都能望见。如今深夜见不到云母的闪亮，但也比一般建筑更亮眼。

司马冏带人杀入凌云台。但凌云台楼道狭窄，易守难攻，长兵器不易施展，他豁出命来好不容易攻到四层。楼梯变得更窄，他已折损大半兵力，双方在楼梯口短兵相接，苦苦胶着。

司马冏与羊勇浑身是血，站在四层平台上仰望。顶层火光最盛，照亮了司马伦那张皱巴巴的老脸，他探身朝下大喊：“太上皇在朕手中，你们速速投降，尚可饶你们不死。否则便是谋逆之罪，当千刀万剐，株连九族！”

司马伦身旁有几名兵士押着一个人，光线昏暗，看不清脸和服饰，但那胖墩又迟钝的身形像极了司马衷。司马冏搭弓瞄准，拉满弓正要射，手却被羊勇拉住："齐王三思！万一伤到陛下，我等会被扣上弑君的罪名，届时将百口难辩。"

司马冏犹豫了。羊勇说得没错，若是伤及司马衷，司马颖司马颙司马乂他们会很乐意将屎盆子扣到他头上，从而去掉一个通往至高之位的竞争对手。

司马冏心急如焚："那就放火烧！"

"陛下还在楼上！"羊勇也是难以抉择，扶额头疼不已，"让在下再想想。"

羊勇正进退不得，难有头绪时，突然，一支箭如迅雷般飞速射出。带着呼啸刺破夜空，正中司马伦面门！司马伦惨叫一声往后跌倒，顶楼上顿时一片慌乱。

羊勇惊呆了，扭头向后看去。司马冏沉着脸将弓背上身，对羊勇点头："赶紧杀上去！"

阿曜这里，经过一场小小的叛乱，如今只余下七八人。饶是他与阿乐勇武，以一当十，但一路苦战至此，此刻已是强弩之末。眼见自己这边的人逐个倒下，正在焦急，突然听见一个娇滴滴的声音惊惶大喊："孙先生救我！"

孙秀回头，看到一名盛装的美艳舞姬满脸惊恐，提着裙裾狂奔而来。众兵士认出这是孙秀最宠爱的西域美女，纷纷为她让路。古丽一路无阻跑到孙秀身边，不顾孙秀正押着献容，扑入孙秀怀中圈住他腰身大哭："先生去哪里了，妾身差点被叛军捉去，再也见不到先生。"

孙秀被古丽牢牢抱住，被美色冲昏了头脑，竟放开献容，双手扶起古丽柔声安慰："别哭啦，牢牢跟着我就安全了。"他抚摸着古丽的背，猛地醒觉，“可是，你怎么会——”

孙秀话未说全，古丽已沉下脸来，娇滴滴的表情瞬间不见，目射精光，飞速转到孙秀身后，一手以袖箭抵着孙秀的大动脉，一手卡住他的脖颈。众兵士都在宫门处对付阿曜阿乐，孙秀背后空无一人。趁着孙秀愣神之际，献容一个箭步飞蹿出去，向着无人阻挡的宫内深处跑去。

孙秀见状，气得牙痒痒：“果然是个无情无义的婊子，一时竟忘了你的来历。”

古丽将袖箭抵得更近，孙秀脖颈上立即被刺出血来。宫门处的兵士见孙秀落入敌手，不知所措，攻势不由缓了下来。有几个甚至退开，打着形势不对便逃窜的准备。

古丽喝道：“放他们走！”

孙秀冷笑：“我可以放他们走，只是你一人落单，又有何人来救你？”

这摆明了是离间计，古丽没有答话。

阿乐焦急对阿曜喊：“赶紧去追她，这里留给我。”

宫内情况不明，献容这样乱逃极其危险。阿曜想去追献容，又放心不下阿乐和古丽。正犹豫间，突然孙秀对着兵士们大喊：“愣着干什么！还不去追！”

几名禁军听令追向献容的方向。阿曜再无犹豫，也飞速追去。

此时的凌云台顶楼，司马冏不知疲倦地斩倒一名又一名敌兵，手上剑刃刺入肉中，转眼间便喷出血雾。砍倒最后一人，终于来到门口，他用力踹门而入。屋内只有司马伦一人，正坐在榻上，一支箭插在他左边脸颊。血滴落在地板上，他疼得弯腰哀号。

司马冏到处搜索：“陛下呢？”

司马伦用衰弱的声音呢喃："朕在此。"

都到了这地步，仍念念不忘他自封的帝王之位。司马冏鄙夷地看着眼前这个穿黄袍戴皇冠的老人，浑身散发出一股令人作呕的腐朽之味，如同衰败腐烂的橘子，哪还有分毫不可一世的盛况。

司马冏将滴血的剑举起，直指司马伦："说的不是你。你只会以跳梁小丑之名留存史册。"

"原来你是问那个傻子啊。"司马伦抬起血肉模糊的脸，诡异一笑，"他死了，你不知道吗？"

司马冏大吃一惊："你不是押着陛下来此吗？刚刚那个是……"

司马伦笑了，血肉模糊的脸上狰狞如炼狱之魔："不过是个体形相像的内侍罢了。司马衷的尸身在金墉城，你不信可以去看。"

司马冏顿时方寸大乱，握剑的手无力地垂落下来。即便他拿到司马伦的头颅，可司马衷死了，司马颖他们定会将弑君之罪安到他头上。他今晚赌上一切拼死而战，终究功亏一篑，留给他的只有死路一条。死的还不止他一人，羊玄之、羊献容都逃不了。

司马伦剧烈咳嗽几声，呕出一摊脓血。他看着滴落在黄袍上的血，知道自己时辰已到，五官扭曲变形如魑魅魍魉，嘶哑着嗓子断断续续说出最后的遗言："朕要驾崩啦……可惜只坐了四个月的皇座。也算是值了，朕至死都是皇帝！"

他咧嘴笑了一下，满嘴的血丝看上去恐怖至极。身体猛一痉挛，脚一蹬，头无力垂下。司马冏上前探他的鼻息，已无进出。这位掀开晋末大乱之人，做了四个月皇帝后黯然退出历史舞台，他的王朝梦从未被后人承认。

第四十六章

争分夺秒

他眼里有着狼一般的认真与执着，仿佛在荒原孤独行走了无数岁月，终于找到了慰藉灵魂的温暖。

皇宫的一角，羊献容在拼命奔跑。她跑了一段路，体力渐渐不支。四处倒伏的尸体，血流满地，触目惊心，前方更有打斗声和火苗蹿出的烟尘。献容不敢再靠近，瞥见一旁有座建筑，索性跑入这间用作赏园休憩的暖阁躲避。

屋内没有点灯，一片漆黑。献容慌乱地跑到一角蹲下，将身体努力蜷缩起来，浑身如筛糠般战栗，像一只毫无自我保护能力的小刺猬。

门被“哐当”一声推开，三名兵士举着火把入内，到处搜索，很快找到了献容。

一人粗暴地拉住献容的胳膊，将她拉起。正要推她出去，人却突然直愣愣倒地，手中火把跌在地上。剩余两人急忙回头，地上火把的光线照亮了一名英气逼人的男子，气喘吁吁，浑身是血，手举滴血的长剑。青衫被窗外吹来的夜风拂起，微微晃人眼睛，却带来一片光明。

献容恍恍惚惚，想到了初识的那一刻。他也是如盖世英雄般降临眼前，也是这般为她带来光明与希望。

剑光一闪，血飞溅到献容脸上，她尖叫着后退几步，拼命用袖子擦脸，可怎样都去不掉那浓厚的腥味。阿曜一个箭步上前抓住她的手腕。

触碰到她肌肤，阿曜顿觉一种细微的幸福感，摇曳着从心里生长，一直蔓延到全身。而献容被他这样触碰，埋入记忆深处的那些点点滴滴瞬间冲闸而出。她不由震颤一下。想挣脱，却被他握得更紧。

一双手微微颤抖着抚摸上她的脸，轻柔地为她拭去额边的血迹。他的手触碰着她的脸，不舍离开那滑腻柔顺的触感。上一次距离她这么近，是什么时候？仿佛隔了一个世纪那么久远。他低声感喟，胸口涌起一股难以描述的满足感。每日折磨他的隐隐痛楚，终于在这一刻得到了疏解。这世上有什么样的痛，胜过渴望而不可得，思念却无法靠近？

她俏生生站在窗边月光下，碎发挡在前额，遮盖了少许苍白的脸。一缕夜风吹来，扬起她的长发，如飘飞的柳絮般拂到他脸上，带来一阵难以言说的酥痒。她似乎感觉到什么，像只受惊的小鹿往后退却。阿曜再不容许她逃离自己身边，长臂一伸，将只来得及跨出一步的她重新圈回。

银色月光带起一层缥缈的浮雾，温柔笼罩着相拥的两人，时间在此刻凝固。

此时的崇光殿前，司马伦的禁军手举长矛，一步步往台阶上逼近。台阶上倒着数不清的尸体，鲜血横流，空气中弥漫着刺鼻的腥气。包围圈越缩越小，中心点是浑身血污的羊玄之。他身边只剩五六人，皆是筋疲力尽，满眼血丝，背靠着背面对人数多达数十倍的敌方。这场实力悬殊的战斗已近尾声，羊玄之倾尽全力也只能落个全军覆没。

长刀撑在地上，身体摇摇欲坠，羊玄之知道自己的生命已进入倒计时。他的刀刃崩出好几道豁口，他的力气已经用竭，他再无力为女儿做什么了。望着一点点逼近的敌军，他用上最后的力气，提刀踉跄着向如林的长矛走去。羊玄之凄楚地笑了，心中默念：献容，父亲先你一步走了，愿你能逃过劫难，活下去！

正在生死一线之间，传来一阵马蹄疾驰声，伴随着一声大喝："司马伦篡位谋逆，已经伏法。尔等还不速速归降！"

所有人朝声音来处望去。司马冏骑在马上飞驰而来，到达殿门前迅速下马，他拿起跌落在地上的一支火把，另一手将首级高举。火光照亮了那颗头颅，顶着一头白发，脸颊处虽有破损，涂满血污，但那面貌正是司马伦。

司马冏对着围攻的禁军大声宣布："司马伦大逆不道，废帝自立，天下共诛之。今本王与羊侍郎奉皇帝密诏，讨伐逆臣贼子。尔等只要缴械归降，皆可免罪。若执迷不悟，将以逆贼党羽论处，夷灭三族！"

暖阁内，献容飘荡在九霄云外的神识一点点回归原位。这里绝非好的藏身之处，可她却懒洋洋地不想动。这怀抱太温暖了，如同冬日晾晒过的被子，有一股暖暖的太阳味道。这味道令人如此安心，让她每一个焦灼的细胞都服服帖帖松懈下来。他急促的呼吸声在她耳边快速起落，他强劲的心跳声离她仅咫尺之遥，像是浩瀚的海浪平静下来，带着无边无际的安宁平和。

这感觉是如此虚幻，她想掐一掐自己的大腿，感受一下究竟是否在梦里。她轻微动了一动，立即被更紧地拥住。他就像山岳天柱，长手臂圈出的空间仿佛自成一个小天地，隔绝了世间一切烦恼与忧愁。她真想闭上眼睛，什么都不去想，就这样天荒地老，海枯石烂。

不知过了多久，她稍稍离开他的怀抱。他不让她离开，一手仍紧紧扣住她纤细的腰肢。另一手再度微微颤抖着抚摸上她的脸。她本该避开，却像是被咒语定住了身子，只顾凝神看着近在咫尺的他。

他眼里有着狼一般的认真与执着，仿佛在荒原孤独行走了无数岁月，终于找到了慰藉灵魂的温暖。他的掌心带着厚茧一寸寸在她脸上缓慢挪动，粗糙却温柔，如冬日和风轻轻拂过心脏。献容觉得自己的呼吸与心跳皆融化在他的抚摸中，浑身竟一点点燃烧起来。

他的呼吸愈加沉重，慢慢向献容靠近，她的倒影在他深邃的眸子中越来越清晰。眼见得他的唇马上要贴近，献容脑中一片空白，鬼使神差将眼闭上，微微昂头。

突然，她的脑海中浮现出一张温柔美丽的脸庞，耳边听到母亲轻柔的呼唤，她如同被惊雷狠狠劈到，猛地以双手推他胸膛，站起身来。

他错愕地望着她："献容——"

他还未来得及说下去，远处传来焦急的叫喊声："皇后，你在哪里？"

皇后？她反应了一下，这是在唤她？不是太上皇后，而是皇后，难道父亲成功了？她正要站起，阿曜跳起身，一把将她拉住："情况未明，看看再说！"

屋外响起杂乱的脚步声，阿曜急忙拉献容蹲下。两人探头望向窗外，有数十名兵士在往这边搜索。他们看到了这座暖阁，有将领在指挥人入内检查。

阿曜低声惊呼："我认识那头领，他是宿卫军中的。"他扭头看向献容，一脸焦急，"这是陷阱，你不能出去！"

献容目光闪动，冷笑一声："我不就是被你推进这陷阱的吗？既然被架到火上，被怎样灼烤都是我的命。”

“我一定会救你出来！”他眼圈红了，低声嘶吼，“我一直在想办法。”

她冷眼看向他：“你在口口声声说要救我之前，先想想你自己怎么走出这里吧。”

这么多人在搜索，他们绝无可能逃脱。阿曜将长剑拔出，剑上血迹斑斑，刃口磕损了好几处：“就算死在这里，我也绝不将你交给司马伦！”他眼里闪过一丝狠绝，那是必死的决心。他低声叮嘱献容，“我出去跟这些人缠斗，你从后窗溜走。此刻宫内混乱，说不定你还能找到机会出去！”

阿曜猫腰执剑正打算往外走，突然听到身后献容大喊：“本宫在这里！”

阿曜急忙回头，见到献容正站在窗前。窗扇被她打开了，她就这么无遮无挡地暴露在那群人眼前。他气急，低声吼道：“你这是做什么？”

她面色淡然，声音里不带起伏：“你死在这里，也改变不了我的命运。你还是多想想灵儿姑娘吧，毕竟……”她顿了顿，音色黯淡下来，“她是母亲最牵挂的人……”

提及灵儿，阿曜的赴死之心瞬间被浇灭。

献容不看他一眼，推开门朝那群兵士走去，大喊道：“本宫在此！”

看着献容为了保护他，就这么将自己交了出去，窈窕的背影在月光下单薄瘦削，阿曜恨得能将拳头捏出水来。

献容心如死灰走向那些兵士，本以为等待她的将是死牢，没想到那将领向她跪下行礼：“总算找到了，这就带皇后娘娘去见羊侍郎。”

献容惊诧得语不连贯：“我、我父亲？他在何处？”

将领带着巴结的语气向她禀报：“逆贼司马伦已伏法，首级被传往各处城门。齐王如今已接管六军，羊侍郎正在崇光殿中等候皇后娘娘。”

献容一直将心提在嗓子眼，无眠无休度过了这炼狱一般难熬的日子。直到如今方才松懈下来，顿觉整个人仿佛被抽空了所有精力，眼前闪着无数金星。她摇摇晃晃站立不稳，那将领又不敢触碰她。眼见得她即将倒地，身体被一个强有力的胳膊搀扶住。她在眩晕中看向来人，深幽的黑瞳中闪着担忧，曲线分明的侧面真是动人至极。

她在熟悉的怀抱中安心闭目，太累了，她需要好好歇一歇。晕厥前她一直呢喃着一句话："真的成功了，成功了……"

待她醒来时，已近天亮，窗外灰青色的天还残留着几颗星子。环视周围，竟是皇后专属的显阳殿。她自从被关入金墉城，就再未回过这里。

"你醒了？"

献容吃惊地看着眼前高鼻深目肌肤白皙的西域女子，她身穿一身舞姬的绸服，曲线妖娆，细腰丰臀，尤其胸部，连女人看了也会垂涎。美目中水光潋滟，顾盼流转，简直是天生尤物。

她将一碗温热的清茶递给献容："可以下床吗？有太多人等着你呢。"

"你是……"她在脑中努力搜索，终于想起来了，"白羽夫人！"

"皇后娘娘好记性，叫我古丽即可。"古丽笑得妩媚，她在女子面前也依然不收敛自己的媚态，"你只在演出那晚见过我一面，哦对，你大典前一晚在赵王府也曾见过我，是阿曜求我安排你们见面。"

献容没有任何意外，她已能将所有线索都串联起来："我遇袭被救，去看舞团表演，帮他寻母，这些都是你设计的吧。"

古丽嘴角上扬，似笑非笑："对你本人我并无恶意，但我有任务在身，多有得罪。”

献容想起了她被孙秀胁迫时，正是古丽救了她。她喝了两口茶，急切问道：“孙秀呢？你是怎么逃脱的？”

古丽说得轻描淡写：“何必逃呢？我跟阿乐没有支援，只能押着孙秀耗时间。等到司马伦已死的消息传来，那些围攻我们的人自然无心再战，然后……”她做了个抹脖子的手势，笑得极为轻快，“我就杀了他。”

她的口气仿佛在描述毫不相干之人，献容联想起她与孙秀的关系，不由心生寒意：“你，孙秀与你……你能下得去手？”

古丽惊诧地看着她，轻蔑地冷笑：“孙秀算个什么东西，不过是为了完成任务，必须付出的交换手段。周旋在男人身边，本就是我赖以生存的本事。不然，早在幼年时我便饿死街头了。”

献容愕然，不知该说什么。她不知古丽的出身来历，但一定是自己这样出身背景的人难以想象的，那是一种完全不同的生存逻辑。

“有你这样行走在阳光下的女人，自然也有我这样游走在暗处的人。我们的命不同，走的路也不同。”古丽脸上笑得轻松，眼里却毫无笑意，“不过，我也不羡慕你。你只是关在笼中的金丝鸟，连我这般的自由都得不到。”

献容的心仿佛被鞭子狠狠抽中，隐隐作痛。自由，这是她想都不敢想的词。从入宫那一天起，她全身心所有能量都用来对付生存问题，她有什么资格奢谈自由，更别说女人们向往的一生一世一双人。

古丽站起身，神色淡然：“好了，你该去见他们了。接下来还有好多事呢。”

身体虽仍有些虚弱，但献容知道现在不是歇息的时候。她下榻稍稍整理一下仪容，由显阳殿的寝殿走向会客的偏殿。古丽跟在她身后，偷眼望她。她比进宫之前消瘦了许多，腰肢纤细，不堪盈盈一握。身形虽不如古丽妖娆，但那优雅高贵的气质，矜贵端庄的韵味，却是古丽一辈子都无法企及的。

古丽心头涌起一股难言的滋味。不知为何，眼前这女子身上有一种耀眼的光芒，与出身学识无关，与容貌身段无关，那是一种生命本源的热力，仿佛是个自发光体，能照亮周遭一切。难怪他为她如此死心塌地，难怪，他怎样都不肯正眼瞧自己……

古丽从未告诉任何人，司马伦已死的消息传来时，孙秀明白大势已去，面如死灰地向她求情："古丽，一夜夫妻百日恩，看在我对你不薄的分上，饶我一命吧。"

古丽笑得娇艳无双，凑近孙秀耳畔，用柔媚的嗓音低语："知道吗，我曾发过誓，那些凌辱过我的男人，我会让他们一个个都死在我手中。"

孙秀脸色变了，正想垂死挣扎，腹腔里却一阵锐痛。他低下头，血从肚腹汩汩而出，他难以置信地抬眼，又一下刺痛。这一次，直入他的心脏。曾在床上婉转承欢的艳丽女子，如今眼睛都不眨一下，冷酷地终结了他的性命。

偏殿内，羊玄之、司马冏、阿曜和阿乐都在。他们围聚在榻前，面色沉重得如同冰结的湖面，老远便能嗅出一股寒意。

献容却没立时觉察出异样来。她激动地奔上前，扑入羊玄之怀中放声大哭。那一刻她仿佛回到了童年时，遇到委屈总有父亲安慰自己。羊玄之轻抚着献容的背，像小时候那样对她说着："没关系，别怕。有父亲在，别怕。"

待她情绪稍稳，方才看到羊玄之难看至极的脸。不光羊玄之，所有人皆是面色凝重。献容顺着他们的目光看向榻上，一具肥硕身躯正闭目躺着，面容憨傻，嘴唇青紫，正是她的丈夫司马衷。

司马冏沮丧轻语："若是司马颖加快进程，只怕今日晚些时候就能到达洛阳。时间不多了，我们即刻改装，逃出京城吧。"

羊玄之看向阿曜："将陛下送到此处时，可有人看见？"

阿曜摇头："我与阿乐是用轿子将他带出，全程皆盖着脸，无人知晓。"

献容这才知道他们商议的是什么。她走向榻前，在司马衷身边坐下，语气松快："陛下没有死，我只是让他服了一帖药。他会进入六个时辰的假死状态，呼吸脉搏微弱难察，我还在他脸上和唇上抹了紫苏汁。"

当她知道司马伦要借她之手杀死傻子皇帝时，她孤注一掷，偷偷将塞了信的药丸放入阿曜手中。时间紧迫，她知道父亲必定会在第二天夜里，趁宫中守备最弱时发动突袭。而她该如何配合父亲的营救？

她殚精竭虑地一步步推算：羊玄之司马冏攻打皇宫时，司马伦若是来不及抵御，上策是退到金墉城内固守，等待援兵。金墉城虽小，但城高墙坚，易守难攻。最重要的是：这里有傻子皇帝和她可以当人质，羊玄之心有顾忌，必定难以施展手脚。所以，她绝不能在金墉城内坐以待毙。可她是囚徒，怎样才能离开金墉城？就算她想尽办法离开了，可最难的是，她又怎能让傻子皇帝不被司马伦当作人质呢？

她盘算了一整夜，第二天一早去见了良人蕊儿。

屏退其他人，她开口便道："蕊儿，你见到王良美是怎么死的，焉知司马伦不会以同样的方式待你？"

王良美毒死司马臧，想以此投靠司马伦，结果却惨死在金墉城门下。蕊儿当时害怕的表情尽收入献容的眼里。提及此事，蕊儿的脸果然一片惨白，垂头搓揉着衣角，没有答话。献容早已明了，光这一点打动不了她。谁都知道她是司马伦派到傻子皇帝身边监视的，王良美的结局未必会落在她头上。

献容祭出杀手锏："你就算不为自己考虑，也该为肚子里的孩子想想。"

蕊儿猛然抬头，一脸惊惧："太上皇后可别乱猜测，这是没有的事——"

"你上个月的月事至今未来吧。"献容从容地向蕊儿伸出手，"有没有这事，让本宫搭一把脉便知。"

蕊儿慌忙后退，将双手背在身后，像一只被惊吓到的小兔，缩到墙角。

献容向她一步步走去，脸上满是悲悯："若司马伦知道你怀了陛下的龙种，你还有命等着孩子出生吗？"

司马衷所有的嫔妃皆被灌下绝子汤，唯有蕊儿，因她特殊的身份逃过此劫。她见到王良美尸身时忍不住大口呕吐，手不由自主放在小腹上，这一切都被献容看到了。从那时起，献容便有了怀疑。

蕊儿知道再无法隐瞒，"扑通"一声双膝跪地："皇后娘娘，求你救救我！"

献容就这样成功策反了蕊儿。当夜，她让司马衷服下假死的药物，安排好一切后让蕊儿去通知孙秀和司马伦。孙秀定会来验尸，然后会带她去宫中见司马伦。一旦离开了金墉城，那便是她逃跑的机会。而司马衷假死，又会绝了司马伦以他为质的心思。

献容将原委一一道出，在场之人皆松了一口气。她以金针扎司马衷全身几处大穴位，再以温热的毛巾帮司马衷回暖。半个时辰后，司马衷果然睁开了眼。他浑然不知发生了何事，一派天真地抓着献容的手。司马冏招呼内侍将他送去崇光殿换衣休息。

羊玄之对女儿赞许地点头：“献容，你果然成长了。”

阿曜和阿乐以仰慕的目光看向献容，古丽的眼神却有些复杂。

第四十七章

父亲的愿望

献容愕然，慌忙跳起，避开跪拜：“父亲，你这是做什么?! 女儿怎受得起!”

阿曜对羊玄之和司马冏躬身行礼：“齐王殿下，羊侍郎，一夜苦战虽然艰辛，总算是成功了。趁现在尚未天明，我即刻带献容走。”他走向献容，拉起她的手，“我们走吧！”

献容尚在懵懂中，不由自主被阿曜带着走了几步。突然，身后传来一声厉喝：“放开皇后！”

阿曜惊愕地回头，见羊玄之挡在门口，利剑直指向自己胸口。阿曜难以置信地摇头：“你们不是答应我，让我带走献容吗？对外宣称她已死于乱军之手，你们再另立皇后。”

羊玄之眼里闪过一丝歉疚，瞬间又变得刚毅：“刘曜，献容是皇后，她有皇后的责任，绝不可能跟你走。”

司马冏站在羊玄之身侧，也默默抬起剑。阿乐见状立即将刀举起，四人中间夹着献容，顿时剑拔弩张，一触即发。唯有古丽一言不发，站在一旁观望。

阿曜明白了，羊玄之压根就没想过让献容跟他走，只是为了让自己出力才答应下来。他怒火中烧，悲愤填膺：“一个是王爷，一个是名门世家，竟然出尔反尔，背信弃义！”

羊玄之神色不变，稳如泰山：“随你怎么说，献容必须留下，你带着你的手下赶紧离开。”

一股阴寒从地而起，直入肺腑。阿曜瞋目怒视羊玄之，森森冷笑，将献容的手抓得更紧：“你枉为她的父亲，这是个吃人的火坑你会不知道？你要她留在这里，是为了羊家，为了你自己的荣华富贵，你根本不顾她的死活！”

羊玄之目光阴沉，将剑抬高，声音寒冷如冰：“我无须跟你解释，你若不肯走，休怪我不客气！”

司马冏直到此时才出声，轻叹了口气：“别做无谓之事，只要你放开皇后，本王保证你的安全。”

阿曜的心钝钝地痛着，如同被一把锉刀来回慢割。他本以为已收服了手下那二十名守门兵士，可那些人依旧有一半临阵叛变，对他拔刀相向。他本以为与羊玄之已达成协议，没想到羊玄之早就做了背信弃义的打算。阿曜从未如此痛恨自己太弱小，才会被他们肆无忌惮地利用，才会在遭受背叛时一点回转的能力都没有。

可他实在不甘心就这么窝囊地离开，看向司马冏做最后的努力：“齐王殿下，如今整个朝堂都是你的。我不求权，不求钱，只求带她走。从此隐姓埋名，再也不会出现，你们放过我们好不好！”

话到最后已是苦苦哀求，堂堂七尺男儿就差跪地相求了。献容肝肠寸断，心碎难忍，用全力挣开他的手，大踏步向父亲走去：“放他走！”她面色苍白如纸，声音却是清晰无比，“我留下。”

阿曜看着她又一次从自己身边离开，太阳永远触不到月亮，日与夜永远只能交替出现，宿命一般的魔咒在他们之间横亘。他听到自己的血脉在胸口急速涌动，撕心裂肺大喊："献容！"

她站到羊玄之身边，转头看向他。声音里有一种魂消梦碎的苍凉与苦涩，在空荡荡的殿堂里激起空灵的回响："我是皇后，一辈子都改不了这个身份。"

望着她一脸认命的凄绝，阿曜只觉得一口悠悠荡荡忽明忽灭的气息堵在胸口，咽不下，也吐不出，强吸入肺腑，却是一口血呛了出来。绝望与怨恨宛若金针，将他的心扎得千疮百孔，再无半分热力。

"你们卸磨杀驴，算什么男人！"阿乐出离愤怒，不顾自己面对的是高高在上的皇亲国戚，举刀便要冲上前，"我跟你们拼了！"

"别冲动！"

一人张开双臂拦在两人面前，是一直在旁观望的古丽。她杏目圆睁，瞪着阿乐和阿曜，眼神中饱含深意："我们走！"

两人被古丽这一声喝，稍稍冷静了下来。即便这偏殿中只有羊玄之和司马冏，可阿曜和阿乐知道，眼下无法凭武力解决问题。那是献容的父亲，若是当着她的面跟羊玄之兵刃相向，她该有多伤心。更何况，大殿外都是刚被齐王收编的禁军，他们有何能力带着献容离开？

古丽一手拖一人，向殿外走去。两人再怎样不甘，也只能咬碎门牙往肚里吞。跨出殿门的那一刻，阿曜回头望。那清绝的容光平静得近乎麻木，在晨曦笼罩中仿佛溶入天地。一缕阳光透窗而入，在她面前照出一束光柱。浮尘在光柱中起起落落，一如她的人生。

这一日的正午时分，阳光下，锃亮铠甲闪烁如鳞，漫天旌旗遮天蔽日。成都王司马颖与长沙王司马乂、河间王司马颙三军，在洛阳城郭东边的三门下齐刷刷排成望不到边际的漫长队列。

司马颖身穿亮灿灿的黄金铠甲，骑着西域进贡的汗血宝马，站在城门口张大嘴向上仰望。城门楼上并排戳着一列长矛，矛上挑着浸过石灰的人头。司马颖认出正中那颗花白头发是司马伦，一边是孙秀，另一边是司马伦的太子司马荂，还有一堆他的子孙和死忠党羽，共二十多颗头颅。

司马颖费了半天劲儿才将张大的嘴重新合拢，内心已将司马冏的祖宗十八代全问候了一遍，早忘了司马冏的祖宗也是他的祖宗。司马伦篡位，他最先起兵，跟司马伦在正面战场打得最惨烈。朝歌一战，虽消灭了司马伦的主力，他自己也折损了大半兵力。好在有了司马乂司马颙的加入，又像模像样凑齐了十五万兵马，浩浩荡荡向洛阳杀来。

他梦想着自己会像天神一般降临洛阳，残军败将听到他的名字便落荒而逃，百姓夹道欢迎，无数妙龄女子见到他幸福得昏倒。他威风凛凛进入皇宫，将他那傻兮兮的哥哥重新扶上皇座，从此把持朝政，呼风唤雨。若干年后待局势稳定了，让傻哥哥封他做皇太弟，顺利交接皇权。至于他那年轻貌美的皇嫂，届时还不得主动投怀送抱，乖乖承认当初瞎了眼。

万万没想到，他踌躇满志地来到洛阳，竟是城门大开，秩序井然，司马冏身穿朝服毕恭毕敬出来迎接，手捧的正是他那傻哥哥的诏书。而洛阳城的百姓们对于皇帝复位满心欢喜，满街都是山呼海啸的“万岁”声。终于可以躲开战火洗劫，那些政变兵变只发生在皇城内就好，百姓们所求的不过是个安稳日子。

三位司马王爷面面相觑，已是骑虎难下。既然打着勤王的名义，总不能不听皇帝诏令，只能黑着脸，下马跪地接旨。

诏书里将三位起兵勤王的王爷大大夸赞了一番，请他们上殿接受封赏。三人只能去觐见皇帝，但却坚决不除兵器，带了数百精锐入宫。三人其实多虑了，他们的兵马有十五万列在洛阳城下呢，司马冏根本没有实力对抗。他手头唯一的王牌就是皇帝。

胖墩墩的司马衷安坐帝位，言谈举止虽低幼，但总算条理清晰，挑不出啥大错，看来司马冏背后教了他不少。

司马伦的残党余孽皆被清算，当然也少不了犒赏功臣。皇帝让嵇绍宣读诏书，封三位剿逆有功的王爷司马颖、司马乂、司马颙均为大司马、大将军，加赠九锡，可享之器物、典章策命、礼节一同他们前面一系列祖宗司马懿、司马师、司马昭、司马炎在曹魏时代一样。尤其是：入朝不趋，剑履上殿。

当这句“入朝不趋，剑履上殿”被嵇绍读出来时，朝臣们皆是面露异色。那时的臣子入朝堂得解下佩剑，脱掉鞋子，疾步入内，以示恭敬。若是有入朝不趋，剑履上殿的待遇，便可佩着剑穿着鞋，大摇大摆上殿。能享受这种待遇的都是权势熏天的权臣，比如董卓、曹操，还有司马家祖孙三代。可之前那些权臣都是独享这份待遇，哪有一个朝堂同时有三位享受特权的？

司马乂司马颙都安然上前接受了封赏，他俩原本以为定会比司马颖少上几个级别，没想到竟是一模一样的待遇，简直是意外之喜了。司马颖憋了一口怨气，不接受吧，他怎能容忍司马乂司马颙待遇比他还高。

司马颖委委屈屈行了个大礼：“谢陛下隆恩。”伸出手刚想接过绶带，转念一想，又对司马衷说道：“连日征战，臣弟有些乏了，想早点回府歇息，明日再受封赏。请陛下恩准。”

初夏薄暮，淡月笼纱。

成都王府中，仆役们在悄无声息地点燃书房各处的铜灯。刘渊气定神闲，将手背在身后，如狼一般的黑瞳熠熠发光，瘦削的长脸带着讥诮："一个朝堂，哪容三人'入朝不趋，剑履上殿'。这是让你们三人窝里斗，他便可渔翁得利了。"

司马颖觉得有理，却仍是愤愤不平，一手撑在高几上，一手托头摆出造型："本王难道要推辞这些封赏？那样的话，本王岂非在司马乂司马颙之下？"

"那不是正好？成都王以退为进，让那两位先争个你死我活。"

司马颖由怒转喜，猛一拍掌："等他俩争出个胜负来，朝堂上就只剩我一个大司马大将军，那就是只手遮天了！"

"不是还有司马冏吗？"刘渊突然想到了，"他给自己弄了什么封赏？"

司马颖没好气地哼了一声："什么都没有，照旧做他的齐王。"

刘渊讶异："不过二十来岁，竟能如此沉得住气，不被名分权位诱惑，倒是让人刮目相看。"

"他身后站的可是羊玄之。"司马颖似笑非笑看向刘渊，"本王没记错的话，羊玄之跟大单于十多年前便打过交道吧？"

"可不是？老朋友了。"刘渊阴沉地笑了笑，眼里闪过令人生寒的光芒，"能遇上他那样的对手，倒是让人期待。"

"待明日本王推辞了封赏，接下来呢？难道回邺城？"

刘渊微微眯眼，如狼一般的眼眸愈发看不清深浅："一定要回，但不是现在。成都王既然来一趟洛阳，总得做些让洛阳百姓高兴，却让司马冏头疼的事，将这锅粥搅和一下再走。"

接下来的十多天里，司马颖忙得不可开交。他运粮入城，为穷苦百姓施粥，抚恤战死的将士，还将司马伦一方战死的兵士也一并好好埋葬。这些举动摆明是收买人心，果然赢来了洛阳臣民的交相称颂。加上他还推辞了封赏，没有与司马乂司马颙勾连，连朝臣们都对他刮目相看。

“司马颖一向眼高于顶，智谋却是一般。能如此有条不紊地谋篇布局，身边定有厉害的谋士。”显阳殿内，羊玄之从榻上站起，背着手慢慢踱步，冷笑一声，“他还上表为战死的将士请封，这是拿着朝廷的钱财为他自己做人情，可我们还不能驳回。”

司马冏眉头微皱：“暗探查出有个四十多岁的男子出没在司马颖身边，却是深居简出，从不与外人打交道，无人知晓此人来历。”

献容坐在榻的正中央，忧心地看向父亲：“那现在该怎么办？司马颖的大军还在城外洛河边驻扎着，我们此刻不能与他交恶。”

“可也不能让他继续收买人心。”羊玄之捻着山羊胡子思量，“让他回封国吧。这样，我们可以腾出手先对付司马乂和司马颙。这两人没有厉害的谋士，兵马也比他少。”

司马冏坐在窗前，一派清雅：“下个月我成婚，已下帖邀请了他。等婚礼毕，我便请陛下发诏书让他回去。”

献容却有顾虑：“先帝有令，封国最多只能拥兵五千，藩王不可随意征兵。可他回去后定会招兵买马。他的封地大，又占据要处，日后又会是一大隐患。”

羊玄之无奈地叹了一声：“我怎会不知。司马颖将来必定会成为朝廷的一颗毒瘤，不拔除便会流脓腐烂。”

献容蹙眉道：“要不，让陛下下诏，我们派人去接管他的兵权？”

“如今哪个藩王不是私自征税、私建军队，各自为政？靠一纸空文能约束得了何人？”羊玄之摇了摇头，面容带着几分疲倦的风霜，“要人为朝廷做事，就必须用钱。可国库被司马伦耗尽，连破损的皇宫都无钱修缮。更何况大战之后各地满目疮痍，百姓流离失所。与约束藩王比起来，安抚流民更为迫切。”

司马冏点头附和：“先强壮自身才是当务之急。”

每日下了朝，司马冏和羊玄之便会来献容的显阳殿，与她一同商讨朝政。羊玄之希望献容能早日熟悉朝堂政务，将来可以独当一面。司马冏曾提出让献容也上朝听政，却被羊玄之否了。献容还年轻，此时上朝会引起非议。大家对贾后已是心有余悸，会把献容看成是第二个贾后。而羊玄之，定会有人说他想要做第二个贾充。

今日政事商量已毕，羊玄之提起一件事：“那个叫蕊儿的良人处理掉了吗？”

献容犹豫片刻，仍想为蕊儿开脱：“剿灭司马伦的那夜她立过功，不如放她一条生路。”

羊玄之摇头：“宫内人人皆知，她是司马伦安插在陛下身边的。必须处置她，以儆效尤，否则后患无穷。”

献容心存不忍：“可是，她已经——”

“别再有妇人之仁！”羊玄之口气已有些不悦，面色严肃得可怕，“在后宫中你必须杀伐立断，方能让自己立于不败之地。”

献容张了张嘴，却在见到羊玄之一脸不容置疑的表情后，将到了嘴边的话吞了回去。羊玄之沉声道：“此事你不必过问，我会交代宫嬷嬷的。”

她睫毛微颤，黯然半晌，点了点头。

宫嬷嬷前几日才刚入宫服侍献容。她是羊玄之真正的夫人——孙夫人从山东娘家带来的陪嫁丫鬟，与孙夫人一起长大，情同姐妹。孙夫人生献容难产死后，宫嬷嬷留在沈锦绣身边，将她当作孙夫人一样伺候。她终身未婚，名为奴仆，却在羊家享有极高的地位。她为人严肃刻板，不苟言笑。献容小时候犯了错，对沈锦绣卖萌行得通，却过不了宫嬷嬷这一关，该罚该打从不轻饶。所以献容对她既敬又怕。

献容入宫时只带了春儿一个贴身之人，太多事只能自己拿主意。羊玄之一直想再送人进来，直到司马伦被剿灭才得了机会。宫嬷嬷经历阅历皆丰富，定能帮到献容。所以献容恢复皇后身份的第二日，羊玄之便将她送了进来。尤其是一些上不得台面的事，羊玄之知道献容跟沈锦绣一样医者父母心，她下不了手。这种时候，宫嬷嬷便能帮上大忙。

羊玄之见献容不再坚持，转身对司马冏躬身行礼："齐王殿下，下官与皇后还有几句话要说。"

司马冏知道羊玄之想跟献容单独说话，便礼貌地告辞。待殿内只剩下父女两人对坐时，羊玄之表情凝重，语气肃然："太孙已死，皇上已无任何血脉留存。一日没有继位者，朝堂一日不会安宁。你必须尽快诞下龙儿，延续皇家血脉。"

献容已隐隐猜到父亲要与她单独谈的是这件事，她心头涌出一万个不愿意，垂头扭着衣角："父亲，我……"

羊玄之怎会不知自家女儿在想什么："我知道你不愿意。若非逼不得已，为父又怎会愿意将自己的宝贝女儿嫁给这样的……"他顿了顿，没有说下去，叹息着将情绪稳下来，"你已行过礼，祭过祖，昭告了天下他是你丈夫。寻常人家夫妻不睦尚可和离，可你的身份却是一辈子无法改变。既然到死都是陛下的人，死后也要与陛下合葬一处，何不试着接受他，自己也好过一些。"

献容一肚子委屈，泫然欲泣："父亲说的道理，献容何尝不明白。可心里的那一关，怎样都过不去……"

"人生于世，不如意者十之八九，你没有随心所欲的权利！"羊玄之长叹一口气，眼中闪着清冷的光芒，“那日刘曜曾说，我要你留在皇宫是为了羊家，为了我自己的荣华富贵。他错了。要你留下，非是为我羊家一族，而是为天下苍生！”

献容震惊地抬头，瞥见父亲额际已有缕缕白发间杂在乌丝之间。

“司马伦之乱乃是勉强平息，如今有多少藩王和枭雄在蠢蠢欲动？若不尽力修补这道撕裂的口子，我等即将面临的惨况，会比汉末大乱更甚！”羊玄之面容严肃得可怕，眼里是山雨欲来的忧患与愁思，“刘曜想得太简单了。你们若是走了，怎可能就此隐姓埋名，过上幸福安稳的日子？天下若是大乱，倾巢之下焉有完卵？到了那时，你将会后悔自己未曾尽到母仪天下的责任！”

献容浑身震颤，心脏似被猛捶了一下，哀伤汹涌，扑面而来。老父为了朝政殚精竭虑，短短几月便老了这么多，自己却还沉浸在儿女情长的小格局中走不出来。这一刻，她开始有了一丝悔恨。

“既然皇上指望不上，这天下便只能指望你。你的重担实在太多，已没有时间可浪费！”

他说话间站到献容面前，郑重其事对献容跪下，重重叩头。献容愕然，慌忙跳起，避开跪拜：“父亲，你这是做什么？！女儿怎受得起！”

羊玄之将最高级别的三跪九叩之礼一丝不苟全部做完，匍匐在地不肯起身：“这是微臣最大的心愿，望皇后成全！”

献容双手紧紧绞在一起，薄唇抿成一线，不知不觉中泪已满眶。窗外吹来一股燥热的夏日微风，纱帘拂动，环佩发出叮当轻响。她微昂头，想让泪水流回去。可泪水如溪，无论风怎么吹也吹不尽。

她从不敢明言，心底深处一直有个缥缈无踪的隐隐期待。期待着自己也许有一天可以脱离这压抑的牢笼，这吃人的魔窟。春日锄禾耕种，夏日泛舟湖上，秋日采菊南山，冬日踏雪寻梅，过上平淡却安宁的日子。也许……也许身边还能伴着那太阳般荣光照耀的人。抛却一切仇恨，忘记所有烦恼，将一生完完整整过全，而非现在的残缺破碎。

可是，看着跪在自己面前不肯起身的父亲，她不由无声地笑了。这一切终究不过是一场奢望，她羊献容身上担着的早就不是自己一人。她吸了吸鼻子，转头用手背胡乱把泪水拭去。再次转身面对羊玄之，她对着父亲深深躬身。鞠这个躬，不仅仅是承诺他，更是将心底这个不切实际的梦彻底了断。

“父亲放心，今夜……”她顿了顿，深吸一口气，挂上凄美的笑容，“从今夜开始，陛下会在显阳殿就寝。”

第四十八章

齐王大婚

“从今往后，我将不再试图摘月。”他目光里仿佛燃着熊熊烈焰，又仿佛融入无底深渊，用嘶哑的嗓音一字一句说出，“我要这月，只能奔我而来！”

夏末秋至时分，天气依旧燥热。天地犹如蒸笼，将人置在其中煎煮。滚烫的热气从每一个毛孔中逼进去，汗水又从毛孔里涌出来。

血色夕阳染得大地一片惨红，位于永安里的齐王府四处张灯结彩，旌旗飘飘。门口车马塞道，堵得水泄不通，整个洛阳城的司马家族都赶来贺喜。

自司马伦篡位，司马王族们或忙着站队，或缩头自保，或起兵勤王，已许久没有如此热闹的喜事了。可典礼虽隆重，布置却不奢华，与动乱之前其他司马王族的婚礼比起来，简直算得寒碜。皆是因为司马冏体恤大乱刚平，财政紧张，谢绝了朝廷所有封赏。

今日这番乃是齐王司马冏迎娶皇甫商之女皇甫盈。说起这位皇甫商，原只是看守武库的庶族武将，在剿灭司马伦一战中舍命将宝押在司马冏身上。这一着险棋果然押对了，他被提拔为参军，女儿嫁给司马冏为正妃。一家子鲤鱼跳龙门，从庶族跃升到士族，这在和平时期简直不敢想象。

献容与司马衷一身隆重的朝服，坐在正堂前方的榻上接受新婚夫妻的跪拜。司马冏父母双亡，从某种意义上来说，跪拜天子皇后便是跪拜父母。其二便是拜新娘父母。拜完后，司马冏坚持要拜羊玄之。他亲自将羊玄之请到师位上，郑重地跪下行拜师礼，一旁朝臣们纷纷赞扬齐王恭谦明理。

望着新娘娇羞的面容，献容无限感慨。皇甫盈跟献容差不多年纪，容貌并不突出，只是中人之姿，眉眼间有着小门小户的谦卑。她时不时偷看司马冏，眼神里写满崇拜与仰慕。这桩婚事对她来说想必是人生最大的惊喜，得夫如此，对普通女子来说还有何求？

司马冏却是平静无波，目光清高，宛若洞明一切。即便这是他的婚礼，是他人生最重要的时刻之一，他仍是那般缥缈辽远。明明身边那么多人，明明声音那么喧闹，他只需静静站着，这尘世间所有的烦恼与喧嚣便都绝尘而去，与他无关。

酒宴开始了，献容和司马衷得接受每位近支王族的敬酒。首先上场的还是司马衷的亲弟弟们。淮南王司马允在司马伦篡位时心有不满，被削爵夺权。司马允义愤填膺，竟带着十来个人去冲击王宫，结局自然是一家子全被司马伦杀了。吴王司马晏听说了此事，眼疾加重，郁郁而亡。

如今司马衷尚在世的亲弟弟只剩下长沙王司马乂、成都王司马颖和最年幼的豫章王司马炽。这三人中有两人勤王有功，地位自是显赫。可司马颖却一改以往的嘚瑟劲儿，变得温文谦让，连衣饰都走起了小清新风，不再那么抢风头。这倒显得大胖子司马乂太过趾高气扬，不把帝后放在眼里，引起诸多朝臣不满。

亲弟弟们敬完酒，后面排了一溜。河间王司马颙也是这次平叛的功臣。他跪拜敬酒时眼睛时不时瞥向司马衷，眼神充满玩味。献容想到羊玄之和司马冏在显阳殿商讨国策时提及此人，说他老谋深算，狙诈奸猾。

又是个难对付的主儿啊。

轮到司马睿时，献容不禁对他格外留意。司马睿不趋炎附势，也算是有功之臣，被封安东将军。他做了那么多年闲王，终于有资格列席朝堂议政了。听说他仍未有结婚意向，拒绝了好多世家抛来的橄榄枝，却从烟花柳巷带回一个异族女子安置在外室。

消息一出，简直让吃瓜群众大跌眼镜。琅琊王可是京城第一美男，这般品貌，要什么样的女子要不到。而且，之前也从未听说他爱涉足那些乌烟瘴气的场所。不知是吃错了什么药，竟弄了烟花女子做外室。有这样的劣迹，好人家的女儿还怎么肯嫁给他？听说琅琊王太妃气得半死，奈何司马睿坚决不肯与那女子脱离关系，母子俩一直僵到现在。

献容听到这消息着实好奇。不知是怎样的奇女子，竟能让一向软糯的司马睿改了性格。至于那被人诟病的出身，献容向来没有门第偏见，连古丽她都能欣赏，更何况青楼女子。她很想问一问详情，可她的身份让她很难有与司马睿单独相处的机会。再说了，司马睿也未必愿意谈此事。献容只能作罢。

其余七七八八的司马王亲来敬酒，献容只是嘴唇碰一碰杯沿意思一下。剩余的那些王族，献容也就对东海王司马越稍熟悉。他仍是一身道袍，看上去一派仙风道骨。婚礼仪式开始之前，献容听到他与旁边的宗亲聊天，所言话题唯有炼丹修仙，其余一律缄口不言。

敬酒持续了一个时辰，献容始终维持着仪容，坐得两腿发麻。体贴的春儿低声建议她去园子里走走，消消食。献容立即答应了，这虚伪的应酬她实在不喜欢。

夜色深沉，入秋的夜已有些许凉意，月亮轻轻挪移着磨蹭到树梢后。后院园子极大，亭台楼阁掩映在夜色中，仿佛被朦胧月色笼上一层薄纱。献容让侍从退下，只留春儿一人陪伴，静静走在花间小径，看着湖面被微风荡起的细纹。

自从进了吃人的牢笼，这是她第一次走到外面的世界。她极享受眼下的片刻宁静，找了块湖边的断石坐下，手托下巴看向天上一轮明月，嘴角微微勾起一条弧线："还是你懂我心意，知道我不爱那份热闹——"

献容话未说完，忽然觉出一丝异样来。她扭头看，不知从何时起，一直跟着她的春儿不见了，取而代之的是个身穿奴仆衣裳，留着络腮胡子的男人。

献容吓了一跳，正要叫唤，那男人上前一步压低声音道："是我。"

献容立即闭了嘴，这声音她再熟悉不过。警觉地环视，春儿不见踪影，但远处有兵士把守，她不敢与他在露天说话，急忙拽着他胳膊，躲入一旁的假山内。

两人站在被假山遮掩的一处凹洞里，献容低声责问："你怎么来了？"

凹洞内狭小，献容不得不与他靠得极近。月光从侧旁照来，半明半暗投射在她脸上，照亮了那双氤氲着朦胧水雾的眸子。阿曜有些心神荡漾，低声答道："混在司马颖的仆从中进来的。"

"你不该再冒险——"

话音未落，献容已被拥入一个强有力的怀抱。献容的半句话卡在喉咙口，脑子"嗡"一声一片空白。等回过神来，方才觉出头皮被他那假络腮胡子戳得痒痒的。她想推开他，可阿曜却不在乎姿态是否优雅，时间是否恰当，只是不管不顾拥住她，低声感喟："只要是你，我无惧任何风险。"

献容不断挣扎，他才恋恋不舍地松开，但仍扶着她的双肩，凑近她低语："献容，时间有限，你只管好好听着。我仍在想办法，也许你那假死的药可用，我们可以商量个计谋——"

"没用的！"献容从他怀中挣脱出来，声音虽低，语气却严肃得可怕，"我与你瞒不过任何人，去不了任何地方。明知不可为而非要为之，那不叫勇气，而是愚蠢。"

他长身往前一欺，霸道地用身体封住献容唯一可退缩的空间，将她牢牢锁定在假山石壁上。目光贪婪地凝视在她脸上，双眸在暗夜中闪着灼灼光华："再苦再难我都不怕，唯怕你放弃。"

献容不敢迎上他热烈的目光，那是一团燃烧的火焰，会灼伤全身。刚想开口，他一指轻轻按压在她唇上，不让她出声。他的指尖有点粗，压在稚嫩的唇上，让她的心尖不由战栗起来。

"献容，我的人生一直在经历一场场战斗，却至今未曾赢过。常常被挫败得遍体鳞伤，可伤还没好，又不得不再上杀场。可我绝不能放弃！我已失去了母亲，若再放弃你，我会失去斗志。所以无论如何我一定要试试，只要一息尚存，我想，终有一天可以等来属于我的胜利。"

他的气息一起一落，说话时吹出的风，轻轻扇起她的汗毛。空气里充满了他的气味，他的呼吸，令她浑身每个毛孔都酥痒难耐。他将她的手放在自己心口处，声音低沉却清润："你一直很有勇气，我也一样。我们俩加起来，总能对付这个糟心的世道吧？"

没有一个情字，却胜却世间一切情话，每一字每一句都渗入心坎最深处。到了此时此刻，献容已知自己再无法用恨来逃避爱。若非刻骨铭心的爱，何来附骨蚀心的恨？经历了几番生死，再口是心非地否认，那就是矫情。

她不再躲避，不再挣扎，迎上他炽热的目光，面容宁静而恬淡：“母亲常常念叨一句佛理：从极迷处识迷，则到处醒。将难放怀一放，则万境宽。从前我不懂这道理，母亲对我说，因我经历得不够多。如今真能咂摸出这话的意义。只要能在最易迷惑之处识破迷惑，便能时刻保持清醒。只要将最难放下的事放下，眼前便到处是路。所以，爱恨情仇，贪嗔痴怨，归根到底，皆是心境。心若空无一物，便能无边无涯。”

她的声音很轻很淡，宛如一抹吹过天地的夜风，令人顿觉空灵，转而却空落落地生出茫然来。他陷入沉思，正想着该怎样回应，便听她继续说道：“我此生都不会忘记你，但也没有精力去想更多了。光是活着，对我来说就已是殚精竭虑，哪还有力气伤春悲秋？再难熬的时候也能吃能睡，醒来还得继续往前走。”

阿曜陡然明白了，这是明确在拒绝他。他气急，他说不过她，唯有用行动表达。强力将她再度拥入怀中，抱得极紧，犹如溺水之人抱着浮木，哽咽着嗓子轻喊：“献容……”

她任由他抱着，不再挣扎，也不愿再听他说什么：“放弃吧，不论你有多不甘心。我是不可能抛开一切跟你走的，我已……”顿了顿声，她闭目，一行清泪滚落，声音细微得像是若即若离的丝线，“我已有孕……”

阿曜的身体猛地僵住，手再也无力扣住献容，轰然垂落。

献容后退一步，从他怀中挣脱出来。举手齐眉，缓缓鞠躬至四十五度，两臂自眉下移至胸部。如此庄重之礼，她曾对着他做过。那一次，她以此礼告诉他，她愿意嫁给他，为他生儿育女，帮他照顾妹妹。而这一次，却是永别之意。那些曾经的美好与纯真，欢笑与憧憬，必须像刮鳞般从心上层层剥离。就算会生生拔出血口，会留下不可触碰的伤疤，无论多疼，终会过去。

她将不乱于心，不困于情，不畏将来，不念过往。

明月当空，微风轻拂。献容站在水波荡漾的湖边，平静得近乎木然。月华在长发上勾勒出幽蓝的轮廓，夜风从耳边擦过，树影斑驳，在她衣襟上摇晃。她看着湖中连片的残荷，这些残败的荷花，也曾颜色动人，也曾娇艳欲滴。可开得再美丽又有何用？不过是一半随水而逝，一半碾落成泥，谁能停留在谁的浮生？

身后响起细碎的脚步声，献容微微回头，见是春儿，几不可闻地叹了口气："是你安排的？"

春儿愧疚地垂头："他求得可怜，奴婢怕他闹事惹出灾祸，所以……"

"以后，再不必让他见我。"她双手有些颤抖，深吸一口清凉的空气，苦涩而凄清地笑了，"我已告诉他，我怀了龙种。"

春儿愕然："小姐——"

献容无力地摇了摇头，身心皆乏："反正他迟早会知道，不如早点死了心。"

是真的死了心吗？献容手心中暗暗捏紧那支簪子。那支以狼牙做成的簪子，似在发出火热的温度，烤得她手心滚烫，让她止不住微微战栗。

那是他临去前塞进她手中的。他听到那消息后许久没有出声，只用锋利如刀的眼紧盯着她，散发着咄咄逼人的寒光。窄小的凹洞里空气陡然一变，一种难以言说的威压伴随着阴森之气逼人而来。那一瞬间，献容突然觉得他像极了某种动物。

“从今往后，我将不再试图摘月。”他目光里仿佛燃着熊熊烈焰，又仿佛融入无底深渊，用嘶哑的嗓音一字一句说出，“我要这月，只能奔我而来！”

随后，他将狼牙簪子塞入她手中，匆匆离去。昏暗的光线下，他的背影孤高寂寥。直到那颀长的背影消失在一旁的竹林里，献容突然明白了他像什么。是狼，一头孤单了许久，落寞行走在荒野中的狼。一旦看见食物，一旦认定伴侣，不管横亘在面前的阻碍是什么，豁出性命也要得到。

春儿怜悯地看着与她一起长大的小姐。一旁的宫灯在风里轻飘飘摇曳几下，献容的脸在明灭不定的光芒中愈加暗淡。半晌，春儿幽幽叹息：“小姐头发乱了，我找个地方帮小姐整理一下吧。”

今夜齐王大婚，府里所有建筑都亮着红烛，照规矩得亮一整夜。所以献容和春儿很快便看到距离最近的建筑是湖边一座不大的暖阁，被竹林环绕，意境悠然。

春儿推开门，喊了一声：“有人吗？”

屋内没有任何声响，两人索性走了进去。红烛高照，映亮了四壁的书架。书架上一卷卷书摆放整齐，四处打扫得干干净净。满屋的油墨香夹杂着淡淡的竹叶香，别致而优雅。中间一张极大的檀木书桌，摆放着文房四宝和各色颜料，还摊着几张画纸。看来，这是司马冏作画之处。书架将空间隔成两半，后一半垂着青色纱帘，隐隐能看到一张睡榻，应是用作小憩。

春儿去寻水盆，献容无事，便转过纱帘走到休憩间。一张不大的梨花木睡榻，一整套淡蓝色的被衾铺得齐整。献容四顾，目光定在右侧墙上一幅长卷山水画。奇峻嶙峋的山势，惊涛拍岸的江水，一叶扁舟上有两人，一人是短衣窄裤的舟子，一人是博冠广袖的贵公子。

献容对这幅画一点都不陌生。父亲的锦献山房内便挂着一模一样的画。眼前这画略有不同，右上角题了一首词。字迹飘逸，劲骨丰肌，犹如蜿蜒磅礴的山势，献容认出这是司马冏的字迹。

“今夕何夕兮，搴舟中流。今日何日兮，得与王子同舟。蒙羞被好兮，不訾诟耻。心几烦而不绝兮，得知王子。山有木兮木有枝，心悦君兮君不知。”

这首《越人歌》来自刘向编著的《说苑》，字迹已有些模糊，似是长久以指头摩挲所致。献容仔细想了想，那幅挂在父亲书房里的画应已超过五年。那眼前这幅，挂在此处也该时日很久。

“此为《越人行舟图》。”

清朗的声音从背后响起，献容吓了一跳，急忙回头，是身穿喜袍的司马冏。他双手负在身后，一身俗气的大红色也不掩高华的气度。脸上被红烛蒙着一层淡淡光彩，缥缈高远，皎如玉树。

献容像是做贼被抓，急忙解释：“我，我头发有些乱了，进来整理一下。”

司马冏却是云淡风轻，轻声回答：“我知道。我在门口碰见了你的贴身丫鬟。”

献容意识到自己身处一名男子的休憩处，实在不合规矩，挪着脚步往外走，一边讪笑：“我……只是好奇，四处走走，误入此间。”

司马冏仍是面无殊色，回答得极为简略：“无妨，画室而已。”

两人一前一后走出画室，献容有些尴尬，没话找话：“恭喜齐王新婚。”

“不过是尽一份为人子的义务罢了。”似是想起什么，他略顿了顿，语气中有些苦涩，“母亲一直希望我早日成亲，延续血脉。可惜她见不到今日了。”

司马冏将献容送至门口，春儿正在等候。司马冏毕恭毕敬向献容行礼，目送她离去。献容走了一段路，忍不住回头看。那身影仍在画室前站得笔直，在月光下散发出超然世外的清光。竹叶摇曳，沙沙作响，他如同一尊精美的雕像，凝固在无边的夜色中。

阿曜身穿贩夫走卒的行头，面前放着一个卖黍米的篮子，蹲在离皇城最近的一角，眯眼看着彤彤光晕中层叠起伏的宫墙殿堂。他与献容在齐王府花园匆匆一见后，又过去了十来日。这些天里，他犹如被困在浓黑的深雾中，无论怎样走，四周都是团团雾霾，只能在原地无用地打转。

“何必如此垂头丧气？天无绝人之路，就看你愿不愿去找这条路。”

声音狡黠，带一丝揶揄。阿曜大吃一惊，急忙扭头。他身后站着一人，逆光中只看得清一身宽大的道袍与高耸的玉冠，在绯红霞光中仿佛与世无争的化外仙人……

第四十九章

周公还是王莽

入夏时节，天地像个蒸笼，将众生置于其中蒸煮。这种时候最易让人头脑发热，神志不清。果然，司马伦之乱平定后不到一年，洛阳城再起突变。

这年秋风萧瑟的时节，备受称颂的成都王司马颖领兵回邺城。临走那天，大半个洛阳城的人来送行，浩浩荡荡的队伍从城头排到了城尾。司马颖如盖世英雄，时不时掀开马车的帘子朝外挥手。听着百姓口中一叠声的溢美之词，他这辈子的虚荣心从没如此刻般满足。

阿曜混在街边人群中，看着司马颖威风凛凛的仪仗队排列走过。就在司马颖出发的前一晚，他偷偷潜入成都王府，成功说服了司马颖让他继续留在洛阳。

一队兵士飞马而来，在城门口的告示栏前贴上了一张新告示。识字的百姓看完后大声欢呼："皇后娘娘有孕啦，陛下宣告大赦天下！"

百姓们爆发出欢呼声，比欢送司马颖还要热烈许多。这个尚未出世的孩子承载了太多期望。若是皇后能诞下龙儿，下一任继承人立即确定，皇族们便不必你争我夺，让百姓遭殃。也许，这个刚立国三十来年的年轻帝国，就能顺利度过皇权交接的动荡，让天下回归太平。

马车内，司马颖阴阴地冷笑："还不知生的是男是女。"

坐在他对面的刘渊闭目养神："估计还未等答案揭晓，我们就该回洛阳了。"

"能这么快？"

"殿下回邺城征兵集粮，半年之后便能回来。"刘渊眯眼看向司马颖，鼻子里微哼一声，"不然，待皇后娘娘生下儿子，还怎么让陛下封你为皇太弟？"

司马颖不语，但嘴角的笑意早已彰显了他的野心。

阿乐再无心思观望司马颖的车队浩浩荡荡走出大夏门，他胸中憋着一股气无处发泄，恨恨地一拳砸在身边的树干上，震得枝叶簌簌下落："她竟怀了那蠢人的孩子……"

阿曜面色沉沉，冰冷得可怕："走吧。"

"去哪儿？"阿乐红着眼，闪了闪眼神，"你难道不在意？"

"谁说我不在意？只是，眼下我们得离开洛阳一阵子。"他回头望向城中的至高处，凌云台上的云母片在阳光下闪闪发光。他那黑不见底的双眸中燃烧着火焰，直欲翻涌着冲向天际，"等再回来，我会成功带走她。有任何阻挠，见神杀神，遇佛杀佛！"

阿乐精神也为之振奋，跟着阿曜走出城门，边走边问："古丽呢？"

"她留在洛阳，我们需要她的情报。"他得为司马颖不时传递些消息，才能让司马颖相信他的确潜伏在洛阳好好干活。而古丽的情报收集能力比他强太多了。至于古丽会以什么方式收集那些隐秘而及时的情报，必定涉及一个庞大的地下网络系统。那是最高机密，他无权过问，古丽也从不提及。

走之前，他回过广化庵。从那间隐藏在厨房烟道后的密室内，按照信中所指，准确无误地掀开地砖，取出了一大包沉甸甸的东西。沈锦绣当年立下大功，晋武帝赏赐她许多金银珠宝。她生活得清心寡欲，羊玄之又不让她花一分自己的钱，这些东西对她毫无用处，便在暗室找个地方藏了起来。临死前，她留给阿曜的信里交代了埋藏地点。

她在信里说，要收买人心，最方便的捷径便是钱财。如今他要拿着母亲当年以命相搏得来的钱财，去强壮自己。当自身有了强大的力量，才能像磁石一般，将朋友、陌生人，甚至背叛过他的敌人，全都转而为己效力。

他已不再怪罪这世界太过现实，自身强大才是最好的安全感。

司马颖离开洛阳，司马乂和司马颙便成了朝堂上最有权势之人。可惜，一山不容二虎，两人各种明争暗斗，乃至水火不容，吵吵闹闹地将这一年好歹过完。

过了年献容便十九岁了。她挺着六个月孕肚之时，羊玄之体恤她辛苦，不再日日与司马冏来显阳殿商讨政事。司马冏的新婚妻子皇甫盈也怀了孕，只比她晚两个月。齐王二十七岁才终于有后，难怪司马冏一向淡然的脸上也时常出现笑容。

入夏时节，天地像个蒸笼，将众生置于其中蒸煮。这种时候最易让人头脑发热，神志不清。果然，司马伦之乱平定后不到一年，洛阳城再起突变。

司马颙与司马乂带来的兵马都驻扎在洛阳城外，羊玄之与司马冏一直想让两人撤军回封国，可两人都不肯走。司马乂兵力强于司马颙，底气十足。可司马颙竟在夏日最闷热的一个夜晚，围攻大胖子司马乂的长沙王府。深夜突袭，司马乂全无防备，全府上下三百多人被杀得干干净净，司马乂也丢了性命。

此举一出，整个洛阳城哗然，朝堂上要求严惩司马颙的呼声极高。司马乂可是皇帝陛下的亲弟弟，无端被诛，皇帝却只褫夺了司马颙的大将军封号，仍保留大司马的头衔，降为六锡之命，削去入朝不趋、剑履上殿的待遇。这样轻飘飘的惩罚只是隔靴搔痒，司马颙半分实质损失都没有。

谁都知道皇帝是个傀儡，这个处罚其实来自司马冏。正当朝臣们都在疑惑为何一向好名声的齐王会与司马颙沆瀣一气时，司马颙突然消失了，连带着他城外驻扎的三万兵马和刚从司马乂处接手来的三万军力。等朝堂得知消息，他已带着六万大军在回封地长安的路上。

直到此时，朝臣们才明白，司马乂之死原来是司马颙与司马冏共同策划的，两人将司马乂驻守在城外的六万兵马分了，一家拿走一半。司马冏居然玩这种借刀杀人的手段，好名声顿时跌入谷底。

司马乂死了，司马颖、司马颙走了，如今朝堂上只手遮天的只剩一人：齐王司马冏。他接收了司马乂的三万兵，又掌管着京城内外的宿卫军与牙门军。对于朝臣们的非议，司马冏没有任何辩解，只管做他该做的事：休养生息，整顿吏治。因为这些举措，加上从司马乂那儿抄来的钱财，这一年朝廷的收入比贾南风掌权时代还多了些。但毕竟受过重创，多出得也有限，且用钱之处甚多，仍难补足大大小小的窟窿。

显阳殿内，献容扶着大肚子，讶异地请跪在地上的司马睿起身："琅琊王怎么来了？"

午后时分，暑气正盛，显阳殿内通透的设计，微风顺畅地穿堂而过，带来丝丝凉意。献容已许久未见司马睿，此刻他立在她面前，有些犹豫与局促。俊雅的五官更加柔和，温润的眼眸总是低垂。偶尔看向她，那眸中带出的微微情绪，像清澈的湖水漾出圈圈涟漪。

司马睿欲言又止，看了看四周。献容明白他的意思，让内侍都退下。献容请司马睿在对面几案入座，亲手为他煮茶。见他一直在犹豫，索性问起那桩传得甚广的八卦：“听说，琅琊王有了外室，不知是怎样的女子——”

司马睿一下子涨红了脸，急着打断她：“那都是无稽之谈！我心之所思，这么多年唯有……”他突然生生刹住，脸上闪过一丝懊恼，飞快看一眼献容，又垂下眼帘。

那一眼极短暂，献容感受到一丝异样，却是极细微，眨眨眼便消失不见。他神情瞬间恢复平静，中规中矩地躬身行礼：“禀皇后，臣今日来，非是为私事，而是……”他顿了顿，神情带一丝焦虑，“关于齐王殿下。”

献容讶然：“齐王？他怎么了？”

司马睿挺直身子，用温润的声音轻轻讲述：“臣的父亲生性闲散，所以，自小臣便被祖父寄以厚望，由祖父亲自抚养长大。”

他祖父司马伷是司马懿的庶子，司马师、司马昭兄弟当权时是得力的左膀右臂，辅佐侄儿司马炎建立晋朝，更是出力甚多。可献容没明白他祖父跟司马冏有何相关，疑惑地揭开茶盖，用小勺子搅动茶壶中的茶团碎末。

“祖父曾告诉过我，先帝明明儿子众多，却为何非要将皇位传给当今陛下。”他叹了口气，俊美的脸上写满担忧，“先帝难道不知道，将大位交给一个资质愚痴之人，会有多可怕？”

献容被问住了，难以回答。

关于司马炎为何选择这样一位继承人，这是史上最不靠谱的一桩公案。这个世纪笑话一直困扰着当世之人，以及后世的诸多史学家。

有说司马炎觉得儿子虽然不行，但孙子聪慧，以后只要顺利把皇位交到孙子手上，就能确保司马家王朝延绵万世。这说法太不靠谱。等孙子继位得多少年之后，这其中会生出多少变数，何况这孙子不是贾南风所生。司马炎虽有爷爷伯父父亲开疆辟土，毕竟是终结了上一王朝，开创司马家正统之路的开国之君，怎会把整个王朝绵延的希望寄托在一个痴蠢儿子和年幼孙子身上？

有说是司马炎皇后杨艳的原因。外戚杨家势力太大，迫使司马炎立杨艳的儿子。这就得追溯一下杨艳的来历。她虽出身弘农士族，可自小父母双亡，被舅舅养大。司马炎连个国丈都没有，杨家能有多大影响力。杨家后来的确势力大涨，那是在杨艳死后，司马炎又立了杨艳堂妹杨芷为后。杨芷的父亲杨骏权势熏天，与贾南风争权被干掉，但那跟杨艳无关。再者说，杨艳生了三个儿子，本来大儿子司马轨是太子，可早早死了。除了司马衷，杨艳还有个小儿子司马柬，活到三十岁才病死。既然都是皇后所生，为何不选择智力正常的司马柬？

还有一个更为劲爆的八卦传闻，那得私下偷偷说，绝不能放上台面。故太子司马遹的生母谢玖是宫女，本在司马炎身边伺候，被司马炎派去教晓太子男女之事。于是便有好事之人嚼舌根，谢玖怀的其实是另一位的孩子。立司马衷为太子，便能保证皇位再传到自己儿子手上。可这类小道消息只能当花边新闻，令人叹一句“某圈真乱”，不会被正统史家所接受。其实用脑子想想就知道，这桩八卦逻辑不通。司马炎有那么多儿子，何至于用这种迂回之策。

见献容沉思，司马睿压低声音问道：“皇后娘娘可知，先帝是如何得到帝位？”他白净俊美的脸凑近献容，轻轻吐出两个字，“嫡长。”

献容“呀”了一声，敏锐地看向司马睿。

他面色肃然：“先帝有个同母的亲弟弟，被过继给了景帝。”

景帝指的是司马师。司马炎以晋代魏，将祖父司马懿追封为宣帝，老爹司马昭追封为文帝，伯父司马师为景帝。景帝的皇后便是献容的姑祖母羊徽瑜。

献容当然知道这些掌故，这得要追溯到司马师与司马昭这对兄弟俩身上。司马师虽然才华卓越，却没儿子，司马昭便将自己最喜爱的次子司马攸过继给了哥哥。

司马昭晚年立世子，长子司马炎和次子司马攸的竞争到了白热化。司马炎占的是嫡长的优势，可司马攸却是司马师名义上的儿子。司马昭的王位是从司马师手中继承而来，将晋王世子名位给司马攸，等于是还给自己哥哥一脉，于情于理都说得通。而况司马攸的名望能力皆高于司马炎，故而朝中有众多拥护者。手心手背都是肉，司马昭的选择极其痛苦。经历一番明争暗斗，司马昭最终还是遵从了嫡长制，定了司马炎继位。司马炎称帝后封司马攸为齐王，便是司马冏之父。

浮尘在光柱中跳跃，仿佛腐朽之气悄悄弥漫，掀开了这大殿中埋藏了数十年的陈年旧事。司马睿俊秀的侧脸有几分苍白，感喟着苦笑一声："先帝是因嫡长得来皇位，若立别的儿子而废嫡长，岂非自己打脸？所以，咬着牙也得将错就错下去。"

献容恍然，这理由果然说得通。想起这位晋朝的开国皇帝，自己从未谋面的公爹，不由苦笑："为了自己的面子，将朝政置于巨大危机之中，先帝可真是……"

"那是因为先帝即便坐上皇位，仍是根基不稳，他必须以嫡长的正统死撑到底。"司马睿面色凝重，一扫往日的阴柔气质，沉声而谈，"即便在当时，朝中支持齐王攸的也大有人在。甚至连先帝最宠信的贾充，也站在齐王攸这边。"

献容吃了一大惊："贾充不是贾南风的父亲吗，他怎会去支持齐王攸？”

司马炎以晋代魏，贾充是头等功臣，极受司马炎荣宠信任。若是得来贾充的支持，简直是如虎添翼。

“皇后可知齐王冏的生母是谁？”司马睿知道献容未必清楚这些陈年旧事，不等献容回答，便自己解释，“她叫贾褒，是贾充与前妻所生。齐王攸娶贾充的长女，其意自明。不过贾充后妻郭淮善妒，贾褒与贾家几乎断了来往。但贾充是何等精明之人，支持齐王攸对他有百利而无一害。”

献容脑中飞快数了一下辈分关系。贾充竟然是司马冏的外公，而贾南风就是司马冏的阿姨。司马冏既是司马衷堂弟，却还得叫他一声姨父，怎一个乱字了得。

“先帝曾病重，御医们束手无策。那时太子尚年幼，朝臣们联名上奏让齐王攸继位。先帝病愈后，对此事极为忌惮，逼着齐王攸离开洛阳去封地就国。”司马睿喝一口茶，秀长的凤目看向献容，“现在，皇后该知道，为何先帝要让贾南风做太子妃了吧？那是让贾充从此不得不站到太子这一边。”

献容也曾听闻司马攸温和聪颖，有治理之才，极得人心。她不由想到，若是司马攸继位，那司马冏便该是当今皇帝。且不说司马冏会不会是明君，怎样也比自己那个智商低下的丈夫强吧？起码，这些皇族混战便不会发生。

司马睿偷眼凝视她，清丽的脸庞玉润如珠，那是他曾爱极的容颜。眸光落到她隆起的肚子上，司马睿神色即刻黯淡下来，收拾心绪继续说道：“再问皇后一句，可知齐王攸是怎么死的？”

献容谨慎地回答：“据说是病死的。先帝听闻噩耗极为悲痛，责备御医没有治好齐王，将派去齐王府的御医全杀了。”

司马睿淡淡一笑，墨玉般的瞳仁闪着光芒：“杀御医真的是太过悲痛，还是别的什么缘故？”

献容垂头喝茶，浑身微微发冷。她之前听嵇绍说起此事便觉得蹊跷，此刻大抵能猜得出来：“难道……”

“先帝派了许多御医，却硬生生将小毛病拖成了重病，齐王攸郁郁而亡。先帝大哭，让司马冏承袭王位，厚待礼遇。那年，司马冏只有十四岁，就此离开洛阳去了封国。后来的事，皇后娘娘都知道。”他眉宇微凝，忧心忡忡，“因为齐王与羊侍郎的关系，皇后娘娘只怕难以听到任何不利于齐王的消息。这些朝堂旧事，必得由臣来告诉皇后。”

献容喝口茶，暂缓一下心境：“琅琊王今日来，不只是说些陈年旧事吧？”

“皇后娘娘是知道的，臣对政事从无兴趣。可思前想后，还是觉得该来提醒皇后娘娘……”他犹豫片刻，温柔的眼里流转着真挚的诚意，“当心齐王成为第二个司马伦！”

献容蓦地看向司马睿，心跳有些急。

司马睿不再回避她的目光，坦荡与她对视：“臣说了那么多当年之事，便是想要告诫皇后娘娘，司马伦篡位名不正言不顺，天下共讨之。可齐王却因这特殊身份，是众望所归。”

献容焦急地将身体倾向他，声音压得极低：“难道，已有朝臣在密谋了？”

司马睿微微点头，也将声音压低：“当年朝堂上倾向司马攸之人本就不在少数，而齐王收了司马伦和司马乂的兵马，虽不算多，也有七八万之众，控制朝堂足够了。”

想起那个高远静雅的身影，献容始终难以置信：“可是，他一直无心朝政……”

“那是之前。如今大权在握，权势熏天，谁能保证他不变？”他面容严肃得可怕，“皇后娘娘可知道，他昨日要求豫章王就国，限期一月内离开洛阳。”

豫章王司马炽是傻子皇帝最年幼的弟弟，今年已有十八岁。司马乂死后，司马衷的亲弟弟只剩下司马颖和司马炽。司马颖已回了邺城，再将司马炽赶去封国，整个洛阳就只剩下他离皇帝血缘最近。

难道这是想要发动政变的征兆？

他看向她，眼中翻转着微妙的情绪：“臣不愿再见到皇后……和陛下再入奸佞之手，命悬一线。”他伏地长跪，言辞恳切，“望皇后娘娘早做谋划。”

献容心神大乱，突然想到与司马冏的一番对话。她曾问他为何冒性命危险帮她，他的回答是，他有必须这么做的理由。难道，当时无兵无权的他将赌注押在她身上，借助她从而获取权力？

他还说，会不会成为第二个司马伦，他让她来见证。这可怎么见证？待到他真成为第二个司马伦，她羊献容也就离死不远了。

周公恐惧流言之时，王莽受众人爱戴之日，有谁知道未来两人的结局陡然相反呢？他，到底是周公，还是王莽？

献容魂不守舍地呢喃：“我总觉得……他不会……”

司马睿刚要开口，突然有内侍匆匆进来，惶恐地禀报：成都王司马颖从邺城发兵二十万，南向洛阳而来！

献容与司马睿皆是大惊，猛地站起，焦虑地对视一眼。

第五十章

围城

冷宫的偏僻角落，有个女人躺在床上痛苦嘶喊。羊献容坐在女人胯骨下方，撸着袖子鼓劲儿："头已露出，来，再用一把力即可。"

司马颖此次打出的口号是清君侧，将羊玄之、皇甫商列为奸佞之臣，号召天下人共同讨伐。羊玄之向来官声甚好，又是国丈。皇甫商只是个新晋贵族，没有根基。以讨伐这两人为名起兵，理由实在可笑，绝大多数王族和地方豪雄皆按兵不动。唯有河间王司马颙响应，领军七万在朝歌等候司马颖。这摆明了是有备而来，两人早有密谋。

二十七万兵马浩浩荡荡朝洛阳杀来，才刚刚宁静了一年，洛阳又成为各王族争夺的火药桶。

司马冏和羊玄之早已料到司马颖会卷土重来，可没想到速度竟这么快。如今朝廷的兵力只有从司马伦那里接收来的五万，加上从司马乂那里收来的三万，还有从各王府和世家征召来的杂牌军，满打满算也就九万兵马，要对抗三倍于己的敌军。好在洛阳城墙高大坚固，武库兵器充足。最重要的是，兵士们大都是洛阳本地人，为保自己家园，士气极高。

盛夏七月，司马颖与司马颙的联军到达洛阳城下，迫不及待开始攻城。城上守军执弓挺矛，枪戈如林。城下金戈铁马，鼓声大噪，队伍密密麻麻望不到边。

惨烈的攻城战就此拉开。

洛阳城像巨浪中的礁石，承受了无数次猛烈冲击。城上箭雨铺天盖地而下，拉缓了进攻的步伐。司马颖军顶着盾牌扛着沙袋向护城河行进，前仆后继，缓慢推进到护城河边，将沙袋投入护城河。在箭雨中兵士大量落水，河水尽赤，积尸混杂着沙袋，护城河居然慢慢被填平了。活着过河的兵士将云梯架上城头，蚁附攻城，又遭滚石不停砸落。城下尸体累累，堆积如山。后来者踏着尸身往上爬，九死一生攀上城头，又遭刀劈矛刺，跌下城来。

自早到晚，死伤无数，兵戈交叠之声宛如密集的雨点，却仍无法攻下一处城头。司马颖不得不鸣金收兵。清点人数，只这一天，司马颖足足损耗了数万人。

既然强攻困难，那就改变策略：围城，看双方的经济实力能支撑到何时。

羊玄之未雨绸缪，备下不少粮草。又打压富户，不准趁乱涨价。城内民心军心皆稳，妥妥地撑过了两个月。城内的王族也同仇敌忾，甚至主动请缨。连一向不问政事的最美王爷司马睿和修道王爷司马越也站出来踊跃表态，愿为国效力。司马冏便让司马睿和司马越两人轮流值守洛阳北面的大夏门。这大夏门面对的是司马颖的主力，必定得有信得过的人来守。

这年深秋，皇后娘娘的孕期已过八个月。

深秋十月，秋寒露浓。皇城内一处破败的宫殿，冷气森森。这里曾是废后贾南风关押失宠嫔妃之所，宫内人人闻之色变、避之唯恐不及的冷宫，常年无人居住。这一夜，竟亮起了微弱的烛光。

冷宫的偏僻角落，有个女人躺在床上痛苦嘶喊。羊献容坐在女人胯骨下方，撸着袖子鼓劲儿："头已露出，来，再用一把力即可。"

她身上绑着攀膊，这是一根缠绕在身后的绳子，可将碍事的宽大袖子绑起，方便干活。年轻女子满头大汗，咬紧牙关用上全力，猛一挺身，随即，传来阵阵婴儿啼哭。

献容忙着为刚降生的婴儿擦拭，她身边的中年女子却是第一时间看向婴儿腿间。那女子身形消瘦，脸如刀削，严厉刻板，正是献容敬畏的宫嬷嬷。

宫嬷嬷看清了婴儿的性别，神情委顿下来。床上刚生产完的女子，虚弱地看向献容。献容叹息一声，将包裹好的孩子递到她面前："是个女孩。"

那女子讶异了一下，面色极为复杂，接过婴儿搂在怀中，怜惜地爱抚着。她正是良人蕊儿。按着羊玄之的意思，她早该被暗中处死。可献容不忍心，定要宫嬷嬷放过蕊儿。

那一夜，献容与宫嬷嬷争执了许久，一向严厉的宫嬷嬷怎样都不肯听从，献容实在无法可想，只得压低声音恳请："让她把孩子生下来，就说是我生的！"

宫嬷嬷愕然："皇后娘娘——"春儿与宫嬷嬷从羊府出来，都是献容在宫中最信任的人。春儿进宫后依然叫献容"小姐"，只在人前才称她皇后娘娘。可宫嬷嬷却严厉刻板，人前人后都是一字不落的敬称。

"父亲逼着我生孩子，可是……"献容目含泪光，苦涩地垂下头，"嬷嬷你也看到的，那样一个男人，我真的做不到将自己的身子交付于他。”

献容美丽的大眼睛里波光潋滟，哭起来仿佛梨花带雨，哽咽的声音清软娇柔，叫人听了心生怜惜：“父亲的话句句在理，我也知道必须尽快为陛下诞下龙儿。可是，每次我鼓起勇气面对陛下，却怎样都过不去心里那道坎。我真的做不到……”

宫嬷嬷见她越哭越伤心，不由长叹口气，只得默默点头。她也是女人，自然明白献容的委屈。若不是因为天子的身份，换成哪个女子乐意呢？

于是，将蕊儿秘密安置在冷宫，每日的食物和用具皆由春儿深夜送入，而献容则对外宣称自己已怀孕。献容与蕊儿说好，若是生了儿子，将儿子留下，放她离去。若生了女儿，那便让她带着女儿走。定下此计时，蕊儿已怀孕两个来月。献容想好了以早产为托词，七个来月早产，还不至让人怀疑。

献容与宫嬷嬷盼星星盼月亮盼着男孩出生，没想到冒如此大风险，却是个女儿！

蕊儿抱着孩子，怯生生看向一脸沮丧的献容：“皇后娘娘……”

献容回过神来，对蕊儿勉力一笑：“放心，本宫答应你的必会做到。”

献容言出必行。三日后的午夜时分，蕊儿怀揣金银细软，抱着喝了药昏睡的女儿，躺在污物桶里偷偷被运出宫，从此再无踪迹。

宫嬷嬷来向献容禀报已将蕊儿安全送走，献容松了口气。宫嬷嬷却是一丝笑容也无，板着脸对献容道：“娘娘该走下一步棋了。”

两人之前便商量过，若蕊儿生的是女儿，那献容只能将枕头再多揣一段时日，宫嬷嬷会出外搜寻刚出生的男婴，秘密送进宫来。

可如今正在战时，司马冏下令全城宵禁，戌时过后便不得上街走动。洛阳城内人人自危，气氛紧张。这个时候要去找刚出生的男婴真是太难。好在还能再揣两个来月的枕头，献容不由向上天祷告：但愿战事能尽早结束。

围城从七月底一直延续到了十一月。这一年的冬天格外寒冷，刚入十一月便开始下雪，风似刀割，雪如絮下，滴水成冰。严寒天气对司马颖军极大不利，他们在城外搭帐篷，取暖条件比城内差了太多。而此刻对司马颖最不利的却另有其事：司马颙见洛阳难以攻破，打算撤兵回长安。

攻城时司马颙并没出多少力，死伤的大都是司马颖的军队，折损了五万多人。若是司马颙带着他那七万兵马走了，司马颖就只剩下十五万军队。虽人数上仍是胜过城内守军，但司马冏有坚固的城墙和充足的粮草。最糟糕的是，司马颙的撤退会乱了司马颖这边的军心。

司马颖的军队是他回邺城后以重金招募而来，混入了大量地痞流氓宵小之辈。这些人唯利是图，若是再拖下去，司马颖钱财耗尽，这剩下的十五万人有大半会弃他而去。所以，眼下这局势逼得司马颖必须进攻。

他必须赢得一场胜利，来留住他的军队和盟友。

寒冬腊月，北风徘徊，天气肃清，繁霜霏霏。

洛阳城北的大夏门自七月底被围城以来，已有四个月未开启。这一天，在萧瑟寒风中，沉重的吊桥“嘎吱嘎吱”被放下，司马越全副武装策马而出，身后一队兵士押解着十多名衣衫褴褛的囚犯。护城河外，一名司马颖的将领押解着二十多名身穿百姓衣服却遍体鳞伤的囚犯。

这是双方在互换斥候。

斥候就是侦察兵，战场上作用极大，交战双方皆会派遣斥候，侦察战场形势，刺探敌方营垒军情。培养一名斥候成本堪比百名士兵，可一旦被俘，斥候的死亡率极高，长此以往有谁肯去做斥候？所以，历代以来，军中慢慢形成了一个不成文的规矩：互换俘虏来的斥候，对交战双方皆有好处。

司马冏这边，负责此次斥候交换的是司马越。修道王爷换下道袍穿上铠甲，倒也有些威风凛凛。他尽责地根据名单清点人数，一一询问，确定是己方的斥候，方才挥手让人一个个入城，然后放了这边的俘虏。

一切安排得有条不紊。唯有当一名面容邋遢却双目有神之人走过司马越身边时，两人不易察觉地互换了一个眼神。

就在交换俘虏的当天晚上，司马颖突然发动了夜袭。

暗夜无边，隐隐勾勒出远方山峦的形状，那是埋葬了无数帝王将相的邙山。邙山脚下，巍峨城楼，杀声四起。城楼底下密密麻麻全是尸体，血流满地，触目惊心。震耳欲聋的轰轰声传来，兵士们在用包铁的巨大木柱撞击城门，城门已是摇摇欲坠。一桶桶滚油从城楼的雉堞处倒下，惨叫声四起，侥幸未死的兵士们四散而逃。

司马颖骑在马上飞驰而来，连连斩杀退却的兵士，瞪着发红的眼大喝道："有退缩者格杀勿论！"

一次次不计成本的进攻，以死伤无数为代价，终于将坚固的城门撞开。潮水般的司马颖军蜂涌入城门，却迎面撞上一排排长矛大盾，如磐石般乌压压的精铁盔甲，在火光照耀下闪着森然的冷光。整齐的队列中一人骑在马上，一身红色战袍，手握长刀，原本飘逸俊朗的面容竟因这一身打扮与气势，泛出熊熊烈火般的杀气。

领兵站在最危险之处的，正是司马冏！

司马冏指挥兵士以扇形围堵，何处抵挡不住阵型松动，便调动骑兵从阵后绕去支援。扇形渐成口袋之势，袋口在慢慢收拢，司马颖军始终无法突破。

战鼓声，嘶喊声，马蹄声，还有密雨般的兵器碰击声，声声刺耳。一排又一排兵士倒下，涌上来的兵士们竟站在满地尸身上搏杀，大夏门成了血肉横飞的修罗地狱。当晨曦的第一缕阳光照入城中，司马冏战袍上已分不出是飞溅上的鲜血，还是原本的红色，手中长刀杀得豁了口，换了不知多少把。

天色大亮，尸横遍地，城门洞内几乎被尸身堆满。司马颖军死伤无数，仍无法突破，只得退了出去。城内爆发出激动的欢呼声，一夜鏖战，终于再次守住了洛阳城。

城外震天的厮杀声也隐隐传到了宫内，献容支起耳朵听了一宿，根本没心思入睡。直到天亮后飞马传来捷报，高悬了一夜的心终于落下。

献容是在睡梦中被惊醒的。她一宿没睡，听到捷报后，肚里揣着枕头即刻去了崇文馆，帮嵇绍以皇帝之名发诏书表彰，一直忙碌到午后才觉出浓浓的困意来。回显阳殿睡下，被叫醒已近酉时。春儿和宫嬷嬷知她辛苦，若非要紧之事，绝舍不得扰她好梦。

叫醒她的原因是：宫嬷嬷找到了刚出生的男孩！

孩子昨晚出生。生父在司马颖第一次围城中战死，这孩子是个遗腹子。生母本就家境艰难，如今失了男人，更是辛苦。卖了孩子既能得些钱财，再嫁也少了障碍。

事关机密，一切皆是宫嬷嬷亲力亲为。她经常秘密出宫，装扮成人牙子在洛阳最穷的市集区域搜寻。只有将知情者控制在最少范围内，才能杜绝将来的后患。之前也找到不少男婴，但宫嬷嬷的原则：其一，必须健康；其二，样貌齐整，毕竟献容的样貌可是一等一的；其三，身上不得有明显胎记或易辨识的特征，免得将来亲人找上门。挑来拣去总是不满意，直到今天才找到最合适的。

孩子家中以为是卖给了人牙子，养一段时间便送到富贵人家中做奴仆，万没想到这人牙子嬷嬷在城中七拐八绕，换了好几次马车，寻常人哪里跟踪得了。将昏睡的药混在奶中让孩子喝下，宫嬷嬷确定无人跟踪，将孩子放入大号食盒，就这么提着走入了显阳殿。

献容看着襁褓中仍在昏睡的婴儿，可爱软糯，五官清秀，好好养大定会是个健壮小伙。终于可以不用再天天揣枕头了，献容高兴地低语："今晚我就发动。"

春儿禀报，一切准备就绪。太医早就串通好了，献容的例行诊脉皆由这位太医来做。届时还会再有两个稳婆，也都已打点妥当。

万事俱备，就等献容的表演了。献容正在欣喜，有宫女在寝殿外禀报："启禀皇后娘娘，齐王殿下前来谒见。"

"这个时候？"献容惊诧地看了看窗外的天色，冬日的黄昏来得格外早，此时已是一片昏暗。献容沉声对外吩咐，"让他在前殿等候。"

献容对宫嬷嬷示意，宫嬷嬷立即明白，将婴儿藏入她自己的住处。宫嬷嬷为人严厉，她的住所寻常宫人不经允许可不敢进去。献容将枕头熟门熟路揣进肚子，扶着腰做出沉重的模样，在春儿搀扶下走向前殿。

献容身穿厚重的冬装，揣着枕头跪坐在榻上，正襟危坐接见司马冏。

偌大的殿堂里没有点火盆，只在皇后面前摆了两盏宫灯，堪堪照亮面前一小片。阴冷黯淡，像个地窖。如今正被围困，城内物资短缺，司马冏要求所有人节俭开支。柴火只能用来做饭，一律不许用于取暖。献容这里还能分到一点蜡烛，城中绝大部分地方，连油灯都不允许点，得省下来御敌。

司马冏与献容隔着几案对坐。他虽已换了一身干净的淡蓝色直裰，但献容仍能嗅到一股淡淡的血腥气。他瘦了很多，脸颊凹陷，没有时间修整自己，下巴一圈青色胡楂，黑眼圈尤其明显。往日的俊逸高远打了一多半的折扣，甚至有些委顿之气。他从昨日至今未曾合过眼，双目布满血丝，眼泡浮肿。这次虽勉强取胜，但大夏门被攻破，必须抓紧时间修复。他白天根本没时间休息，一直在忙此事。

献容不由为他心疼："齐王整夜御敌，此刻该去歇息才是。"

他的声音透着浓浓的疲倦："我有事相求，所以才来。"

献容静静等待他说下去。

"皇后能帮忙照看我妻吗？她已有八个月身孕，因如今情势，情绪极是不稳，有过几次滑胎迹象。我忙于守城事务，连王府都难得回一趟，实在抽不出精力照顾她。"他蹙眉微叹了口气，诚挚地看向献容，"我想把她送到皇后这里。皇后精通医术，若能时不时陪伴她，安慰她，她便能安心养胎，将孩子好好生下来。"

这可是司马冏的第一个孩子，这么重要的嘱托，献容哪能不答应："明日一早我便让人将齐王妃接入宫。"

司马冏却是摇了摇头："我刚刚已安排了人手，等会儿她就过来。"

献容愣了一下："这么急？"

他的目光飘向窗外黝黑的天空，没有星月，只有风声呜咽。他的叹息声在空旷的大殿激起细微的回响："不知怎的，总有一种不太好的预感……"他将目光收回，对着献容俯身下去，郑重行礼，"若我有何不测，我妻也注定逃不过去。这孩子若有幸降临人世，只盼皇后娘娘庇佑，让孩子逃过劫难……”

司马冏容色萧索，眼底有着隐隐的哀伤缠绕，悲凉的口气仿佛在交代后事。献容被他吓到了，怎会有如此不祥的预感，急忙振奋精神道：“齐王万万不可有此想法。司马颖这次夜袭，折损极重。只要我们再坚守一段时日，待司马颙带着他那七万人离开，司马颖就再无力围城了。”

“司马颖围城已历四个多月，虽折损过半，但我们损失也不轻。昨夜一战，更是折损万余人，城内如今连尸首都无处掩埋，也无柴火焚烧。”寒风从门缝窗隙间漏进，宫灯摇曳几下，他的脸在明灭不定的光线中愈加暗淡，“若你去过现场，便知何为地狱。”

献容瑟缩一下身子，那般惨况，她不敢去想象：“齐王定是忧思过虑，加上连续几夜难以合眼，所以有此担忧。”她让自己露出鼓励的笑容，目光温和，声音轻柔，“胜利已经在望，只需再坚持一下。先前那么艰难，我们不也熬过来了？胜利一定属于我们。”

司马冏抬起疲倦的双眼，难以置信地看向献容：“为何对我这般信任？你可知道，自从司马颖围城，朝中有多少非议我的声音？你难道没有听到漫天传闻，说我会是第二个司马伦？”

终于提及这个敏感话题。献容深吸一口气，字斟句酌，说得小心翼翼：“普天之下，你最有资本做第二个司马伦，但你不会。”

第五十一章

齐王的秘密

“我如越人舟子般卑微，怎敢仰望他的光芒。他想要让这天下重回太平盛世，我便尽我所能去做。唯其如此，我才能感觉到我对他是有用的。”

司马冏端正身子，将瘦削的背挺得笔直：“愿闻其详。”

献容略一沉吟，轻轻念诵：“今夕何夕兮，搴舟中流。今日何日兮，得与王子同舟。蒙羞被好兮，不訾诟耻。心几烦而不绝兮，得知王子。山有木兮木有枝，心悦君兮君不知。”

司马冏身子微微一震，神色中的倦意一扫而空，目光犀利如电，凌厉地射向献容。

“春秋时期，楚国鄂君子皙乘舟游玩，摇舟者是越人，以越语唱了一支歌。歌声悠扬缠绵，委婉动听，鄂君却听不懂，让人翻译成楚语，便是这首《越人歌》。”

献容没有避开司马冏犀利的目光，轻声讲述起这首《越人歌》的来源：“这故事乃是楚大夫庄辛讲给襄成君听的。庄辛爱慕襄成君，想握他的手，却被襄成君拒绝。于是庄辛给襄成君讲了这故事。庄辛问襄成君：鄂君身份高贵仍可与越人船夫交好，我为何不可握你的手呢？襄成君当真答应了他的请求，将手递给了他。”

司马冏什么话都没说，只垂头默默喝着早已冰凉的茶，宽大的袖子遮挡住脸，献容无法看清他的表情。

“这《越人行舟图》，我父亲书房中也挂了一幅。虽都是你所画，但细看却有不同。父亲书房那一幅上，没有题这首《越人歌》。而且船中两人面貌模糊，只隐约看出一人是舟子，一人是贵人。可你画室里的那一幅，舟子面貌俊秀，长身玉立。贵人高冠博带，沉稳坚毅。那舟子浑身的气度哪里像个舟子，反而……”献容顿了顿，低声说出，“像是你。”

司马冏的手猛地一紧，竟将茶水泼洒了出来，衣领上洇开一片印渍。他慌忙用手抹去水渍，却是越忙越乱，水渍范围越广。

“至于那贵人，面貌虽不完全像，我已大致猜出是谁。”献容望着发出噼啪微响的烛光，神思有些恍惚，“当我猜出后，过往种种皆有了合理的解释。”

司马冏心神缓缓平静下来，抬眼迎向献容的目光，带着些许释然。

“你每次回洛阳，其余人皆不见，唯独会来羊府拜见我父亲。你说若是父亲同意将我嫁给你，他就不会被司马伦下牢，生死悬于一线。所以你想娶我，只是为了他。父亲母亲宁愿自己死，也不愿让我得知封后一事。唯有你到处寻找我，将消息告诉我，只因你知道我必定会回去。你本无兵无权，却为救我甘愿拼死一搏，只因我是他女儿。你在朝堂上所做的一切，无论是借司马颙之手杀司马乂，还是慢慢压缩藩王势力，皆是他的主意。可你为他担下骂名，让所有被削去权势的朝臣和藩王将不满冲着你去，让世人谣传你要做第二个司马伦。”

随着献容的声音，他浑身起了战栗，越往后战栗越深，最后竟是满脸羞愧，将头伏下，埋入宽大的衣袖中。

献容哽咽着凝视他：“我曾问过你，为何要帮我，你说，你有必须这么做的理由。齐王，你从何时起，竟对他存了那样的心思？”

同性之爱自古便不稀罕。战国时的魏王与龙阳君，汉代的哀帝与董贤，皆是史上留名。这个时代的贵族男人喜爱豢养娈童，偕娈童出席宴会、郊游玩乐成为风气。可那只限于王公贵族以一种高高在上的姿态爱宠狎戏，玩腻了再换一个便是。他们家中有一堆娇妻美妾，为他们生儿育女繁衍子孙。他们尽情纵乐却被引为时尚，玩玩可以，却从无两人皆是贵族身份，以平等之身自由相爱。司马冏一直不肯再婚，从不豢养男宠，洁身自好到令人肃然起敬。直到二十七岁才为了延续家族有了第一个孩子，连这桩婚姻都是为了帮那人而来。

“十四岁。”

献容愣了一下。

他嘴角带笑，陷入回忆，浑身的倦容隐去，又散发出平日里的灼灼光华：“我十四岁那年第一次见到他，那一天我永生难忘。”

十三年前，也是个飘雪的日子。

银装素裹的冰雪世界里，红梅星星点点，可少年却无踏雪赏梅的心境。父亲刚刚含冤去世，明明心知是被自己亲哥哥害死，却在临终前拉着儿子的手，一再叮嘱要听从伯父之命，一辈子做个富贵闲王，不要卷入朝堂纷争。

彼时，十四岁的少年无法理解病榻上父亲挣扎说出的最后一番话，满心唯有愤恨与不甘。父亲丧期未过，假惺惺的伯父颁下一道圣旨，让他继承王位的同时，也将他赶出了京城。

临行那天，少年蓦然了解到世态炎凉四个字的滋味。父亲在世时踏破门槛的那些人，全然不见。母亲病重，无法来送行，唯有府中寥寥数人站在雪地里，说着不咸不淡的几句珍重。

正要黯然登车离去，一辆轻便的马车驰近。车在他面前停下，一人下车行来，步伐虽快却稳健，挺拔如松，带着隐隐锋芒。

那日的细节，司马冏至今记得一清二楚。他穿的是一袭流云纹淡蓝长袍，头束玉冠，厚重的披风更添几分英伟沉稳的气度。面容冷峻瘦长偏于凌厉，一双眼眸尤其犀利，盯着人看时，有种令人无处遁形的压力。

来人走到他面前，恭身行礼："尚书郎羊玄之拜见齐王殿下。"

少年讶然，竟然是他！六年前他女儿刚出生，父亲便委托奶奶说媒，要定下娃娃亲。不料被伯父横插一脚，亲事也就黄了，从此家中只是偶尔有人提及此人的名字，对这桩婚事他也从不觉得可惜。

羊玄之行过礼，对少年淡然一笑："在下来为齐王殿下饯行。"

司马冏心中一颤，顿时涌上感激之情。这是唯一来送行的外人，且是一位颇有话语权的朝堂重臣。此时人人对他避之不及，羊家因有那一桩黄掉的婚事，更该避嫌才是。此刻前来，足见此人的心胸与胆量。

他上前一步，执着少年的手，将他拉到一旁，意味深长地低语："世间诸事，当时不甘，委屈，愤懑，无奈种种，皆是当时心境而起。只需再过五年，回头看，你会发现什么都能看淡看开。它其实什么都不是，只是促你成长的一剂苦药而已。"

少年浑身如被雷劈过，脑中轰隆直响，只顾怔怔看着眼前男人。那一年，羊玄之还不到三十岁，容貌并非时下流行的娇弱俊美，而是沉稳睿智，光明磊落，眼中透着锐利光芒。虽是第一次见他，司马冏也听说过他的经历。少年时跟随名将羊祜守御江东，青年时横舟过江征战孙吴，未及壮年又踏马纵横塞外。与那些手无缚鸡之力的王公贵族相比，这才是真性情男人该干的，这才是他向往的生活。

一直困扰少年的迷茫与惶然瞬时不见了，如醍醐灌顶般，他知道了自己想要做什么。待他长大成人，那就是他向往的模样。

“羊侍郎，我可与你通信吗？”他鼓起勇气，颤抖着声音看向他，“我已无严父教导，唯望侍郎指点迷津，促我成长。”

“自然可以。”羊玄之一言一笑都散发着灼目的光芒，司马冏不敢过多直视，这会让他有炫目之感。一只手抚上他肩头，沉稳的力量随之传来，被抚摸之处竟让他有被灼烧的感觉。

“记住，这洛阳城内不全是趋炎附势落井下石之人，这世间也并不全是龌龊，总有一份美好值得你付出全部。”

那是羊玄之为他送行时说的最后一句话。此后的岁月里，不论受到皇伯父多少打压，不论贾后如何猜忌提防，心情沮丧时他总会念叨这句话，为自己找到振作的理由。他与他频繁通信，无论有何困惑都与他倾诉商讨，而他总能为自己拨开迷雾，每句话都能说到他心坎。每次收到回信，他的心总是小鹿乱撞，一封信要反复咂摸每一字每一句，直到能全背下来。他不知自己到底怎么了，他只知道，府中所有女人他都没兴趣，他只爱作画，还有，与他相关的一切……

十六岁那年他要成婚了，新娘就是许多年前皇伯父指派给他的杜家小姐。可婚礼前他一定要确定一件事。他上京祭祀，以师礼拜会羊玄之。当再度面对着那沉毅稳健的男人时，他觉得自己无法顺畅呼吸，脑中一片空白，唯有急促的心跳声一遍遍告诉他一个难以面对的事实：他爱的是男人，而且只能是眼前这个虽内敛却散发着隐隐光芒的成熟男人。

认清这事实的同时，他跌入了绝望的谷底。喜欢男人没什么羞耻，只要他愿意，大可肆无忌惮地豢养娈童，狎戏男宠。可他唯一渴望的人却是年长他十五岁的人生导师，是世家贵族，他一辈子触碰不得。

他也曾想过冲破身份禁忌，为自己好好活一回。可横亘在他面前的最大障碍是：他从未听说羊玄之沾染男色。尤其，有一次他在羊府偶遇羊夫人。那是个温婉美丽的女人，从羊玄之凝视她的眼神中，他明白了，他这辈子只能是可笑的单相思。

痛定思痛后，他将所有情感隐入心底最深处。只要能跟随他，竭尽全力帮他，那便足够。因为心中那份隐藏至深的美好，值得他付出全部。

回想起这一切，司马冏涩然一笑，嗓子里满是苦味：“我如越人舟子般卑微，怎敢仰望他的光芒。他想要让这天下重回太平盛世，我便尽我所能去做。唯其如此，我才能感觉到我对他是有用的。”

此人希求的是自己父亲，可不知为何，她却恨不起来，甚至，有点同情他。这份卑微的爱太过隐忍，太过压抑，旁人也许难以理解，她却能感同身受。

他定定地看着献容，却似透过她看着另一人，声音缥缈若纱：“对你，我是真心求娶，而且不止一次。这辈子既然与他无望，能守护他最珍爱的女儿，也能解一分渴望。”

献容有些哭笑不得。求娶她的人怀揣各种心思，像他这样的却是独一份。

“我早已想过，我虽无法爱你，但会尽心对你好，与你生儿育女，为你遮风挡雨，让你一世无忧。让他……放心。”

烛光摇曳中，他的脸大半隐在阴影里，唯见眼眸中闪着明亮的光芒。献容虽觉得他的想法颇可笑，却在面对如赤子般坦然的眼神时，怎样都笑不出来。

“可父亲拒绝了你。”献容小心翼翼问出，“难道他……知道你的心思？”

“这是我此生最大的秘密，从未对任何人说起。也许，他只是隐约有些觉察吧。或许，是因我的身份太敏感，他不愿你卷入继位之争中。”他摇了摇头，嗓子酸涩难忍，“而况，他心中，唯有你母亲。”

他想起羊玄之看向羊夫人的眼神，那分明是爱慕，可不知为何，竟藏着隐忍与压抑。这感觉他太熟悉不过，他看羊玄之便是这般。可为何，羊玄之也会有这种眼神？他到底在压抑什么，隐忍什么？

可惜，这个答案，羊玄之永远不会告诉他。

献容的心猛地跳了一下。母亲？哪个母亲？为了她付出生命的亲母？还是将她教养成人的养母？

可这问题，司马冏绝不会知道答案。

他闪着莹莹泪光，哽咽着哀求：“求你，这辈子都不要告诉他。我不愿他从此疏离我，甚至将我当成怪物看待。”

献容叹息一声：“他不会的……”

司马冏摇头，倦容重回脸上，似是一夜之间老去了好几岁：“我太了解他了，他骨子里只尊正统，绝容不下这样的龌龊。”

献容不禁为司马冏感到悲哀。这是龌龊吗？养娈童、狎男宠的高官贵族被视为流行时尚，真心所爱却不被允许。她正要出言讽刺，门外响起宫女的禀报：“皇后娘娘，齐王妃到了。”

显阳殿门口停着一顶秀丽小轿，跟着几位齐王府丫鬟。司马冏快步上前，体贴地将皇甫盈搀扶下轿。皇甫盈八个月的身孕已是沉甸甸的，跟献容那假的完全没法比。好在冬衣厚重，献容在演技上也下了苦功，加上她的身份，没人敢起疑心。

皇甫盈见到司马冏，惊喜万分，眼中满满的爱慕之情挡也挡不住。两人互相依偎着走入显阳殿，司马冏极尽温柔，各种叮嘱，让旁观的献容颇觉尴尬。她刚刚知悉内情，尚在震惊之中，实在难以适应眼下这对伉俪情深的模样。

刚将皇甫盈安顿好，有司马冏的内臣来找司马冏，递上一封密奏，是修道王爷东海王司马越呈上的。

司马冏匆匆看完，转向献容，面色凝重：“刚交换回来的二十多名斥候果然被司马颖动了手脚，混了不少他派来的密探。幸好司马越机警，已被他全部拿下，正关在东海王府中。司马越说，他拷问出不少情报，我得立即去东海王府。”

这么重要的事，献容当然让他赶紧去，心底着实怜悯他。司马冏强撑到今夜，已连续多日未曾好好睡过，不知这事是否又会拖到很晚。

司马冏躬身行礼，正要离去，有宫女前来禀报：“皇后娘娘，琅琊王来此寻找齐王殿下。”

献容抚额，看来今夜注定多事。把这些人都打发了，她还有个孩子得今晚“生”下来呢。

司马睿进来后对献容匆匆行了个礼，对司马冏焦急说道：“齐王可知，昨日东海王与司马颖互换斥候，换回的二十多名斥候本该即刻送回斥候营，可那些人至今未回营。”

司马冏挥了挥手中那封密奏：“此事我已知晓。”

司马睿见司马冏要走，急忙拦住他：“齐王殿下，我与东海王轮流值守大夏门，今晚本该由我值夜，可三天前他提出与我换班。那时我不曾有疑，便答应了。可若是联系今日此事，恐怕……”

司马冏瞪着疲倦的眼，摇头打断他：“琅琊王多虑了。东海王密报本王，他已审出这些放回来的斥候是司马颖的眼线。眼下本王便要去他那里再审讯一番。”

司马睿松了口气：“原来如此，的确是小王多虑了。”

司马冏拍了拍族弟的肩膀以示鼓励：“琅琊王如此谨慎是好事。”

司马冏匆匆离去，献容看着他消瘦的背影消失在夜幕中，左眼皮一直在跳。身边传来一声幽幽叹息，献容扭头，看到司马睿也在凝视着司马冏消失的方向。

司马睿察觉出献容的目光，唇角勾起，勉强对献容笑了一下：“不知为何，总有些不太好的感觉……”

联想起几个月前司马睿单独见她时说的那些话，献容有些疑虑：“你对齐王不是颇有戒心吗？”

“我对他的独断专行的确不满，可现在司马颖围城，让我认识到了一件事。”他一直在想着心事，自称从“臣”变成了更随意的“我”也不自知。

他转身面对献容，眉宇微凝，瞳仁乌黑如墨，令清秀俊雅的五官更加柔和精致：“司马伦篡位之时，混乱大都在洛阳，尚未波及四方。可司马颖之乱却比司马伦可怕太多。若齐王败了，以司马颖之才，绝无可能重振朝纲，恢复秩序。朝堂权威崩坏，藩王再难制约，各个封国都将割据一方。到了那时，只怕只要是个枭雄，连不姓司马的，也会趁乱自立。”

随着他缓缓说出每一个字，献容觉得森森冷意铺天盖地而来。寒气越来越重，侵入骨头，她不由自主瑟瑟发抖。

“与那样可怕的后果相比，我宁愿齐王独断朝政，总比汉末大乱重演一遍要好。”

司马睿说完此话后便行礼离开，献容抱着双臂，盯着跳动的烛火怔怔发呆。她错看司马睿了，一直以为他是个胸无大志只会清谈的富贵闲王。即便之前曾来告诫她警惕司马冏有野心，那也只是因为他知晓些宫廷陈年旧事，进而能做出推论。而今只这几句话，献容对他的印象完全打破。此人的智谋与见识绝不低于司马冏，他对朝政没兴趣，不代表他看不清局势。

第五十二章

变天

如此寒冷的冬夜，献容好似从头到脚被浇了一盆冰水，刺骨冰冷铺天盖地袭来，将她全身血液瞬时凝固。

夜色深沉，位于城北的东海王府内灯火通明。

司马越一身宽大的道袍，头顶高耸的发髻，陪着司马冏匆匆走向后院一处矮小简陋的柴房。推开门，司马越做了个请的手势，用恭敬的语气说道："小王暂时将这些人羁押在此，等候齐王殿下处置。"

屋内窄小，司马冏留随从在屋外，只身随司马越走入。屋内仅有几支火把插在高处，昏暗的光线下只看得出地上横七竖八或躺或坐了好些衣衫褴褛之人。他们手脚被缚，面目邋遢，浑身血污。粗略数一下，有二十多人。

司马越站在司马冏身后低声道："这些全部都是司马颖的人，企图冒充我方斥候，混入城内作乱。"

司马冏揉了揉疲倦的眼，强令自己振奋精神，扭头看向司马越："东海王立下此功，本王定向陛下请封。"他话锋一转，突然发问，"不过，今夜不是该由你值守大夏门么，怎有时间回府审讯这些人？”

司马越态度恭敬，嘴角带着谦卑的笑，手指地上一人：“此事小王晚些再解释。深夜将齐王殿下唤来，是因为此人握有司马颖的机密情报，必得亲自告知殿下。”

司马冏果然心动，走向被指的那人，蹲下身查看。那人低垂着脸，长发乱糟糟披在肩上，浑身一股臭味。光线太暗，看不清楚，司马冏总觉得有些不对劲，刚要发问，突然脖颈旁抵上一把匕首，未及反应，那人敏捷地跳起，另一只手迅速将司马冏的手扣在身后。

与此同时，地上那些“囚犯”全都跃起，人人手持刀剑，哪里像是被审讯过的犯人，手上的束缚和身上的血污只是伪装。屋外弓矢破空声响起，司马冏在屋外的随从猝不及防下惨叫连连，这是个陷阱！

祸起瞬间，司马冏目眦欲裂，愤怒大呼：“司马越，你竟敢谋反！”

司马越将腰板挺得笔直，一反平日恭谦的姿态：“识时务者为俊杰，我只是选择了更有实力的一方。”

司马冏一口唾沫吐向司马越：“胜利在望，你竟在这个时候将洛阳拱手让给司马颖，这会让天下大乱，分崩离析！”

司马越现出一丝诡异的笑容，此刻的他再不是那个只知炼丹修道闭口不提朝政的闲散王爷。他慢悠悠擦去脸上的唾沫，目光骤然变得冷冽，凑近司马冏轻声低语：“司马颖是陛下亲弟，而你有齐王攸的血脉，你们离那个位子太近了，须得由我来搅搅局。天下大乱有何不好，至少，我也能分一杯羹了。”

看着司马越笑得阴森，眼里满是歹毒，像一条蛰伏的毒蛇咝咝吐着蛇信子，司马冏不由浑身发抖。

司马越不再多语，挥了挥手，那名挟持司马冏的人用手刀劈向他颈项。司马冏一阵眩晕，倒下身来。在意识模糊前的最后一瞬，摇曳的火光照亮了那人的面目，邋遢的脸上有一双精光闪烁的眼。

司马冏震惊，刚喊出一声“你”，便倒地不省人事。

显阳殿寝宫内，献容身穿轻便的睡袍坐在榻上，两名稳婆，一名太医已经就位，榻边摆放了所有生产时需要的工具，剪刀、纱布、清水，等等，做戏得做足全套。宫嬷嬷和春儿肃然立在两旁，对献容默默点头。

献容躺上榻，深吸一口气，刚想开始阵痛发作的呼喊，又有些不放心：“春儿，你去外面守着，不要让任何人进来。”

春儿应了一声走出，将房门带上。献容开始酝酿情绪，昂起脖子刚喊了一嗓子，宫嬷嬷不由皱眉：“皇后娘娘，生孩子可是过鬼门关，怎能喊得如此不痛不痒。”

演技没过关，献容有些尴尬，再次深呼吸，将力气都集中到嗓子眼上，正准备开始号叫，突然门被打开，春儿匆匆奔入内，神色慌张至极。献容停下表演，诧异地看向瑟瑟发抖的春儿。

“大夏门那边火光冲天，似有喊杀声！”

献容如弹簧般从榻上一蹦而起，连鞋都来不及穿，奔到窗边朝北看去。火海漫天横流，火焰照亮了天空，似巨蟒在张牙吞噬。风向朝这边扑来，挟着隐约的喊杀声，声音方向正是火光冲天的城北大夏门处。

献容心惊胆战，声音发抖：“司马颖又来攻城了？”

没人回答她，谁都不知道外面究竟是何情形。献容暂缓“生孩子”一事，必须等待局势明朗。她将枕头揣到肚子上，带着人到显阳殿大门口，站在高高的台阶上焦虑地踱步。好在没有等待太久，显阳殿外门很快被敲响，羊府护卫长羊勇带着一队人马匆匆赶来。

“禀皇后娘娘，东海王司马越叛变，诱捕了齐王殿下，打开大夏门迎司马颖军入城！”

如此寒冷的冬夜，献容好似从头到脚被浇了一盆冰水，刺骨冰冷铺天盖地袭来，将她全身血液瞬时凝固。她站立不住，踉跄着往后跌去，宫嬷嬷和春儿急忙搀扶住她。

最初的震惊过后，献容的第一反应便是：“我父亲呢？”

“老爷正领兵奋力抵挡，让小的迅速来通知皇后娘娘。”

献容竭力让呼吸平稳下来，可牙齿依旧不由自主在打战：“守得住吗？”

羊勇眼神黯淡，不甘地摇头：“变节者甚多，四门皆已失守。”

所有思绪凌乱地结成一张网，将她的心越网越紧，将她窒息得难以呼吸。可笑的是，就在不久前，她还对司马冏说胜利在望了呢。原来，天下太平只不过是一场幻梦。

她失魂落魄，声音仿佛飘在远空：“很快便会到这儿来吧。”

羊勇垂下头没有吭声。

献容用力捶打一下胸口，将哽在胸口的那口气咽下去，深呼吸一口冰冷的空气，颤抖着声音吩咐：“事已至此，让各处宫门守卫听令，不必抵挡，放司马颖进来就是。”

“可是，宫内尚有禁军——”

献容打断羊勇，凄楚一笑：“那只是以卵击石。为这场战争丧命的人已经太多，不要再徒添冤魂了。”

羊勇张了张嘴，却最终难以说出话来。

“你去告诉父亲……”献容战栗着嘴角，深呼吸好几次才说出，“放弃吧。”

羊勇眼睛蓦地红了，吸了吸鼻子，转头飞快离去。

献容只觉得身体异常沉重，打算重回寝殿，坐等司马颖上门。回头的瞬间却看门口站着一人，面如白纸，身形臃肿，如同打摆子般晃动着，手扶门槛软软瘫了下去。

献容急忙奔上前大喊："齐王妃！"

皇甫盈颤悠悠醒来，见献容坐在身边正为她诊脉。她环视一下，殿内光线虽暗，可周遭能看到的用具皆是上品。在这物资短缺的非常时期，能奢侈地点燃好几盏宫灯的，唯有一处。她是身在皇后寝宫内！

皇甫盈觉得于礼不合，挣扎着想要起身，却被献容按住了："是本宫让人将你移到此处。这里生产用具一应俱全，若你生产，即刻便能用上。"

皇甫盈喘息着问出："臣妾这是要生了吗？"

献容将她的手放入锦被，柔声宽慰："胎像确实不稳，胎儿尚未足月，不一定立即发动。也许过一阵会缓和下来。"

皇甫盈却是急了，挣扎着想要坐起："不行，臣妾得现在就生下来！"

她现下情绪如此不稳，献容急忙按住她："胎儿不足月，不好将养。"

皇甫盈拉着献容的手臂，悲恸大哭："可臣妾没有时间了！"

献容默然。皇甫盈说得没错，等司马颖入宫，等待皇甫盈的会是什么，她不敢想下去。献容黯然点头："好，本宫立即让人熬制催生汤。"

献容扭头正要吩咐春儿去太医院拿药，袖子却被皇甫盈拉住："多长时间能生下孩子？"

"这可不好说，短则一个时辰，长的一昼夜也有。"

皇甫盈满脸绝望："即便喝了催生汤，也要最快一个时辰才能生下孩子?”

“熬制汤药也要时间，一个时辰怕是不够。”

皇甫盈望向窗外，原本只是隐约的喊杀声，此刻更清晰了。她攀着献容的双臂，眼里满是期待：“皇后娘娘精通医术，能有办法在半个时辰内让孩子生下来吗?”

“这，除非剖腹，没有别的办法。”

皇甫盈仿佛溺水之人抓到了一根浮木，毅然点头：“那就剖腹。”

献容惊愕，声音不由自主抬高：“你不要命了? 一旦剖腹，你还怎么活!”

“你觉得我还可能活命吗?”她哀戚地痛哭出声，一句话说得支离破碎，“齐王已落入司马颖之手，绝不可能再有活路，我也一样。臣妾死不足惜，可司马颖绝不会让臣妾生下孩子!”

献容已是泪流满面，泣不成声。

“既然活不成，臣妾宁愿剖腹而亡，也胜过在司马颖手中被折磨致死。臣妾唯一的希望就是让孩子活下来，保全齐王在世间唯一的血脉!”她不知哪儿来的力气，挣脱了献容的手臂，跪在榻上一遍遍叩头，“求皇后娘娘成全!”

砰砰直响的磕头声如同一记记石锤，将她的心敲击得五内俱崩。她猛地站起，胸膛不住起伏：“不要逼本宫做如此残忍之事!”

情绪起伏这么大，皇甫盈的阵痛已经发作，却是强撑着趴在榻上声嘶力竭：“皇后娘娘，只要孩子能活下去，臣妾甘心情愿啊!”

献容大口大口呼吸着冷到极点的空气，用袖子胡乱抹泪，可泪水喷涌而出，怎么也擦不干。望着榻上头发凌乱表情痛苦的皇甫盈，她想到了自己的出生。沈锦绣也是剖开母亲的肚子，将本该成死婴的自己带到了人间。那时自己的生母，是否也如眼前的皇甫盈，只要能生下孩子，抛却性命也无妨。

女子本弱，为母则刚。

献容哆嗦着嘴角，看向宫嬷嬷。宫嬷嬷知道她在想些什么。献容出生的那一晚，她一直在旁，亲眼目睹了整个过程，与眼下这情形何其相似，杀一人而救一人，救一人而杀一人，时隔二十年，献容要做与养母一模一样的抉择。

宫嬷嬷打开药箱，找出一块药膏，以温水化开。将碗端到皇甫盈面前，抬起她的头，声音清冷："这是麻沸散，这样你便不会太痛。"

皇甫盈强忍着痛喝下汤药，阵痛已让她面目扭曲变形，可眼里却是满足与欣慰。宫嬷嬷叫上如木桩一般杵着的春儿："愣着干什么，赶紧过来帮忙！"

春儿打了个激灵，终于回魂，急忙跟着宫嬷嬷干活。将干净的白纱布浸入铜盆，倒上烈酒消毒。宫嬷嬷之于沈锦绣，春儿之于献容，两人皆是常年为医者打下手惯了的，动作娴熟，一丝不苟。

定定站着的献容终于动了。脱去繁重的外衫，穿着轻便的短装，套上攀膊将袖子挽起，眼神恢复了坚定和冷静。宫嬷嬷惊讶地发现，就在这一刻，从眼神到动作，献容活脱脱就是沈锦绣。她将最敬爱的母亲，与自己融为了一体。

"我知道他不爱我，我知道他只是需要一个女人为他生孩子，可我不在乎。世间有多少女子能嫁给如此俊秀的男人啊，他就像天神一样完美。"皇甫盈躺在榻上，折磨她的阵痛在一点点消失，她觉得舒适了许多，嘴角慢慢有了些许笑意。那张并不美丽的脸上因着这些回忆，焕发出了异常绚丽的光彩，"以我这样的出身，若不是机缘巧合，哪里配得上他。能陪在他身边如许时日，我知足了。"

司马冏此刻不知是怎样的情形，也许，已经死了。一念至此，献容心痛难忍，急忙仰头，让泪流回去。她强迫自己不去想这些，她不能被这些撕心裂肺的念头影响。

皇甫盈扭头看向献容，手摸索着想要动，却已无力。献容看出她的意图，急忙握住她的手。她泪光盈盈，声音哀婉："这孩子命苦，一出世就没了父母。求皇后娘娘收养他，抚养他长大。娘娘的恩情，我到黄泉再报。"

献容紧紧握住她的手，想说什么，又被哽咽住，扭头平缓片刻，方才看向她："给孩子起个名字吧。"

"乘彼垝垣，以望复关。不见复关，泣涕涟涟。既见复关，载笑载言。"

她喃喃念诵，这是《诗经·卫风》中的一首。一个女子登上残墙，遥望复关盼情郎。望穿秋水却不见人，唯有泪两行。待见到情郎从复关处走来，女子立即有说有笑心欢畅。不见则忧，既见则喜，寥寥数语，将女子的痴情描画殆尽。

她的意识慢慢飘散，目光已无焦点，嘴角却挂着一丝期待的笑容："司马言笑，不论男女，都可叫得。"

话到最后已是极弱，献容凑到她口边才听清楚。言笑，司马言笑，献容默默记诵。看她已沉沉睡去，献容努力将情绪稳下来，她接下来要做的事，必须全神贯注，容不得一丝差错。

掀开皇甫盈的衣裳，露出滚圆的肚子。献容手拿医用小刀，这刀已做过消毒处理，刀口极为锋利，她深呼吸几口气，想象自己此刻就是母亲，母亲会怎么做？

她目光冷凝，稳住手滑下去。一旁的春儿差点惊叫出来，被宫嬷嬷一瞪，慌忙捂住口。

屋内静谧到极点，只闻一起一落的喘息声，可偏偏却有人这时候来打扰，屋外一名宫女以惊惶的声音禀报：“皇后娘娘，成都王已到宫门口！”

献容满头是汗，却顾不得擦去，染血的双手不停，沉声对宫嬷嬷道：“去告诉他，本宫正在生孩子！”

这是唯一可以拖延司马颖的借口，宫嬷嬷肃然点头，疾步走出寝殿。献容继续集中精神，想象着自己就是母亲。母亲在这种时候绝不会被情绪所左右，她只见患者，不闻其他。可屋外很快便传来嘈杂的脚步声，夹杂着争吵声：“本王要见皇后！”

“皇后正在生产中，不可在此时打扰。”

脚步声越来越近，窗纸上映射出越来越亮的火把光线。献容才刚刚触到婴儿的身体，她对春儿使了个眼色，春儿明白意思，咬了咬牙，昂头用尖厉的嗓音痛苦地大声呼号。

门口响起了争执声，宫嬷嬷与司马颖已经吵到了近在咫尺之处：“成都王，产房污秽，男子进入会有不祥，何况那是皇后！”

“皇后生的可是我的亲侄儿，或者侄女，本王关切至极，怎看不得？”

司马颖肯定不会知道里面真正在生孩子的是皇甫盈，他非要此时闯入产房，目的只有一个：不让献容生下帝国继承人！

就在这争执的当口，献容已撕开覆住孩子脸的膜。将缠住婴儿颈部的脐带从头部移开，用手托住婴儿的头缓缓拉出。剪断脐带，扎线，清理口腔黏液，倒提脚丫拍脚板，所有动作一气呵成，快速而准确。

“哇”一声，婴儿在这世间发出了第一次啼哭。这命运多舛的孩子，就诞生在这个不祥之夜。

门外的争执声突然停了下来。

孩子哇哇啼哭，春儿急忙抱去清洗身体，裹上襁褓。不知是否献容的错觉，她好像听到了榻上面如白纸已无气息的皇甫盈发出一声极微弱的叹息声，似是满足。生亦是死，死亦是生，生死相继，死亡和出生就像一道旋转门，轮回不息。

献容突觉全身泄了力，双腿像是踏在棉絮中，绵软无力。她再也站立不住，跌坐在地上，喘息着看向自己染血的双手。这双手刚刚是那么镇定，此刻却在不由自主颤抖。一股浓烈的血腥气刺入鼻孔，冲入胸膛。这味道其实一直都在，只是刚刚全然没注意到。低头一看，衣衫上也沾满血迹。受这样的视觉刺激，血腥味顿时从四面八方冲鼻而来，献容只觉得胃里在翻江倒海，忍不住大口呕吐。

春儿慌忙放下孩子，跑去搀扶献容，却听到屋外司马颖带着玩味的声音：“皇后，请问生的是太子还是公主？”

献容看向春儿，默默点了点头，然后自己挣扎着爬起。春儿走到门边，深吸一口气，隔着门扇大声宣布：“皇后娘娘诞下小公主！”

第五十三章

齐王之死

这举动是如此触目惊心，所有人愕然呆立，久久无法回神。献容死死抱住怀中的婴儿，仿佛这是她唯一的救赎。

门外传来一声明显的落气声，那是司马颖松了一口气。只要不是儿子，管她生多少个都无所谓。而当献容将孩子取出时，看到是个女儿，也同样松了口气。既然她已宣称自己在生产，这孩子便只能是她“生”的。可若是男孩，眼下这情形，司马颖绝不会放过。他问的时候，用的称谓可是“太子”。这已是司马昭之心，路人皆知了。

献容刚缓了口气，屋外又传来司马颖的声音：“听说，齐王妃在皇后这里安胎，本王想见见她。”

好不容易放下的一颗心，又随着这句话提到了嗓子眼。献容看向榻上已辞世的皇甫盈，她身下一摊血污，锦被也被染得猩红。献容急速看向春儿，两人飞快交换一下眼神。

寝殿外的台阶上站立了足有百人，殿下空地也站满了执戈戴甲的兵士。明晃晃的火光照耀下，一身黄金铠甲的司马颖阴沉着脸看向宫嬷嬷，再一一扫视显阳殿前伺候的宫人们。

所有人皆战战兢兢垂头不语，司马颖挥手指挥："搜！活要见人，死要见尸！若是活着，别忘了告诉她，她父亲皇甫商已经伏法。"

献容眼皮不停跳动。司马颖围城，用的借口是清君侧，弄了两个名字做噱头。一个是皇甫商，另一人则是羊玄之。皇甫商被他杀了，那父亲呢？等待父亲的会是什么？献容觉得自己的精神已临近崩溃的边界，可上天仍不肯放过她，逼着她强撑下去。

兵士们冲入一个个房间，很快便将显阳殿翻了个底朝天。一名将领前来禀报，除了皇后寝宫，其余都搜遍了，没有发现齐王妃。司马颖转身看向寝宫大门，阴阴地笑了："看来，本王不得不打扰皇嫂休息了。"

到了这节骨眼，宫嬷嬷还怎可能拦住他，寝宫门被"哐当"一声大力推开，司马颖带着手下大步闯入。

榻上，刚刚生产完的皇后头绑抹额，在侍女搀扶下虚弱地半坐起身，声音娇弱无力："成都王，莫要惊吓到孩子。"

司马颖扫视一番，房间内有着一股很明显的血腥味，榻沿甚至地上能见到斑斑血痕，连皇后的衣袖和前襟上也能看到血迹。见皇后身边放着襁褓，司马颖大踏步上前抱起孩子："让本王好好看看亲侄女儿。"

他动作粗暴，将襁褓布掀开，朝婴儿下身看去。婴儿受冷，哇哇大哭起来。献容爱"女"心切，悲戚大喊："成都王，你这是做什么！"献容怎会不知，他这是不放心呢，要亲自验明正身。

司马颖满意地将襁褓重新裹上，顺手将孩子递给皇后的贴身侍女。他朝手下挥手，兵士们立即鱼贯而入，冲到寝殿的各个角落搜索。很快便有了消息：浴房内发现了齐王妃，已经气绝身亡。

献容痛哭出声："她已自尽了。"

献容与春儿趁着司马颖在别处搜索，将染了大片血迹的床单锦被藏起。寝宫不像羊府处处有暗室，也无后门。献容无奈，只得与春儿一起将皇甫盈的尸身搬入浴房。既然皇甫盈已死，已无必要藏了，司马颖应该没那么变态，会对尸身做什么过分之事。但献容仍想给皇甫盈最后的尊严，她在孩子取出后飞快地缝合了肚子，又让春儿给她换了身干净衣裳。

做完这一切，已无时间再换下自己染血的衣服了。献容只得躺入新换好的寝具，拉高被子遮挡住衣服上大块的血迹。好在她是刚“生”完孩子，看到血迹也是正常。春儿忙乱中还不忘给她一块孕妇专用的抹额，她急忙戴上，用以增加可信度。

司马颖玩味地看向献容：“是皇后娘娘帮她的吧？”

献容只管牢牢护住孩子，垂头不语。

司马颖伸了个懒腰，眼里有些疲态：“罢了，算她命好，不然便会跟她夫君一样下场。”他阴冷地看向献容，嘴角勾起残忍的笑意，“明日一早，还得邀陛下和皇后娘娘一同观看奸臣司马冏伏法。”

献容心剧烈一跳，一股酸涩冲鼻而来。司马冏眼下还活着，可她除了帮他保住孩子，没有任何能力救他。他的生命只剩下倒计时，明日一早，司马颖定是准备好了残忍手段。她怎有胆量去看他受折磨！

司马颖转身离去，献容仍沉浸在悲戚之中，神情呆滞，浑身麻木。没想到他刚走到门边，突然转身，皱起眉头思量：“她不是怀孕八个多月吗？已经足够生下来了。”

献容的心如同过山车，一下子又被顶到了最高峰。

司马颖问刚刚发现皇甫盈尸身的将领：“查看过她肚子吗？”

那将领面露难色，摇了摇头：“不过，好像肚子的确不甚明显。”

司马颖瞪他：“那还不赶紧去查！”

将领得令，带着几人冲向浴房。献容绝望地看向春儿，生恨自己如此弱小，如此无能。除了眼睁睁看着司马颖作恶，她什么都做不了。可事实是，她自己也是泥菩萨过江，自身难保。

那将领很快便回来了，凑近司马颖耳边低语了几句。司马颖面色即刻变了，凶神恶煞地瞪向献容："司马冏的孩子在哪里？"他眼珠子转了一圈，从腰间拔出剑，指向献容怀中的孩子，阴森地冷笑，"不会是这个吧？"

献容惊骇，紧紧抱住婴儿，声音竭力威严："成都王放肆！这是本宫的孩子，陛下的龙脉，不许你碰她！"

"齐王的孩子在这里！"

所有人回头，宫嬷嬷面色煞白，抱着一个婴儿从殿外匆匆走入。献容一见之下即刻明白，这正是宫嬷嬷从宫外找到的男婴。因为之前给婴儿喝了掺有昏睡药物的奶，所以一整晚这婴儿一直没发出哭声。如果没有这么大变故，她本该"生"的是这个婴儿！

司马颖拿过孩子，掀开襁褓，眼神立即变了："是个男孩……"

宫嬷嬷垂下眼帘，战战兢兢说道："齐王妃听说齐王被捕，情绪激动，触发胎动。是奴婢为她剖腹生产，取出这个男婴。本想偷偷将孩子丢出宫去，不料还是被成都王发现了。"

司马颖不再存疑，得意地哈哈大笑。刘渊为他想出的计谋是那么完美，今晚的一切皆在他掌握之中。他无所谓羊献容生的是哪个，也无所谓羊献容是否掉了包。他只关心一个：无论是司马冏，还是司马衷，他们绝不能有儿子留下来。

他猛地将婴儿高举，重重摔下。婴儿只发出短促一声大叫，便没了声息。这举动是如此触目惊心，所有人愕然呆立，久久无法回神。献容只顾死死抱着怀中的婴儿，仿佛这是她唯一的救赎。

她是医者，从来只有救命之心，无害人之意。可就在今夜，她为救一人而杀一人，又因为她，害得一名婴儿无辜惨死。怀中的孩子发出嘤嘤的啼哭，这哭声在一遍遍提醒她，她欠了苍天两条人命。

风似刀割，雪如絮下，连空气也似被冻僵。昏暗的天与地融在一起，混沌得辨不清方向。

大夏门还维持着战时的模样：被司马颖军攻破的缺口上钉着粗大的木条，地上仍有尚未清洗干净的血迹，空气中弥漫着一股难以形容的腥臭气。城门前方临时搭起了一座高台，高台上架着一堆柴火。司马冏一身白色中衣，浑身都有鞭打出的血迹，长发凌乱地披在肩上。如此寒冷，却只给他穿这么少的衣服，可司马冏似乎完全感受不到冷意，他目光涣散，早已是奄奄一息。双手被绑缚在十字架上，如同殉难的圣者。

高台前有三张椅子，中间坐着司马衷，一左一右坐着献容和司马颖。献容本可以刚“生”完孩子为借口不来，可她仍坚持来了。其余的人轮不到坐，按功劳和头衔站在他们身后。离司马颖最近的位置站着两人，一边是他的盟友河间王司马颙，另一边则站着他的头号功臣司马越。

以往司马越在这种重大场合根本轮不上好位子，只能站在最不显眼处。如今终于挣到了最有用小弟的席位，不由扬扬得意。他还穿着那身仙风道骨的道袍，可献容见到他，唯有满腔恶心。那些炼丹修道，那些不谈朝政，那些谦逊礼貌，全都是伪装。揭开了这层皮，此人只是个包藏野心的阴毒小人。

站在司马越身边的是他老丈人王衍。此人乃朝堂重臣，玄学领袖，嫡长女是故太子司马遹的正妃。太子刚一出事，王衍便逼女儿跟太子和离。他将最不得宠的庶女嫁给司马越，可洛阳百姓都知道，王衍平日里对这位无权无势的小女婿最不待见。今日王衍竟然站到了女婿身边，那一脸扬扬得意的嘴脸令人作呕。这样的小人竟位列三公，在司马伦和司马冏当政时都过得滋润。现在轮到司马颖上台，他也依然是个不倒翁。

司马颖以皇帝之名宣读了一份诏书，将司马冏贬斥成一切动荡的罪魁祸首，仿佛只要铲除了他，便能国泰民安，重回太平盛世。十字架上的司马冏虚弱地垂着头，不知是否听到了这些血口喷人的污蔑之言。

司马颖读完，挥一挥手，便有兵士上前，在柴火堆淋上油脂。司马冏慢慢抬起沾满血污的脸，看向身前那些人，一字一句说得极慢："煮豆燃豆萁，豆在釜中泣。本是同根生，相煎何太急。"

他嘴角浮起一丝奇怪的笑，嘲讽的口气仿佛已将生死置之度外，对即将到来的残酷死法没有半分恐惧："这才过了多久啊，司马家就开始自相残杀。别以为你是煮豆的豆萁，你今日将我煮熟，自己也一样被烧尽，豆与豆萁都逃不过倾覆的命运。你们得来的所有权势，都会是昙花一梦。你们今日瓜分来的地盘，明日就会易主。你们离我的境地不远了，我不过是先行一步。黄泉路上我只要走得慢些，就能等到你们每一个人。"

随着他的声音，熊熊大火燃起。他在起火的瞬间以眼神搜索到献容，献容对着他突然做了个怀抱婴儿的动作，趁着无人觉察，飞快地微微点头，旋即放下手势，仿佛刚刚什么都没发生。司马冏似松了口气，嘴角露出极细微的一抹笑容。火光越来越大，很快蔓延到他脚下。他没有流露出害怕的神情，只管盯着献容，眼神中蕴着千言万语。

献容明白他的意思，他是在为羊玄之担心。这一次，献容不再躲躲闪闪，肯定地重重点头，即便被旁人看到了也无所谓。她其实不知道羊玄之眼下的情况，她也在焦虑不安，但她一定得用十足的信心宽慰这可怜的临死之人。

收到了这两个信息，司马冏欣然地闭上眼睛。漫天飞雪中，火光在跳跃，司马颖被火光投在地上的影子扭曲狰狞，身后兵士们的刀光剑影明灭不定。火势很快吞没了司马冏，他虽竭力镇定，却也忍不住惨呼痛号。

鹅毛大雪纷纷飘落，不一会儿就在每个人头顶肩上积出一片白。猩红的火光与白雪映衬，竟焕发出诡异的绚烂色彩。惨绝的呼喊被风声割成断断续续，在场大多数人都无法看下去，有人甚至低声抽泣。司马衷被吓得拼命要逃，却被司马颖叫了几个力壮的兵士将他死死按在座上。他要亲哥哥看着自己有多强大，这样便能让他彻底臣服自己。

献容没有任何办法救他，只能用自己的方式为他送最后一程。

火烧到他身上时，献容始终闭着眼睛，她无法直视这残忍的场景。寒风凄厉，将她割得遍体鳞伤，可再冷也抵不过心伤。纷飞的雪花中，献容双手合十，低头默默念诵着："南无阿弥多婆夜。哆他伽哆夜。哆地夜他。阿弥利都婆毗。阿弥利哆。悉耽婆毗。阿弥利哆。毗迦兰帝。阿弥利哆。毗迦兰多。伽弥腻。伽伽那。枳多迦利。娑婆诃……"

梵音轻诵，如泣如诉，口鼻间的雾气氤氲成团。这是她从沈锦绣那儿学来的《往生咒》，用以超度亡灵。她不知道这些梵语何意，只是机械地背诵下来。因为沈锦绣告诉她，这些咒语拥有不可思议的力量，能为苦难众生带来解脱。她虔诚地向佛祖祈祷，愿司马冏拔除一切业障，洗涤灵魂，往生西方极乐世界。

司马冏凄惨地结束了二十七年生命。他曾用尽全力想要力挽狂澜，却是时运不济，惨淡收场。血腥残忍的权力角斗中又添新魂，这个帝国全面崩溃已成定局。

当一切结束，所有人皆是静默。献容浑身战栗，数九寒天的彻骨冰寒笼罩她全身。司马冏落得如此下场，皇甫商也已被杀，轮到羊玄之，会是什么命运?

破城之夜，羊玄之匆匆带兵抵挡，可惜大势已去，只能做困兽之斗，最终被生擒。如今生死全握在司马颖之手。献容想开口哀求，可她知道那只会自取其辱。不过，司马颖至今未对羊玄之出手，应该并不想取他性命。无论怎样，她还有皇帝能用，争取将此事放到朝堂上商议。司马颖刚入城，总不能连圣旨都不尊。

司马颖站起身，满意地掸去落在火狐大氅上的灰尘，正准备离去，有个声音自人群中传来："成都王，请允许小王将他下葬。"

人群中走出一人，一身月白长披风，文弱纤细若一株青竹，却蕴着极致的宁静，仿佛任何风雨都无法动摇他的韧劲。

司马颖有些不快，薄唇抿出一丝凉意，却维持着自以为是的明星风范："这等乱臣贼子，正该抛尸荒野，琅琊王何必沾上这晦气?"

司马睿清澈的双眸中闪着光芒，朗声答道："同为司马姓，一脉相承，小王不忍。"

此言让在场所有姓司马的想起了司马冏临死前念诵的曹植《七步诗》，心有戚戚，隐忍而压抑的哭声又起。司马颖不想得罪太多王族，只得施舍般地点头："琅琊王心善，本王准了。"

献容感激地望向司马睿。人人自危之时，谁还敢站出来为司马冏说话。司马睿并非齐王一党，甚至对他的独断专行不满。可在这种时刻，他是唯一不惧得罪司马颖之人。人性本恶，经不起任何考验。能不畏强权坚持人性之善，唯有真正美丽的灵魂。

这一年的大年三十，飞雪连天，大地冰封。司马颖派兵封锁城门，全城戒严，捕杀司马冏党羽。他还公报私仇，将许多之前他看不惯的人也以司马冏余党论处。而司马颙则纵容兵士在城内劫掠，尤其是他的大将张方生性残忍又贪得无厌，无恶不作。两位野心家，将司马氏几代经营的繁华都市变成了人间地狱。

满目疮痍的洛阳城内，挤满了新添的冤魂。

攫取了胜利果实的三位司马王爷，正坐在成都王府秘密会谈。身为先帝之子，当今天子的亲弟，又是攻城的绝对主力，毋庸置疑，司马颖是最大赢家。先前傻子皇帝封给他却被他推辞掉的大司马、大将军、大都督、录尚书事等一系列头衔，他现在全都要。

除此之外，还得有最实惠的东西：封地。他的封地本在成都，可成都太远了，他从来没去过。他第一次离开洛阳，便是去了邺城。如今大权在握，他在成都的封地之外一口气加了周边二十个郡。他没打算去那里，可税收得实打实都归他所有。

而作为一向的盟友，河间王司马颙这次啥虚名都不要，他只要封地：由关中扩展到雍州。

两位大佬指着地图以手指划来划去，完全忘记了旁边还有个等着分一杯羹的小弟司马越，正眼巴巴盼望着大佬们啃完肉，别忘了把骨头丢给他。

势力范围还没划分完，有贴身内侍来禀报：“刚刚陛下颁布诏书，封新生的公主为清河公主，封已故清河王司马遐之子司马覃为太子。”

“定是我那皇嫂干的。”司马颖俊脸沉下，鼻子哼气，“这女人还在负隅顽抗，她才是最大的司马冏党羽。”

“可惜，错生成了女流，这辈子都翻不了身。”司马颙眼角下垂，满脸戾气，却掩饰着阴冷，脸上堆笑，“成都王只需再多筹谋一段时间，换下司马覃又有何难。届时，殿下便是皇太弟。”

第五十四章

父亲离去

夕阳沉入邙山背后，暮色笼罩着整片荒凉大地。风渐大，将他的广袖吹得鼓起，他与那座承载了无尽哀伤与悲凉的坟茔，一起融入苍茫凄清的暮色中。

雕梁画栋的太极殿内，重重锦绣垂幔环饰。坐在金光耀眼的御座上的，还是那个愚钝的皇帝。这位子他已坐了十来年，唯一不同的是，他右边那小一些的座位上轮番坐过贾南风、司马伦、司马冏，如今坐上了司马颖。而台阶下列队站着的群臣，随着皇帝身边那个位置一遍遍易主，也在一茬茬换着新面孔。这个帝国的枢纽，永远是铁打的营盘，流水的兵。

当司马颖商议完了所有事宜，轻描淡写地宣布下朝，从来只当哑巴的司马衷突然结结巴巴说道："还有羊玄之，羊侍郎，要要要……"他被司马颖冷冷的目光一扫，害怕地缩了缩身子，瞬间忘了该讲什么。

司马颖以严厉的目光瞪向哥哥："陛下这是要商议如何处置羊玄之，是吗？"

司马衷急忙点头。司马颖冷笑，这是逼他交出羊玄之呢。当着朝堂众人之面，他总不好独断专行，私下就定羊玄之的罪。毋庸置疑，这背后定是皇后的主意。

“那就商议吧。”司马颖扫视殿下的群臣，阴冷的目光定在谁身上，那名臣子便将头垂得更低。

整个大殿鸦雀无声，司马颖满意地笑了：“看来，诸位都认为羊玄之有罪——”

“请成都王宽恕羊侍郎！”

清朗的声音响起，一人从群臣中走出，躬身请命。俊美的五官柔和秀气，似一株青竹，可以弯曲，却难以折断。他目中无惧，声音平静：“羊侍郎忠心为国，数次为朝廷立下大功，从无谋逆之举。且他是皇后之父，世族楷模。成都王若将他定罪，恐寒世族之心，让百姓徒添口舌，实在得不偿失。故而小王斗胆，请殿下宽宥他。”

司马颖的脸阴晴交错，唇角勾出一丝嘲讽的冷笑：“琅琊王，你为他说情，可是因为当年曾对他女儿有意？”

司马睿急忙垂头，将身体鞠得更低：“成都王殿下，此事早已时过境迁，小王绝不敢损皇后娘娘清誉。”

这偌大朝堂上站了许多新近投靠司马颖的人，但也有一些素有名望，仍存正义的大臣。有了司马睿领头，不少朝臣站出附议。尤其是大名士王导，他因与司马睿私交甚密，也站出来支持。司马颖可是好不容易劝了王导出山，眼下不能拂了他面子。

司马颖摆出最美造型沉思片刻，方才开口：“要放了羊玄之不难。这些年我晋朝叛乱四起，给了匈奴机会。本王得到线报，他们正在伺机而动。晋阳是抵挡匈奴的一线重镇，却无本王信得过的人戍守。”

司马颖站起身走向司马睿，挑眉挑衅地看着他：“琅琊王可愿替本王分忧？”

朝堂上所有人皆是倒吸一口冷气。司马睿只是一介文弱书生，清谈玄学可以，带兵打仗可是一窍不通。何况晋阳那个前线重地，随时可能起战事，这等于是送他去死。

王导第一个站出来反对，眼见得还有其他人想附议，司马颖手一挥让这些朝臣们住嘴：“若琅琊王愿去晋阳戍守，本王便送你个人情，让你带上羊玄之。”

此语一出，所有人愣住，不敢再多言。

“琅琊王不懂兵法战略没关系，有羊玄之呀。他年轻时曾与匈奴对敌，是匈奴单于的大敌。有他辅佐琅琊王，本王放心。”

司马颖笑着上下打量司马睿文弱的小身板，眼中的讥诮之色渐转为嘲弄。那笑意太过明显：你不是要为羊玄之出头吗？那就索性把自己的性命跟他绑在一起，看你还喜欢为人出头吗？

作为司马睿的挚友，王导拼命给司马睿递眼色，微微摇头。司马睿沉默片刻，抬眼看向司马颖，目光平稳坚定。他深吸一口气，双手举过头顶，深深一鞠：“小王愿往。”

声音虽有颤音，却无犹豫。仪容姿态还是那般柔和纤弱，却似蕴藏着不可摧毁的韧性。朝堂众人暗自唏嘘，感喟司马睿的胆识，却并不看好他的勇气。他这样身娇肉贵的王孙公子，从未吃过戍边的苦头，只怕去不到三个月，便要哭着喊着回洛阳了。

司马颖皮笑肉不笑：“琅琊王可要记得，守备晋阳，任务艰巨，这一去，无论你还是羊玄之，此生再不许回洛阳。”

司马睿苦笑，这是将他未来反悔的路也断了。但他既应承下此事，无论多难也得硬撑下去，再次躬身一鞠，声音里已无颤音：“小王领命。”

是夜，成都王府书房内，司马颖与一人把酒言欢，言笑晏晏。

司马颖喝下一口美酒，笑盈盈看向座位下席的刘渊："果然如大单于所料，朝中还是有人愿为羊玄之说情的。"

刘渊闪着如狼一般狠辣的眼睛："只是没想到，居然会是手无缚鸡之力的琅琊王。"

想起司马睿为司马冏收尸下葬，司马颖冷哼一声："没半分实力，却喜欢为人出头。这种人，以后怎么死都不知道。"

刘渊笑了笑，没有答话。司马睿这种小无名，之前从未入过他的法眼。可从最近几次事件看来，司马家并非全是利欲熏心的野心家，还有他这种坚持礼义道统的理想主义者。不过这种人不足为惧，以他们的行事原则，在这不讲规矩的乱世中根本存活不了。

司马颖犀利的眼神看向刘渊："本王一直无法理解，既然羊玄之是你死敌，难道大单于不想杀了他？"

刘渊回答得极平淡："羊家毕竟是七大世家之一，宗族势力不容小觑。何况又是皇后之父，杀了他会令众多朝臣寒心。"

如此冠冕堂皇的回答，司马颖怎会满意，继续追问道："本王自然明白，羊玄之此刻杀不得。本王想削去他一切要职，赶回泰山老家做个田舍翁就罢了。为何大单于非但在本王面前保他性命，甚至不削官去职，反而让他去晋阳？"

刘渊颇有深意地笑了："成都王可知，晋阳是我与羊玄之对敌之处。当年我在他手中惨败，如今，我仍要在晋阳与他再战一回。看看这一次，究竟谁能笑到最后。"

刘渊虽狡诈，也会背后耍各种阴谋诡计，但却自视极高。面对自己一辈子的劲敌，他不屑用宵小之辈的手段。当年他便与羊玄之约定，要真刀实枪凭本事比出高低。保住对手的命，才能有酣快淋漓的报复。

刘渊昂头将酒灌入口中，慢慢吞下。他嘴角笑意更甚，神色却更清冷，目光如狼，发出骇人的寒光。

羊玄之，你得好好活着，等着我。我们当年的约定，很快便会到来。

天色灰蒙，远山迷茫，厉风在萧瑟的竹林中穿过，发出飒飒闷响。已是二月早春时节，天气仍是冷冽，脚踩在地上，发出枯枝败叶的沙沙响。司马睿环顾四周，认出这片枯败的竹林就在广化庵外。他曾在此向献容表白遭拒。那时的他尚不知道，就在竹林深处有两座孤坟。碑上无字，无从得知墓主的信息，只能从碑的新旧判断，一乃旧冢，一为新坟。

今天是他与羊玄之离开洛阳的日子，羊玄之提出要最后再去拜祭一次亲人。所以，他陪着他来到了此处。

羊玄之下巴一片青色胡楂，双眼布满血丝，脸上黯淡无光，憔悴零落。他亲自动手将两座墓前的杂草去除，以袖子抹去无字墓碑上的灰尘，浑不在意身上的肮脏。他佝偻着背，原本高瘦的身子越发瘦削。寒风又起，吹落一地干枯的竹叶。司马睿惊觉，一向俊逸轩昂的羊玄之，竟在短短时日内苍老了十岁。

司马睿不知这两座坟茔里究竟埋的何人，为何会被葬在此处，而非北边邙山的羊氏家族墓地。但从羊玄之一桩桩一件件皆做得认真细致来看，定是他极为重要之人。

羊玄之在新坟前静默了许久，眼神哀恸至极，令人不忍直视。司马睿不敢催促，只在身后默默陪伴。良久，他方才转过身对司马睿道："下官还想，再去一个地方。"

又是一座坟茔，一座崭新的新坟，墓碑上的字仍是血红，看着令人触目惊心：齐王司马冏之墓。

这里是邙山，位于洛阳城北。去晋阳必得路过此山，出大夏门行数十里便到。这里是洛阳人的魂归之处，墓压着墓，坟挨着坟，连绵的土包，葬满了东周、东汉、曹魏、晋的数千名帝王与权贵。不远处，有上代齐王司马攸与妻贾褒的合葬墓，他们的儿子，如今就埋骨在他们身边。

司马睿蹲下，清理坟前杂草，感喟道："小王寻了一口楠木棺材，为他穿上王袍。虽无法以亲王礼下葬，但也尽力维持死者之尊。"

一股酸涩冲鼻而来，羊玄之两眼瞬间红了。他不愿让司马睿看到，扭头抽搐着颈项，肌肤下青筋跳动。

那一刻，羊玄之仿佛看到那个目光一直在追随他的少年，怯生生接近他，问是否可以与他通信。他与他的命运就在那一刻交叠在了一起。他看着他从迷茫的少年成长为有担当的男子，看着他无意朝政却强迫自己力挽狂澜。在他心目中，最佳的女婿人选不是司马睿，而是他，司马冏。他相信他会好好待献容，可是，他又不敢确定。他从他的眼神中能解读出某些奇怪感觉，他对献容从来只是礼节上的客气，而非真的有兴趣。有了那个猜测，他不愿贸然毁了女儿的幸福，而况司马冏还有那么敏感的身份。与他再度结亲，会让贾南风起疑心。所以，他最终放弃了。

如今，他躺在这里，为了实现羊玄之想让天下太平的理想，以如此惨烈的方式结束生命。他的人生在二十七岁戛然而止，多年轻啊。看着他的坟茔，羊玄之突然明白了一件事。司马冏究竟以何心态追随着他，这重要吗？他欠他太多，如今再无法偿还了。就连这拜祭，逝者已矣，只是给生者一份安宁。

羊玄之再难忍住，扶着墓碑放声大哭。男儿有泪不轻弹，他已年过四十，更该喜怒不形于色。可他愿在他坟前，尽情将悲痛哭出来，让他看到自己的脆弱。

一整日的灰暗天色，竟在傍晚时分露出了太阳的脸。可惜已是西斜的太阳，如啼血渲染暮色长空。光芒洒在坟茔上，染出绚丽的金色。痛哭零涕的男人与一座坟茔，此情此景，叫人黯然神伤。

司马睿待他情绪稍稳，递上一方丝帕，指了指旁边更小一些的坟茔："皇后娘娘令人将齐王妃送至此处，还有个刚出生便猝死的婴儿。"司马睿不愿去描述他见到那婴儿死状时的震惊，长叹一声，"小王以礼将他们母子安葬在此。"

羊玄之看向皇甫盈的墓，眼神更加黯然。这桩婚事是他为了他而结，他明明不爱，还是娶了她，却连累一个无辜女子连带着孩子一起丧命。这些，都是他羊玄之的罪孽。未来，他都得一一偿还。

他终于开口，声音凄清："琅琊王，谢谢你。"

夕阳沉入邙山背后，暮色笼罩着整片荒凉大地。风渐大，将他的广袖吹得鼓起，他与那座承载了无尽哀伤与悲凉的坟茔，一起融入苍茫凄清的暮色中。

"羊侍郎，天色已晚，我们该走了。"

无论他们走到哪儿，都有人跟踪，到处都是司马颖的耳目。既然已经报备离城，再拖延会引得司马颖不满。羊玄之默然点头，转身与司马睿一起向在旁等候的马车走去。

"先前，在下对琅琊王多有误解。"他在马车旁站定，恭恭敬敬向司马睿行礼，"琅琊王的救命之恩，在下难以回报。此去晋阳将面对各种艰辛，若蒙不弃，在下定当竭尽全力辅佐琅琊王。"

司马睿急忙还礼，心里顿起受宠若惊之感。他知道羊玄之向来不待见他，嫌他太过文弱，更不喜他对朝政躲避。即便有意将献容嫁给他，那也是多方权衡的结果，并非因为喜欢他这个人。他想活跃一下气氛，笑道："小王本来对如何守晋阳忐忑万分，有羊侍郎在，小王就有底气了。"他敛住笑颜，双手举过顶，躬身长拜，"如今国家危难，小王亦当担起责任。从今往后，小王当向羊侍郎讨教文韬武略，一起去面对外敌内患。"

羊玄之搭住他的手，将他扶起。这一刻，两人惺惺相惜，同仇敌忾。命运如此神奇，兜兜转转，竟将他们绑在了一起。

羊玄之登上马车，回望残破的洛阳城。暮色昏沉，只能隐约看到凌云台的轮廓。他从被羁押后，直到现在都无法见到献容。听说她生了个公主，他暗自庆幸，女儿好啊，女儿才能活命。

他知道献容的日子绝不会好过，她一定在夜晚无数次哭泣，天明又得强打精神面对虎狼。他想念献容，想见外孙女，可司马颖绝不会允许父女俩相见。他只能怀着深深的忧虑，心中默念：献容，父亲走了，再无法帮你了。望你小心，一切平安。记住，只要活着，就有希望。

阳春三月，柳絮纷飞。本是踏春的好季节，洛阳城内却是一片萧条，围城时攻破的城垣至今仍是残缺，放火烧过的民宅再无炊烟升起。到处都是断壁颓垣，破瓦烂砖，连曾经高大威严的皇宫，也在几次动乱后无钱修缮，就这么以破败模样耸立在世人面前，叫人不禁唏嘘感喟。

昔日繁华都市，如今已成废墟。

朝堂之上，把握朝政之人却没心思修缮城墙与宫城，更别提恢复商业，与民休养生息。对司马颖来说，最重要的事唯有一件：废了皇后所立的侄儿司马覃，逼皇帝立自己为皇太弟。

这件事他做起来毫无障碍。自从在众臣面前活活烧死司马冏，那些平日只知清谈的世家贵族们都已吓破了胆，司马颖说什么都没人反对。他在朝堂上只手遮天，一言九鼎，俨然就是事实上的皇帝，只是缺个名正言顺的名头。

他对拍自己马屁拍得最铁杆的几位臣子暗示一番，第二日便有雪片般的奏章递到皇帝面前，陈述司马颖有多少功劳，司马覃的各种不是。要让基业延续，必得由成都王来支撑。皇帝完全不懂这些人争啥劳什子的太子、太孙、太弟，想要，给就是了。

于是，司马覃被废，司马颖顺风顺水当上了皇太弟。

皇后自然一万个不乐意。可是，烧死司马冏，逼走羊玄之，等于将皇后的两只翅膀都斩断了，她怎么扑腾都飞不起来。她能发号施令的，也就后宫那窄小的四方天。既然已经下圣旨立了皇太弟，天下皆知，铁板钉钉。皇后再弄多少个孩子出来已无济于事，司马颖对自家哥哥的床事便不再干涉。

想要的都已到手，照理说司马颖该心满意足了。可是，他却在成都王府的书房内，对着自己最得力的智囊大发雷霆。

“他围城时出工不出力，本王为了大局忍下来了。破城后那些烧杀抢掠大都是他的人干的，洛阳百姓怨恨的却是我。本王不愿在那个时候跟他扯破脸，也忍下来了。他几次跟着本王勤王，好歹有功，他要雍州，本王也让给他了。可他越来越蹬鼻子上脸，竟私下收买，将司马冏留下的两万宿卫军全归到自己军中！”

司马颖越说越气，愤恨地将博古架上一件上好的青瓷花瓶摔在地上，发出一声“哐当”脆响。

刘渊闪着狼眼，皱起浓眉：“成都王息怒。元海有个疑问，司马颙是怎么说服这两万军士归于他麾下的？”

司马颖狠狠用拳砸在博古架上：“也怪我自己疏忽，破城后居然让司马颙抢先占据了府库，又纵兵抢掠，得了大批钱财。钱都被司马颙抢走了，本王手头紧，缺钱安稳军心。”

刘渊笑了：“这倒是最直接的法子。难怪激怒殿下他也不怕，他这是故意的。”

司马颖喘着粗气，咬牙切齿：“他就不怕本王跟他撕破脸？”

刘渊啧啧摇头：“成都王仔细算算，此刻跟司马颙翻脸，可有胜算？”

司马颖愣住：“什么意思？”

刘渊掰着手指头算给他听：“南下洛阳之初，成都王实力绝对大过他。可攻下洛阳，殿下折兵损将一半有余，二十万兵马如今只剩下八万。司马颙虽只有七万军，但他攻城时畏缩不前，恶战都是殿下去打，他只管保存实力，损失不大。如今他手里加上刚收买来的两万兵马，与殿下已是旗鼓相当，自然可以跟殿下叫板了。”

司马颖仍是煮熟的鸭子嘴还硬：“他不过是个小小的河间王，难道本王就奈何不了他？”

“别忘了，他手上有张方为大将。此人虽然残忍好杀，打仗却是一把好手。真跟他撕破脸，成都王不一定有胜算。”

刘渊的分析句句在理，司马颖这会儿真正意识到了问题的严重性。这个白眼狼居然是自己亲手喂养出来的，司马颖悔得肠子都青了：“那本王该怎么办？”

刘渊思索片刻：“退回邺城。”

司马颖大惊：“又要回邺城！难道就这么将洛阳白白让给司马颙？这里可是祖宗的基业！”

“让给司马颙有何不好？”刘渊冷哼一声，目光如炬，“成都王难道不知现在的洛阳是什么模样？城垣残破，破城后又不知毁了多少楼宇砖墙。司马颙纵兵行凶，百姓逃亡过半。如今市集萧条，百业凋零，无税可收，眼下这座都城已快变成废弃的死城。司马颙若要在洛阳站稳脚跟，他得拿出多少钱来修复城墙宫宇，还会有钱买军队么？”

司马颖恍然大悟，兴奋地猛点头。

刘渊嘴角浮起狡黠的笑：“反正成都王已经是皇太弟了，就把这座到处需要用钱的空城丢给司马颙吧，看他怎么接这个烫手山芋。”

第五十五章

废后的逃亡

太过熟悉的低沉男声，献容打了个激灵，带起浑身一片鸡皮疙瘩。急忙扭头，果然是梦中无数次与她依偎之人，正紧紧凝视着她，仿佛这是世间最重要的事。

离开洛阳之前，司马颖非常忙碌。毕竟皇帝还在这里，还是得安插好人手，做好相应的驻京部署。走之前的最后一件事，是带着一队兵马来到皇后的显阳殿。

“皇后羊氏，怀执怨怼，数违教令。不能诞下龙子，也无《关雎》之德，而有吕、霍之风。礼度率略，德不称位，焉得敬承宗庙，母仪天下？收其皇后玺绶，废为庶人，迁至金墉城安置。”

献容跪着听内侍用挤出来的公鸭嗓子宣读圣旨，心情异乎寻常的宁静。这道圣旨是谁的意思，用脚指头都能猜出来。司马冏死时她就明白，自己再度成为砧板上的鱼肉，任人宰割。废就废吧，她已心如死灰，对永无宁日的你争我夺厌倦至极。她累了，不想再提心吊胆担惊受怕了。

她会守着言笑，将她好好抚养长大，弥补自己对司马冏夫妻俩的愧疚。除此之外，她的人生，已无盼头。

再度回到金墉城，她已是熟门熟路。立春后东风送暖，大地解冻，春天就这么悄无声息地在她身边流淌而过。迎春花开了，柳絮飞了，日过了是夜，夜过了是日，到点了会饿会困，日子就这么过下去，也没什么不好。夜里睡着了还能见到他，多好啊。与他一同欢笑，相依相偎，美好得让她不愿醒来。可惜醒来方知是梦，再无睡意，一夜枯坐到天明。

她时常会想起母亲。回想起来，母亲待她比亲生女儿还好，她现在完全能理解为何母亲对她如此尽心尽力。因为那是母亲生命中唯一的精神支柱，正如她此刻对着言笑。没有这个婴儿带来的欢笑，她会被逼疯，如同之前关入金墉城的无数幽魂。

她不知道外面的世界怎么样了，城头变幻大王旗，谁倒台谁上台与她何干？她甚至希望那些人将她彻底遗忘，她再也不愿做他人手中的棋子了。就让她在这座四方的小城中慢慢变老至死，尸骨腐烂吧。

可惜，天不遂人愿，总有人非得打碎她的宁静。

春光最盛的某日，当她吃下平平常常一顿晚饭，很快困意铺天盖地袭来。她心知被人算计了，拼命想撑住。估计下药之人知道她懂医，下的药量很猛，她还未来得及呼唤春儿，便已沉沉睡去。

她是被摇晃声叫醒的。费力地睁眼，映入眼帘的是个简简单单的马车顶篷，身体在有规律地晃动着，耳边传来轱辘的嘎吱声。

她眨了眨眼，糨糊一般的脑子慢慢重组归位。这是哪里？什么情况？

“你醒啦？”

太过熟悉的低沉男声，献容打了个激灵，带起浑身一片鸡皮疙瘩。急忙扭头，果然是梦中无数次与她依偎之人，正紧紧凝视着她，仿佛这是世间最重要的事。他脸颊有几分凹陷，双目也有些浮肿，想来已有一段时日吃不好睡不好。一身普通百姓的麻布衣服，发髻只用一根木枝绑着，可即便如此普通的打扮，仍是不掩他的轩逸挺拔。

她扭头四顾，发现自己身处一辆宽大的马车中。身侧还躺着一人，那是春儿，仍在昏睡中。继续看向他，眨眼再眨眼，明明是再熟悉不过的脸，却隔了一层雾似的，看不真切。她抬起胳膊，巍巍颤颤着伸手想要抚摸他的脸。他眼中荡漾出浓浓的惊喜，连忙握住她的手放在自己脸上，给了她一个大大的笑脸。

掌心传来微微的扎，是他的青色胡楂。一切都是那么真实，不是梦中的虚无缥缈。这是什么神转折？她一个被废的皇后，怎能神不知鬼不觉出了宫城，并且，身边陪伴的正是日思夜想之人。

窗帘被风吹开，她看见了湛蓝的天空镶嵌着绚丽的云彩，拂面而来的柔风带着微醺的气息。她听到了鸟叫，闻到了花香，那是久违的美好气息。

“怎么会是你？”献容听到有声音从她喉咙中飘出，听着却不像自己的声音。如同缥缈的浮云，悠悠荡荡，飘上辽远的天际……

惊喜过后，献容便不敢再如此大胆与他手握着手。马车内还有春儿，虽还在沉睡，她可不希望春儿醒来后被抓个现行。她想坐起，却仍有些头晕。阿曜急忙搀扶起她，体贴地在她后腰塞个靠枕，一边说道：“这是我与司马颖的交易。我为他做事，他将你废除皇后之位，送出宫来。”

献容坐起，觉得身体舒适了许多，疑惑道：“你与他做了什么交易？”

阿曜眼神有些闪烁：“我将大单于的行踪密报给他，让大单于落入他手中。”

献容吃惊：“刘渊被司马颖抓住了？”

阿曜点头，说得含糊其词："大单于被司马颖羁押，索性给他做了策士。那些攻城谋划，都是大单于所出。"

难怪！献容想起父亲和司马冏曾猜测，司马颖身边定是有个厉害的策士，原来竟是得了匈奴大单于为谋，怪不得一招一式皆狠辣且直中要害。只是，司马颖无论哪方面都及不上刘渊，别偷鸡不着蚀把米，被反过来吞噬殆尽才是。

"我答应过司马颖，我们会隐姓埋名，永不回洛阳。从此，这世间再无羊献容。"

献容苦笑："他把我赶出洛阳，一方面是允了你，另一方面，他是希望我在朝堂上再无声息。"

就算被斩断了双翼，献容仍在做困兽之斗：立司马覃为太子，怂恿皇帝在朝堂上跟司马颖对着干。虽然这些小打小闹对司马颖构不成威胁，但毕竟烦心，司马颖巴不得赶紧把这女人处理掉。可皇后无错，母族亦有分量，拥戴她的人颇多，不能杀。废了固然是好，没准日后某位政敌又会让她复立。索性做个人情秘密送出宫，她有了别的男人，在外绝不敢泄露真实身份，这颗眼中钉从此拔除，何乐不为。

阿曜嘴角上扬，憋不住笑意："他同意将你送给我，也是因为他以为我是刘聪。"

刘聪可是有实力问鼎下一任王座的匈奴王子，司马颖送了偌大一份豪华礼包，刘聪欠下的人情债得还一辈子。日后，只要提及羊献容的真实身份，刘聪可不得乖乖听话？

一石二鸟，司马颖这会儿肯定在偷着乐呢。

献容看向一旁睡得没心没肺的春儿，欣慰而笑："你将春儿也带出来了？"

"你身边总得有人伺候，她是最稳妥的。"

献容旋即想到了："还有宫嬷嬷和言笑呢？"

阿曜一脸莫名："他们是谁？"

献容愣了一下，是啊，他怎会知道这两人对她也同样重要。

"言笑是我女儿。"

阿曜想起来了，是那个被封为清河公主的女婴。阿曜脸色瞬间沉下，隐隐怒意在喘息的粗气中升腾。

"你别误会，她与我的关系，就像你母亲与我。"

献容并不打算对他隐瞒，将此事低声说给阿曜听。阿曜这才知道背后曲折的隐情。得知心爱的女人没被那蠢胖皇帝动过，他喜笑颜开，忍不住想要抱紧她，以慰相思之苦。没想到春儿这个大煞风景的电灯泡偏在这个时候醒来，阿曜只得将手悻悻缩回。

司马颖肯买一送一放了春儿已是不易，此刻再回头去接宫嬷嬷和言笑绝不现实。献容思量再三，只得放弃。希望宫嬷嬷好好养育言笑，未来她一定会想办法救出她们。

掀开车帘，又看到了另一张熟悉的脸。阿乐坐在驾驶位上，转身冲她咧嘴而笑。还是那标志性的栗色长卷发，额头绑着黑色抹额。因为长时间驾马疾驰，他身上的衣服有些凌乱，却丝毫不觉狼狈，反而有一种飞扬豪迈的气度。

献容看了看周边环境，是一片幽静的山林："我们去哪儿？"

"我们往北走。"

献容讶异："北边不是有匈奴吗？"

阿曜看着她玉瓷般优雅的颈项，偷偷咽了咽口水，正色道："我们去的，正是汉匈交界之处。那里山林密布，地广人稀，无论官府还是匈奴，皆难管到。越是三不管的地界，越安全。"

"你已有明确的目的地？"

阿曜肯定地点头，却仍是不肯说出具体地点：“我拼死也会护你周全。”

献容轻叹一声，不再追问，眸子里几许怅惋：“我在想，是否该去晋阳见父亲……”

“绝不可！”阿曜惊呼，语气愤恨，“他不会答应我们在一起，又会用那一套大仁大义劝你继续去做那狗屁皇后！”

“你误解我父亲了。他胸怀苍生，但并非食古不化。”

阿曜握住献容的手，眼神诚挚，声音动人：“献容，对这个国家，你责任已尽，接下来该想想你自己了。你才二十岁，该将人生完整地过完，生儿育女，到老了儿孙满堂。那个牢笼你再不能回去，也回不去。”

坐在晃动的马车里，车帘外的春光投在她背上，将秀发勾勒出一层金光。她眼睛清澈澄明，闪着辉光：“我答应你，不去找他。并不是因为担心他会将我送回，而是，我不能再给他带来麻烦。他能活下来已是不易，我不愿再让他为我殚精竭虑。我好好活着，便是对父母养育之恩的最大报答。”

阿曜松了一大口气。他一直担心献容被那些仁义道统洗脑，非要自缚手脚去献祭，听她这番话便知，她心里通透着呢。

马车停下来，车帘掀开，阿乐探头进来：“休息一下吧，该让她们吃点东西了。”

献容扭头寻春儿，却见她靠在窗边呼呼大睡，不由嗔叫：“春儿！”

春儿麻溜地睁开眼，故意大打阿欠：“我又睡着了，啊，我什么都没听到。”

马车停在道旁，献容和春儿坐在石块上分吃馕饼。阿曜去寻水了，阿乐将马解开喂草，回头见到献容坐姿笔直，一小口一小口吃着并不好吃的干饼。他想起当年，才十二岁的她也是这般将吃干饼也吃出优雅端庄来，不由好笑。

“那个……”阿乐扬扬眉毛，他的眉形很粗，极具英豪之气，“我都不知道该叫你啥了。羊小姐？皇后娘娘？可这个称呼此生你都不能用了——”

“叫我献容。”她目光迎向他，透亮的阳光打在脸上，雪白的肌肤好似半透明一般，“你以前不是叫过吗？我与你之间，绝对当得起直接叫名字。”

阿乐之前叫献容，都是私下里叫的。旁人在场时，他得维持身份和礼数。可天知道他憋得有多苦，真不想管什么尊卑贵贱。得了她的认同，他愉快地叫她：“献容，你帮我起个名吧。”

被阿乐一提，献容这才“呀”了一声。相识这么久，她都不知道阿乐姓什么。阿乐苦恼地搔了搔头：“我是羯人，姓氏很长，用汉语太难读，头个音读 shi。”

献容念着 shi 这个音，在脑中搜索：“史？石？施？”瞥见身边的石块，献容笑道，“不如就用石吧，顽石强韧，千锤不屈。”

“石乐。”献容以树枝在地上写出这两字，“石头的石，快乐的乐。”

阿乐不乐意地撇嘴：“这个‘乐’字是快乐之意？太没气势了。给我换个同音的。”

献容想了想，在地上边写边说：“那就只有‘勒’字还算常用字，其他的同音字都极少用到。”

阿乐歪头看着地上那个笔画更多的字：“‘勒’有何意？”

“原意是马头上系马嚼子的皮革，后来引申为约束之意，好比悬崖勒马就是这个字。”

“我喜欢驯马，用这个字恰好不过。”他猛一拍大腿，豪迈大笑，“好，从今往后，我就叫石勒！”

一旁的春儿看着阿乐，哦不，石勒笑得那么开心，突然有些羡慕。他们同为奴仆，他的身份地位甚至比她还低上好几等。可他身上却有着不似奴仆的气质，张扬，骄傲，不甘人下，只需等到时机，便能蓬勃而出。

这是她一辈子不敢想，也得不来的气质。

阿曜提着好几个水囊走回来，见他们讨论得热闹，他在献容身边坐下，递给她水囊：“索性，也帮我取个表字吧。”

阿乐撇嘴，满脸鄙夷：“汉人真是矫情。明明有名字，还非要再弄个表字。要记那么多叫法，累不累。”

“汉人习俗，名字只供长辈和自己称呼，同辈人直呼其名显得不恭，所以得再取字，用来让人称呼。”献容扭头看向阿曜，“男子二十岁取字，你是该有字了。”

阿曜浅笑盈盈，柔情脉脉看着献容：“你学问比我高，就请羊老师赐字吧。”

“人名是区别彼此，字乃是体现德行，名与字在意义上大都有关联。”献容沉思片刻，“你名曜，乃光明之意。索性，字永明吧。”

阿曜欣喜点头：“永明，太好了！”他用胳膊捅了捅阿乐，“从今天起，不许再叫阿曜，得叫我永明。”

阿乐翻了翻白眼：“矫情！”

四人一路向北走了几日。

春光扑面而来，到处是新抽芽的嫩绿，温暖明媚的阳光扫净了一直憋在心里的沉闷之气。献容除了十二岁那年跟父亲去过一趟晋阳，再没离开洛阳那么远。她很喜欢这样的旅行，只觉得豁然开朗，恋恋不舍看着每样事物，好像怎么都看不够。她已与这个世界隔绝两年多了，比谁都渴望挣脱牢笼。现在辽阔的天际就在眼前，她已破茧而出，迫不及待想要振翅高飞。

阿曜本担心她能否适应如此粗粝的环境，颠簸的路程，简陋的吃住。晚间在林中过夜，阿曜和阿乐会轮流值守，献容与春儿就睡在马车里。这般辛苦，献容却完全不在意，什么事情都想自己动手。就算做得再差，她也努力学习着各种生存技能。

当阿曜抱歉地对她说："献容，对不起，一路行来，让你吃了不少苦。"

她却是摇头："比起失去自由，这些都算不得什么。"

阿曜知道自己过虑了。她骨子里充满韧性，任何时候都那么生机勃发，像一股清泉，生生不息流动着。这股百折不挠的生命力是如此耀目，无论身处何等困境，都能绽放出绚烂的生命之花。

一路上她兴致勃勃，见到长势好的草药时，职业病犯了，非要摘来晒干，于是马车内充满了各种草药味。她向阿曜描绘未来：找个小镇，开间诊所，以一双手养活自己应该不成问题。而阿曜，他懂的东西就更多了。他们两个，加上阿乐和春儿，怎样都能把日子过好。

"对了，你们俩都还无牵无挂着呢，索性就凑一对吧。"某个夜晚在山中过夜时，献容坐在火堆边，兴之所至，指着阿乐和春儿嬉笑，眼里满是调皮之意。

春儿娇羞地背过身去，阿乐则是垂头不语，眼神闪烁。阿曜极为赞同，对春儿拱手作揖："春儿姑娘若不嫌弃，那是最好不过。我替我兄弟谢谢春儿姑娘了。"

春儿涨红了脸不言语，低头拔着身下的小草，眼角余光时不时瞥向阿乐。

献容一脸诚恳："我们四人一路辛苦才有今天，再不是什么主仆，也没有什么贵贱之分，而是亲如一家的兄弟姐妹。"

献容拉住春儿的手，想搭上阿乐的手，索性今晚便将这桩终身大事定下来。不料阿乐突然站起，声音平静无波："等一切安定下来再说也不迟。"

阿乐说完便尿遁了，献容见春儿有些失落，柔声安慰她："他是害臊了呢，给他点时间。"

阿曜定定看向阿乐消失的方向，若有所思。

翻过一座名为老马岭的山，来到沁水县地界。这里仍是汉人聚居区，可城镇窄小，破败不堪。还未入城，就见草丛间白骨散落，令人触目惊心。入城后，献容惊惧地发现，满街都是衣不蔽体的百姓在乞讨，一块馊了的干饼也能抢得头破血流。到处都是父母在卖孩子，头上插根草标，几个铜板甚至几个馒头就能买到一条命。

生逢乱世，以命换钱，可命根本不值什么钱。

献容头一次见到如此惨象，震惊得说不出话来。阿曜一边护着她一边解释：司马伦和司马颖两次大乱，虽战争大都发生在洛阳和其周边地区，但各封国诸侯横征暴敛，任意征兵抽税，原有的秩序荡然无存。全国大部分地方跟这儿没什么两样，几次动乱过后，皆变成了弱肉强食的丛林社会。

献容想起了汉末王粲的《七哀诗》："出门无所见，白骨蔽平原。路有饥妇人，抱子弃草间。顾闻号泣声，挥涕独不还。'未知身死处，何能两相完？'"

没想到诗文中描写的惨况，就这么真实地摆在她的面前，对她的冲击力实在太大。她自以为可以平等待人，以为自己不惧贫寒，那是因为她没有真正经历过什么叫作饿殍遍野。骨子里，她仍是个从小锦衣玉食的世家大小姐。

四人心情低沉地离开了沁水县。他们钱财带得不少，本想在县城补充些食物。没想到物资极度匮乏，拿着钱都买不到粮食。从洛阳带出来的干饼快吃完了，而越往北走，民生越是凋零。阿曜只得和阿乐商量，若是实在找不到地方买食物，只能入山打野味。怕只怕连山里的野菜野味也被人打完，那可就糟了。

幸好，傍晚时分，他们见到了前方有一大片高楼宅院，那是一座坞堡。

第五十六章

坞堡

阿乐深不见底的眼瞳中似莫测的层云在蔓延，突然垂下眼帘，收敛所有表情，低声说了句："谢谢。"

王莽大乱时，富豪之家为求自保，聚族而居，建起高大的城堡，将佃户组织成自卫的武装力量，称为坞堡。汉光武帝曾下令毁之，但禁之不绝，一旦社会动荡，又会建起大批。坞堡内有部曲和家兵，还有各种手工作坊，关起门来基本就能做到自给自足。董卓的郿坞便是超级豪华版坞堡，用了二十五万劳役建成，状如宫殿。仓库里囤积了二十年粮食，还搜罗了八百名美女，金银财宝堆积无数。不过，随着董卓身死，他的郿坞也就被抢劫一空。

眼前这座坞堡正建在交通要冲上，乃是韩城通往濮阳的要道，背山而建，地势险要。堡前挖有深沟，须得放下吊桥才能入内。阿曜好言好语向堡内人求助，说他们原本在洛阳开医馆，如今时势动荡，医馆难以为继，只得带家眷回上党老家。许是见他们只有四人，又都面善，夜幕完全降临时，吊桥终于放了下来。

一名管家模样的人出来，将四人带入坞堡。借着跃动的火把光线，献容好奇地打量这座坞堡。长方形的回字结构，房屋皆毗连在一起。中心有一座极高的望楼，可起瞭望作用，四隅皆有碉楼，以栈道相通。偌大的庭院里有田圃、池塘，还有各种作坊。粗略算一下，这座坞堡大约能容纳五千人，已是相当大的规模了。

阿曜试图与这名管家模样的人交流，可那人却是爱理不理，态度冷淡。从他的只字片语中只知道此堡主人姓王，乃是世家大族。可当献容问是琅琊王家，还是太原王家，那人又不肯多说。将他们带至客房，那人嘱咐他们，明日天亮会给他们备好三日的食水，拿到后他们自行离去便是，无须向主人当面致谢，他家主人不爱应酬。

房内卧具虽普通，倒也一应俱全。他们没有等待很久，有仆妇端了热的吃食来。都是些普通食物，菜汤和面饼，没有荤腥。好在是热食，且厨师手艺不错，四人已很久没吃过热腾腾的东西了，狼吞虎咽全部吃完。

四人一边铺设寝具，一边讨论这神秘的坞堡主人。此人心肠不错，愿接济路人。但行事如此低调，只怕是个有身份的，故而不愿张扬。正说着，春儿腿脚一软，瘫在地上。

献容见状，立即明白他们着了道。她虽学医，但好一些的麻药均无特殊气味，放入食物中完全无异样，她也尝不出。她眼前开始冒金星，眩晕感越来越重，只来得及说一句“不好”，便也倒下不省人事。

阿曜和阿乐身体强健，虽将剑拔出，也克制不住强烈袭来的药效。此刻后悔已来不及，谁能料到竟会在此遭人暗算。若此坞堡敞开大门笑脸相迎，给他们吃好的住好的，他们肯定会有警觉。这堡主太贼了，反其道而行之，让他们卸下了一切防备。

门外响起一阵脚步声，有人推门进来，阿曜奋力挥剑，却因为眼前皆是重重虚影，踉踉跄跄扑倒在地。失去意识前的最后一刻，阿曜感觉到雪亮的剑锋抵在胸前。空气瞬间凝滞，仿如一团搅不开的深浓迷雾。

不知昏睡了多久，阿曜醒来时发现身处一间雅致的书房，周遭用具精良，香炉里燃着安神香，靠墙的大排书架上却只有十来卷帛书，看上去空空荡荡。他看向自己，手脚皆被缚住，坐在一张带扶手的椅子上。中原皆是低矮的榻和几案，这种高桌高凳只有北方游牧民族才用。会用这种样式的家具，说明此屋主人去过北方。

“刘渊是你什么人？”

一张年约四十多岁的方阔大脸，唇上留着精心梳理的髭须。身形有些发福，虽着一身考究的烟灰色儒衫，却有狡黠之气。看这身不菲的装扮，此人定是这坞堡的主人。

阿曜心跳到了嗓子眼，竭力装作镇定：“不知阁下说的是何人。”

“你会不知道他是何人？”坞堡主人嘴角挂着狡黠的笑，以一切尽在掌握的神态俯视阿曜，“匈奴大单于，字元海，名刘渊。在洛阳当质子时饱读诗书，胸藏四海，乃天下英雄也。”

说的尽是好话，谁知道会不会是坑，阿曜装作没听懂：“阁下为何问起此人？”

“我与他相识三十年，所以……”他俯身紧盯阿曜的眼睛，一股强烈的压迫感升腾而出，“我知道你背上那个‘奴’字是怎么来的。”

阿曜猛抬头，心跳剧烈，呼吸急促。这是他的秘密，只有极少人知道。眼前这人明明是个汉人，怎会清楚这桩隐秘之事？既然知道自己背上有刺字，说明他看过。难道在昏迷时，自己被人脱下了衣服？那献容和阿乐此时又怎样了？尤其献容，他不敢再想下去，瞪着此人冷笑:“看来,阁下与我义父相识。”

他啧啧摇头:“错了,是你父亲。”

阿曜双眸之中精光大作,话说到这种程度,此人若非极亲近的密友,便是不共戴天的死敌。

“当年他在洛阳为质,被先帝放回匈奴。从洛阳回左国城,一路发生了什么,我一清二楚。”坞堡主人为阿曜解开绑住手脚的麻绳,笑盈盈地躬身作揖,“曜王子,我乃山东东莱人,汝南太守之孙,王弥是也。”

原来此人正是刘渊在洛阳当质子时交下的密友。当年刘渊回匈奴,晋武帝懊悔将他放虎归山,又遣兵来追刘渊。王弥星夜兼程,在晋阳赶上刘渊,密报此事,刘渊方能顺利逃回左国城。有这般铁打的交情,难怪此人看到阿曜背后的刺字便知道了他的来历。

阿曜浑身竖起的刺终于松懈下来。他怎敢在王弥面前以“曜王子”自居,连忙以对待尊者之礼向他还礼:“原来是王先生,小侄失礼了。”

阿曜恭敬的态度让王弥颇高兴:“不必拘泥。我与你父亲相交多年,喊我一声叔叔不为过。”

这明显是在向阿曜示好,阿曜便顺水推舟喊起了“王叔”。问起另外三人,王弥笑道:“放心,他们都安置在客房。”

阿曜思来想去,从进坞堡后并无行差踏错之处,他的身份只在衣服被脱后才暴露,王弥为何要将他们迷倒?

王弥尴尬地笑了笑:“这坞堡内本就人口众多,周边还有许多投奔来的流民,已有上万之众。要养活这么多人,靠耕种织布哪里够。所以,得想方设法生些外财。男的么……”他做了个抹脖子的手势,“女的就留下来做奴婢。若是长得好,便用来赏赐或是配人。”

阿曜恍然大悟，刚起了那么一丁点的好感，顿时被不屑取代。他将情绪压下，现在绝非义正词严的时候。

“除了随身之物，衣服鞋履也得要，有那么多流民等着呢。所以才会脱你衣服。”他哈哈笑着拍了拍阿曜的肩膀，“倒是因祸得福，救了你一命。”

阿曜垂下眼帘，不动声色：“王叔与我父亲近来可有联络？”

“他已随司马颖回邺城。”王弥说得轻描淡写，却是极为重磅的消息，“司马颖把残破的洛阳城留给司马颙，可司马颙此人太滑头，根本不接这个烂摊子，将洛阳洗劫一空后，带兵回他的封地长安去了。”

这些天阿曜他们一直在赶路，即便到了城镇，也没听到洛阳最近的局势。短短几天内洛阳竟有如此大的变动，可这还不是最令他吃惊的，他最关切的是这个：“王叔消息怎会如此灵通？”

“这个么……”他凑近阿曜，压低声音笑道，“这坞堡在交通要冲，无论商旅行人，还是四方流民，各处消息在此汇集。我为你父亲经营此地已历多年，又在中原各地设立暗桩，时至今日，方能发挥巨大作用。”

原来，王弥和这座坞堡是刘渊设在中原的情报中心。这些运作肯定早已开始，刘渊果然深谋远虑！

阿曜猛地想到了：“所以，王叔定然认识古丽。”

王弥点头：“自然，我得与她互通消息。”

阿曜这才明白，为何古丽消息那么灵通。

“原本一家独大的局势变成了两分天下，这会儿司马颖肯定追悔莫及。”王弥啧啧笑着，眼里满是得意，“如今，洛阳城更是破败，只剩了皇宫内的傻痴皇帝，还有一堆只会清谈的世族子弟。这一切，皆是你父亲步下的棋局。如今，很快便要收官了。”

阿曜沉思片刻："司马颖和司马颙都回了封国，那现时洛阳是谁在主政？"

"是司马越。"

阿曜愣了一下。

王弥向他做了个请的手势："来，曜王子——"

"我字永明，王叔唤我表字即可。"阿曜急忙摆手，说得涩然，"我并无王子的封号，父亲对外也只认我为义子。"

王弥盯着阿曜的脸感喟："你可知道，你父亲诸多儿子，你长得最像他年轻时。"

阿曜心中一动。他知道自己在面容上继承了不少刘渊的特征，这是他内心最不愿承认的。他宁愿自己长得像母亲，这样，他便能对着自己这张脸时，寄托更多的思念。

"你父亲对你……"他突然顿住，不再说下去，转而挂上可亲的笑容，"走吧，我已为你备下晚宴。"

阿曜作揖道："王叔先行，我与同伴交代几句，稍晚便来。"

阿曜去见了献容三人。他们已醒，被安置在客房内，还有服侍的仆妇。阿曜向他们扼要交代了事情原委。他们昏睡了一整天，醒来时已是第二日的傍晚。这个时候告辞并不合适，还是在此歇息一晚，明日一早就走。

献容身份特殊，阿曜不希望她在人前露面，便让她和春儿在客房里用膳，他带阿乐去赴宴。阿曜不知王弥是否知晓献容的身份，但王弥未提及献容，也许尚不知情。这是他与司马颖私下的交易，只要司马颖没有告诉刘渊，王弥就不可能知道。

随着仆役转过游廊，走到中心的望楼，爬上三楼，一间颇大的厅堂内已有许多宾客在等候。王弥坐在上首，热情迎向阿曜，为他一一介绍在座的宾客。先是姓氏籍贯，再稽考谱牒，论资排辈。阿曜没想到他刚潜入洛阳时学的世族知识，如今又得拿出来重温一遍。

幸好当时古丽和献容给他打下了扎实基础，且那会儿他出入的可是王恺、石崇那些顶级世族之家，眼下的场面他完全能应对得体，张弛有度。王弥始终在旁观察，暗暗吃惊刘曜竟有如此优雅得体的言谈举止，简直是给他这个主人家增光添彩。

这些宾客都是来避乱的各地豪族，兵乱四起后各种潦倒，那些平日看不起的庶族甚至平头百姓凭着武力值再也不以他们为尊，没想到避难到了王家堡，竟又享受到优遇，着实对王弥感恩涕零。看得出来王弥对这位年轻公子极重视，这些世族将阿曜捧上了天，宾客融融，气氛热烈。

阿曜准备入贵宾席就坐，他让阿乐坐到自己身边。王弥眉头皱起，指着阿乐问道："这是何人？"

阿曜随口应答："他叫阿乐——"

阿乐出声打断阿曜，朗声答道："我叫石勒。"

"你是奴隶。"王弥盯着阿乐额头，一脸轻蔑，"奴隶怎可坐在几案后就食？还不赶紧下去。"

阿乐的额头刺字向来用黑色抹额遮住，王弥定是扒他衣服时得知的。阿乐手握成拳，颈上青筋暴起，呼吸越来越急促。阿曜连使眼色让阿乐克制，好言好语向王弥解释："他与我生死与共，情同兄弟——"

王弥沉下脸打断阿曜："那也还是奴隶。世庶都不往来，何况下贱之人？"

阿曜仍想辩解，阿乐已猛地转身快步离去。他将头垂得很低，不让人看见眸光中熊熊燃烧的火焰，整个背脊却挺得笔直，仿佛无论何等外力都无法将其折弯半分。

阿曜本想追上去，却在跨出一步后又停了下来。看着阿乐的背影消失在门边，他脸上闪过一丝歉意，却转瞬间换上笑颜面对王弥和满座宾客。

融洽的气氛中宾主尽欢，晚膳后王弥的余兴节目不是歌舞表演，也没有送人美女，而是——聚众赌博。看着骰子在碗里骨碌碌转，王弥仿佛变了个人，眼神瞬间变得透亮，微胖的身体也变得灵活起来。玩了好几把，他才想起身旁还有个刚结识不久的小朋友，笑着问阿曜："愚叔没别的兴趣，也就好这一口，贤侄想不想也来一把？"

阿曜摇头，他对赌局毫无兴趣，只礼貌地陪坐了片刻，便推说累了，告辞离去。

他没有回自己房间，而是去了阿乐的住处。一路问着才找到，竟是在厨房后的一个大通间里。看着地上一个个铺盖，阿曜明白，这里是仆役们休憩之处。此时还未到睡觉时间，仆役们还在外面干活，这里空空荡荡，非常寒冷。阿乐用被子将自己裹成粽子，缩在角落。

阿曜叹口气，用手捅了捅被子："到我房间去睡吧。"

阿乐用响亮的呼噜声回答阿曜。

"是不是对我很生气？"阿曜索性在他身边盘腿坐下，低声道，"我对此人的手段也很不屑，只是我们寄人篱下，不可莽撞。何况，此人有不少本事，说不定未来能为我所用。"

阿乐一个翻滚，将粽子条滚得离阿曜更远一些。

阿曜看着粽子条，声音低沉，言之灼灼："你放心，总有一天我会让你堂堂正正站在所有人面前，每个人皆得仰视你，无人敢对你的出身提一个字！"

那粽子条微微动了一下，却再没了后续动作。阿曜叹口气，起身离去。粽子条一个翻身，阿乐掀开被子坐起，看着消失在门边的背影，声音虽低，一字一句极是清晰：“总有一天，我会自己堂堂正正站在所有人面前，让所有人都仰视我，再不敢对我的出身提一个字！”

四人第二日一早便离开了王家堡。王弥给他们备了一个月的粮食，足够他们到目的地了。还有各种生活用具和衣物，塞满了马车。

手中有粮，心中不慌，四人继续北上。

一路往北，更见荒凉，满目疮痍。他们不敢走官道，那里盗匪横行，官匪一家。他们专挑山间小路，虽然艰辛难行，好歹安全些许。

晚上在林间过夜，阿曜去捡柴火，阿乐一直看着火堆闷闷不乐。献容关心地询问，他突然直愣愣转头瞪着献容。

献容颇觉诧异：“你是怎么了？”

阿乐将黑色抹额取下，露出那个狰狞的“奴”字：“帮我把这个除去。”

献容吓了一跳，皱眉道：“这可怎么除去呢？听说炼丹的道士有一种强酸，可以化去肌肤，可我没有。一时半会儿，也找不着会炼丹的道士啊。”

“那就用最简单的方法。”

阿乐从火堆中抽出一根燃烧的树枝，递给献容。献容慌忙后退一步，想象一下那场景，小脸不由皱起：“这得多疼啊，伤口也易感染。万一处理不好，还会留下很丑的疤痕。”

“再丑，也比不上这字丑。”他定定看着跳动的火焰，已是铁了心，“你若不肯下手，我自己来。”

“我来吧。”

低沉的男声响起，献容回头，只见阿曜捧着一堆柴枝站在身后。

将柴枝放下，阿曜低声对献容道："去帮他备些伤药。"

献容只得去马车里寻止血的药物。好在这些天收集了不少车前草、小米草、百里香，都有杀菌止血的功用。献容将草药放在碗里捣成泥，听得火堆那边阿曜在问："准备好了吗？"

阿乐将那条黑色抹额塞入嘴里，毅然点了点头。春儿不忍目睹，跑过来给献容打下手。两人皆背对着阿乐，看不到他的表情，只听到滋滋的声音，还有阿乐痛苦的闷哼，空气中弥漫了一股焦臭味。春儿手抖了一下，难过地以衣袖抹去眼角的泪水。

献容端着碗走到阿乐身边，为伤口敷上草药，扎上干净纱布。他头颈上都是细密的汗珠，表情既痛苦又轻松。伴随了他许多年的耻辱终于消失，一念及此，他放声笑了起来。

献容轻声叮嘱："伤口愈合前别沾水，每日都需换药。若觉得伤口发热发痒，一定要告诉我。"

因着上药的缘故，献容靠他极近。说话时带出一股和暖的微风，轻轻扇起他的睫毛，渗入他的耳洞，将灼伤的痛苦化为乌有。他凝视着献容，黑白分明的眼里隐藏着微妙的情绪。

献容被他看得有些不自在，刚想退开，手中的碗突然被人拿走，随即身体被一股大力轻轻移开，一个颀长的身影不动声色插入她与阿乐之间。

"今夜有我守着，你好好睡吧，休息好了伤才能好得快。"

阿曜轻拍阿乐的肩膀，依旧是温暖和煦的声音，饱含着对兄弟的深情。阿乐深不见底的眼瞳中似莫测的层云在蔓延，突然垂下眼帘，收敛所有表情，低声说了句："谢谢。"

暗夜深沉，除了火堆发出的噼啪声，周边一片寂静。春儿睡得没心没肺，其余三人却是各怀心事，辗转无法入眠。突然间一根枯枝被踏断，发出微微“咔”一声，夜枭倏然飞起，打破一切宁静。林木间人影憧憧，刀光剑影。

阿曜和阿乐一跃而起。

第五十七章

心之所属

"谁说无媒无聘?"她指着窗外，大雨仍是瓢泼而下，她的声音柔而坚定，"天地即可为媒。至于聘礼，你早已给了我。"

嫩草上挂着珍珠般的露水，轻轻淡淡的雾气带着几分凉意在林间飘荡。晨光初升，渲染出金色光影。两匹马疾驰而来，惊起一片蚱蜢，踏碎了清晨的静谧。

阿乐勒住马道："暂时摆脱追兵了，让马儿歇一歇吧。"

他们在林间穿行，逃了整整一夜。昨夜遭十多名蒙面黑衣人突袭，阿曜拼命抢到马匹，与献容共骑，阿乐则带着春儿，四人二马突围而走。那辆马车车厢太沉，跑不远，只能丢弃了，如今只剩少量随身物品。四人皆是一脸疲惫，马儿也是气喘吁吁。阿乐去附近溪流打了水过来，四人坐下歇息。

阿曜心事重重："究竟是什么人追杀我们？"

阿乐灌下一大口水，含糊说道："会不会是司马颖？"

阿曜思索："不是他。大单于在他手中，杀我对他没半分益处。除非他的目标是献容。可若是如此，不放献容出金墉城就行了，何必大费周章？”

献容也在思考：“那，会不会是王弥？”

阿曜摇头：“那他就不必放我们出王家堡。”

阿乐沉声道：“也许在王家堡时，他尚不知献容身份。如今知道了，即刻派人来追。否则，为何我们出了王家堡还不到一天，便被伏击？”

这倒是说得过去。王弥此人绝非善类，若他得知献容的身份，难保会想利用。这是才出狼窟，又入虎穴。四人心情沮丧间，远远传来隐隐的马蹄声。

四人对望，皆是惊惧。才过了多久，又追上来了！昨夜突围而出，为了甩开追兵，精于野外生存的阿乐连番使计，故布疑阵，引诱追兵往错误的方向。可是每次没过多久，追兵如阴魂不散又尾随而至，对方阵中必然有野外追踪的高手。这般死咬着不放，四人只有两匹马，马匹载了两人，长力不继，迟早会被追上。

春儿咬了咬牙，催促献容道：“小姐，快跟我换衣服！”又急着催促阿乐，“阿乐你愣着干什么，还不赶紧跟曜公子换衣服！”

其余三人还在发愣，春儿神色坚定，脱下外衫递给献容，一边说道：“我们俩扮成你们俩，骑马引开他们。你们……”她环视一下，指向身边的大树，“你们爬上去，等追兵过了，往相反方向逃！”

献容接过春儿的衣裳，仍是犹豫：“春儿——”

春儿索性自己上前去扒献容的外衫，根本不容她辩驳：“没时间了，赶紧啊！”

春儿套上献容的衣裳，见阿曜和阿乐还没换衫，焦虑地跺脚：“你们还不抓紧时间吗？”

阿曜和阿乐这才醒觉，脱去外衫递给对方。阿曜穿上衣衫，低声对阿乐嘱咐："我在那里等你。"

春儿将头发散开，蓬头垢面更加难以辨认清楚。阿乐冲阿曜点点头，和春儿上马飞奔而去。阿曜帮着献容爬上一旁的大树，两人躲进茂密的枝叶中，屏息往下看。很快一队蒙面黑衣人骑马追来，不疑有他，循着马蹄印记快速追去。

日光微斜，山顶陡坡处，一只手攀住岩石，露出一张疲倦的俊颜。

阿曜用力一蹬，攀上山顶，回头趴在地上将手伸给尚在山坡上费劲攀爬的献容。两人爬上坡顶，喘着粗气四处观望。这是一个小山峰，地势颇高，能看清周边远处的动静。阿曜观望片刻，松了口气："没追上来。"

他们一直朝北，在山间窄路上走了两个多时辰，不见一丝人烟。献容忍痛搓揉着脚，阿曜让她将鞋袜脱下查看，脚底起了一圈水泡。阿曜看着一双莹白如玉的脚如今又红又肿，不由心疼。以匕首割下衣襟，为她包脚。

阿曜动作温柔，眼神专注，手触碰上她的脚，带来一阵如轻羽挠心的触感。献容心尖微颤，肚子却煞风景地发出叽咕声，她犯愁道："我们什么吃的都没有，可怎么办？"

阿曜将她的脚轻轻放下，不敢再盯着那令他心神荡漾的白嫩脚腕，清了清嗓子道："你坐这儿等着，我去打点野味。"

从昨夜开始逃亡，至今已过午时，两人粒米未进，早已饿得前胸贴后背。阿曜进林子寻吃食，不敢耽搁太久，上树掏了些鸟蛋便回来，却见献容蹲在地上拔野菜。

这个季节正是野菜长势最盛之时，野地里到处都是。若是寻常世家小姐，连五谷都不分，哪里识得这些。可羊献容懂医，自然认得什么可吃，什么可入药。他们在山林里行路时，她便经常带着春儿拔些野菜配干粮，调剂一下口味。

阿曜看着她忙碌的背影，不由痴了。她是那么认真，脚疼得走不了路，还在竭尽所能自力更生。就像山间清流的泉水，林间轻柔的微风，和煦温暖，生动照人。

献容见到他，眼蓦地亮了，指着身边一堆野菜高兴说道："我摘了鱼腥草、蕨菜、野芹菜，还有荠菜。"

阿曜从怀中小心掏出个包裹，打开给献容看："我掏了十几个鸟蛋，用蛋炒这些野菜，可香了。"

献容犯愁："可是，没有锅碗瓢盆，怎么烹饪呢？"

阿曜将腰间随身携带的水壶解下递给献容，随后变戏法似的从身后拿出几张长长的芦苇叶，原来他将叶茎插在后腰处："刚刚在林子里找到一条溪流，我看到溪边长了许多这个，便想到了。"

阿曜去林子里捡柴火，让献容歇着。献容可不是个闲得住的主儿，自己收集些树枝和枯叶，以打火石点燃枯叶，想要生火。可她极少干这活，这种事向来由阿曜和阿乐做。她努力回想他们俩是怎么做的，也依样画葫芦，用嘴吹火。可一阵风却向她这边吹来，顿时将她熏得泪流满面，拼命咳嗽。

阿曜捧着一堆干柴回来，看到献容的狼狈样，急忙上前："还是我来吧。"

阿曜以大片树叶当扇子扇火，顺着风向轻轻吹气，火果真旺了起来。献容红着眼站在一旁观摩，恍然大悟："原来得这样才行。"

阿曜凝视她的手，十指纤纤，嫩若柔荑。他柔声道："你该十指不沾阳春水，懂琴棋书画，诗词歌赋就好。这些求生的本事，不该由你来做。"

献容苦涩地摇头："什么琴棋书画，诗词歌赋，落难时这些毫无用处。要想活下来，就得靠这些世族不屑去学的本事。"她看向他，目光盈盈，饱含深意，"若以后你和阿乐不在我身边，我得学会自己求生。"

阿曜忍不住一把将她拥入怀中，埋首在她秀发中闷闷说道："我绝不会再离开你。"

献容被他这样抱着，虽有些羞涩，但能有宽阔的肩膀可倚靠，顿觉心安许多。不料肚子又发出清晰的咕咕叫，阿曜笑着将她放开，教她如何在没有锅碗瓢盆的情况下烹饪：洗净这些野菜与芦苇叶，将摘成小片的野菜摊到芦苇叶上，打入一个鸟蛋后严严实实包裹起来。将一个个小"粽子"用一层薄土埋起，将燃着的柴火堆在上面，等待一会儿，将柴火拨开，将土包轻轻敲碎，挖出小"粽子"。打开焦黄的芦苇叶，里面的野菜与鸟蛋混合在一起，发出令人垂涎欲滴的香气。

两人狼吞虎咽吃着，虽没有盐巴，但饿极时怎样都好吃，献容只觉得这是她吃过的最美味的食物。念及阿乐和春儿，献容又觉得心情沉重，难以下咽。阿乐额头上还带着伤，不知这样奔波是否会影响伤口愈合。春儿其实胆子很小，不知她是否又会被惊吓得难以入眠。

"别担心，不会有性命之忧。"阿曜柔声宽慰她，"仔细回想，夜间拼杀时那些蒙面人并不想取我们性命。正因他们下手有顾忌，才会让我们夺马逃脱。若是追上阿乐和春儿，发现并非他们的目标，也就会放了。"

献容仍是止不住忧心："那也定会拷问他们。"

"若只是些小苦头，阿乐扛得住。"

献容看他一脸无谓，想起他身上的累累伤痕，不由感喟。他与阿乐多年来刀口舔血，早已练就了铁打的身体与意志。他们的生活，也是她不可想象的。

填饱了肚子，才发现他们身处一片极美的坡地上，草长莺飞，野花似锦。不知从何处飘来团团雾气，将他们包裹其中，山峰与树影在云雾中变得模糊，入眼之处，尽是茫茫雾气。云雾缭绕中仿若仙境，身处其间，献容感受到了难得的宁静祥和。

她呢喃道："真美……"

阿曜却是皱起眉头："这么多雾气，今晚怕是会下雨。"他站起身，将手伸向她，"我们得赶紧走，否则大雨一来，那就愈加难行了。"

献容将手放入他手心，在他搀扶下站起。两人正准备离开，突然，阿曜面色变了。献容顺着他目光看下去，山脚有马队驰来，正是那群黑衣人。他们竟追上来了！

阿曜焦虑万分："他们有马，我们不可走山道。"

两人急忙往山后跑去，可献容跑了几步脚疼得受不了，跌倒在地。夜幕将要降临，雷声隆隆，阴风阵阵。阿曜不由分说背起献容，四下望去。那些人已发现了他们的踪迹，正在追近。只凭双腿怎跑得过马匹，何况献容的脚还磨破了。唯一的办法，只有据守某个险要位置，以地利来抵挡。

云雾随风飞移，露出了前方的峰顶，献容急忙拉阿曜的手臂："那上面有房屋！"

那里的地势倒是适合据守，且有屋子，夜晚可以避雨。唯一的困境是：若是上去，便将自己也困死了。这些人就算难攻上来，可只需封住下山的道路，他们无路可去又没有食水，迟早得乖乖下山投降。

阿曜见献容咬牙在忍痛，又见天色愈加昏暗，不再犹豫，立即背着献容往山路上奔去。不上山，以献容现在的状况，他们会被立即追上，还不如避得一时算一时。

那山峰并不高，却颇为险峻，只有一条山道通往峰顶。大雨倾盆而下之时，阿曜刚背着献容吃力地爬上峰顶。峰顶一间茅草搭就的小屋，四周无人，屋内冰冷，满是落灰，看来许久未有烟火气了。阿曜让献容坐在炕上，出外四处查看，片刻便沮丧地回来了：“估计是山里人为采药或是狩猎搭的屋子，已荒置许久，什么可用的都没有，连柴火都是湿的，燃不起来。”

檐上雨帘交织，一道刺目的电光划破黄昏。献容趴在窗前往下看，借着闪电之光看到了山脚下好几匹马和一群人。大雨滂沱，那些人只是散在山脚，献容松了口气：“如此大雨，又是夜间，山路泥泞湿滑，他们肯定不会上来。”

阿曜却没这么乐观，眉目间有着深深焦虑：“可是，我们也只能躲过这一夜。他们只需将山脚围住，以逸待劳。没有吃的，又无路可逃，我们明天就得乖乖下山，束手就擒。”

献容笑了，轻柔地握住他的手：“知道吗，自从逃出皇宫，我总觉得每一日都是上天赐给我的。能与你再相守一夜，我已经很满足了。”

阿曜心神一荡。

天色极暗，闪电照亮天地间的一瞬，他看到献容神情舒展，娇妍绽放，那是一种宁静又空灵的美。他与她已有太久未曾单独相处过，即便这次逃亡途中，身边也总有阿乐或春儿在。眼前情形虽糟，却因与她独处一室而变得气氛微妙。阿曜不由紧张地咽了咽喉咙，说道：“今夜，你睡炕上，我睡地上。”

“地上都是湿的，你可怎么睡啊。”

阿曜这才意识到，小小的破茅屋里到处在漏水，唯有炕的位置还算干燥。献容垂下头，声音极细：“你，上来吧。”

阿曜犹豫片刻，这地上实在无法躺下，他只得默默爬上炕，离开献容一段距离，闭眼道：“我、我会恪守礼法的。”

献容一颗心如小鹿乱撞，偷眼瞥阿曜，见暗中一个模糊的身影抱膝倚墙，似已真的睡去。献容放下心来，也靠着墙闭起眼，却是怎样都睡不着。山风呼啸，这破茅屋里四处漏风，她冷极了，拼命缩起身子。

黑夜中传来窸窸窣窣的声音，阿曜脱下外衫递来：“柴火都是湿的，无法生火取暖，只能将就一下了。”

献容却是不肯接：“你衣裳本就不多，我……不冷。”

说着不冷，那声音却是打着战的。阿曜凑近献容，将衣服直接塞进她怀里：“总不能我抱着你取暖。”

黑暗中，他的手不知碰到哪儿了，入手的触感极软，却又极有弹性，只那一瞬间，震得阿曜心突突直跳。空气中突然飘荡着一种说不清道不明的异样情愫，两人不敢出声，暗夜中只闻细密的呼吸。

过了许久，阿曜犹犹豫豫着说话，嗓子沙哑：“我、我身子暖，你要不要……”他顿住，深吸一口气，眼睛看向天花板，“你放心，我、我绝不会强你所难。”

献容还是默不作声。阿曜等候片刻，几近放弃时，突然，她轻轻靠上了他的肩头。阿曜一阵心旌神荡，胸膛处似要满溢而出。他身子僵硬，手脚无措，拼命眨眼，幸好黑暗中看不见他的窘态。

好不容易稳住心绪，阿曜颤声道：“要不要……我的手给你暖？”

献容愣了一下。

阿曜急道：“你不是喜欢握着母亲的手入睡吗？”

暗处响起她的轻笑：“你还记得啊？”

想起往事，微笑浮上嘴角，他没那么紧张了：“当然。那是我此生最难忘的两日。”

她靠在他肩头，轻声回应：“是啊，我也一样难忘。”

念起当年，空气中的暧昧气氛稍许冲淡了些。这样局促的倚靠难以取暖，献容抱紧双臂暗暗搓揉，突觉一双有力的臂膀圈住她整个人，将她拉着靠上坚实的胸口，再将外衫罩在两人身上。

他身上有种近乎滚烫的炽热，献容只觉得心跳快得要冲出胸膛，不由呼吸急促起来。暗夜中看不清他的表情，但近在咫尺的呼吸声清晰可闻。他的呼吸落在她头顶发间，比她更粗重急促，即便外面沙沙的落雨声也掩盖不住。

献容竭力忍着身体不由自主的悸动，声音说出来却带着微微颤抖："明日我们必然难逃罗网，再见面不知何时，甚至，日后也许再难见面……"

他的手臂传来更大力量，让她牢牢贴在胸口上。声音极低，带着性感的沙哑，似在压抑某种情绪："别这么想……"

献容感受到他的胸膛急促起伏，强劲的心跳声清晰入耳。鼻息喷在脸颊上，有丝酥痒。身上那股男性独有的气味是如此浓烈，冲入她的鼻腔，让她失去了思考能力。她轻声呢喃："我从未对你说过，每次跟你在一起，我都是极珍惜。因我知道，见你一次有多难……"

她的声音绵软无力，简直是蚀骨媚药，惹得他呼吸越来越重。献容话未说完，一股大力带着她往下，天旋地转，她已不知不觉被压在炕上。他的身子紧紧贴住她，炙热难耐，摸索着亲在她脸上，又捕捉到她的唇。

他的唇很软，触上的那一刻，如有一道电光，将献容从头麻遍全身。

寒冷潮湿的雨夜，献容身上的寒气早被驱散。他的热气在蒸腾，将她一并点燃，跌入危险至极也诱惑至极的深渊。

温热的熟悉气息铺天盖地而来，灼热的柔软吸吮着，索取着，辗转着。他愈吻愈深，一手捧住她的面颊，不让她有丝毫退缩。献容被他吻得几近窒息，脑中却想起那次被人暗算，与他同闭密室，那时的他与此刻一样，危险而充满霸气。而自己，当面对的人是他，所有反抗，所有挣扎，皆是徒劳。

可是，何必挣扎呢，就这么沉沦下去不好吗？他与她，都是没有明天的人。把握住眼下那一点点的欢愉，那一丝丝的温暖，有何不可？将这美丽的绽放存入心底珍藏，如此才能填满生命的空白。

她鼓励自己一点点放开身体，抑制着对即将到来的那一刻的害怕，将自己全身心交付与他。他的手所到之处，皆带来肌肤的阵阵发麻。她战栗着，喘息着，闭上眼，任由他将自己带上惊涛骇浪的小船。

突然，那沉沉压着她的身躯抬起，往一旁退缩，极其艰难地扭开头。献容正懵懂，听到他喘着粗气，声音沙哑：“对不起，说好绝不强你所难，我却差点食言……”

献容坐起身，尴尬地将落下的衣衫披回肩头。幸好在暗夜中，他看不见自己衣衫凌乱，也不知她脸红如煮熟的虾子。她慢慢贴近他，鼓起勇气轻声道：“非是强我所难。”她摸索着找到他的手，轻轻覆盖上去，声音轻若蚊蚋，“我愿意的。”

阿曜心脏猛一跳，刚刚拼命压抑下的欲望又熊熊升腾：“你……”

她将手抚摸上他棱角分明的脸，细细描着他浓长的眉，高挺的鼻梁，润泽的唇。虽看不真切，却那么熟稔，早已深深刻入心坎：“阿曜，我心悦于你，也许，早在你对我动心之前。只要是与你一起，你想对我做什么，我都无惧。”她紧握他的手，对他盈盈而笑。就算这暗夜将一切光芒吞噬，也夺不走她的笑容，“我不再是懵懂少女，我已明白了什么时候该爱，什么时候该留。我更知道，我想要牵的什么样的手。”

阿曜满心喜悦，紧紧箍住她柔软纤细的腰肢，将她拉近胸膛，却仍有一丝犹豫：“可我，我不能无媒无聘强要了你。”

“谁说无媒无聘？”她指着窗外，大雨仍是瓢泼而下，她的声音柔而坚定，“天地即可为媒。至于聘礼，你早已给了我。”

她窸窸窣窣怀中掏出个东西递给阿曜，一入手阿曜便摸出来，是那根狼牙簪子。阿曜离她极近，能看到她的双眸在微弱的夜色反衬下流光溢彩。

暗夜中，她深深凝视着他：“阿曜，从礼法上来说，我已是有夫之妇。我与你，在世人眼中是不堪的苟且。可我，从未将那场荒唐的大婚视为我的婚礼。我一直守身如玉，是因为，若我羊献容此生还有机会属于哪个男人的话，那个人只能是你！”

阿曜鼻子酸涩难耐，眼圈不由红了。话音刚落，便俯身吻住她。柔韧的唇细细流连，缠绵却不失温柔，仿佛要将满腔爱意倾泻而出。迷离的眸子里闪着再难压抑的欲望，低沉暗哑的声音魅惑入耳：“献容，真的可以吗？”

她握住阿曜的手捧在心口，眼中泛起泪光：“明日下山后，不知等待我的又会是什么。能随我心意的，唯有这一夜。我为何要管世俗眼光会怎样看待我，道德审判会将我置于何地，世人会往我身上泼什么脏水，那也得我活得够长才有心思去焦虑。什么妇道，什么礼法，这些狗屁东西对一个不知明日是否就是死期的人来说算什么？！”

阿曜泪流满面听着。等她话音落下，阿曜努力深呼吸，抚着她双肩让她挺直脊梁，托起她下巴厉声道：“别说什么死，给我坚强起来，我们一起去面对这糟心的世界。想要活下去就得竭尽全力，从没什么理所当然。记住母亲说的话，只要活着，就有希望。”

那一夜，狂风骤雨，乌云压顶，却压制不住生命的热烈绽放。献容就像凌霄花，紧紧攀着炽热如骄阳的阿曜。仿如置身滔天巨浪，而他是漫天大海中仅能见到的浮标。

这一刻，要什么海枯石烂的永恒，要什么生死相许的诺言。海其实易枯，石也会碎烂，沧海桑田只是转瞬间事。萤火虫用尽气力发光不是为了保持那点荧光，飞蛾扑火也不是为了被人耻笑生命短暂。一沙一世界，一叶一菩提。若一粒沙中有一整个世界，一刹那即是永恒。

一刹那有多久？佛典有云：一弹指六十刹那，一刹那九百生灭。

一刹那的拥有，已然足够。

第五十八章

棋局

到达山腰处便无法骑马，阿曜拾级而上，爬了许久来到一座石头垒砌的碉楼门口。他正站在紧闭的木门前喘息，碉楼上传来一声欢呼：“是大哥回来了！”

晨曦透入破茅屋，在地上投射出一个个光斑，光斑在顽皮跃动时碎时合，空气里充满了湿润的青草味道。

献容疲倦地半撑开眼，只见一张大大的笑靥抵在她眼前，眉梢眼底蕴着满满的幸福。一夜缠绵的记忆蹿回脑海，她羞红了脸，刚想说话，嘴被封锁住。而他亲吻的结果，又是按捺不住。只是昨晚要了她一整夜，担心她身子受不住，才强忍了下来。

不敢再吻下去，他离开献容的唇，以额头抵住她的额头，与她十指交缠：“总有一日我们会过上，睁眼就能看见彼此的日子。”

会有那么一日吗？睁眼所能见的，侧耳便能闻的，不是冰冷的宫殿，枯寂的夜晚，而是你，还有这个有你的世界。因着憧憬，她眼里烟霞氤氲，将脸庞衬出一抹绚丽的亮彩：“我要的幸福很简单。对我而言，不必处处担惊受怕，便已是幸福。”

因为生活不易，幸福的瞬间是那般闪闪发光。曾经恨他入骨，也曾赌咒发誓一辈子不原谅他。可无论多坚固的心牢，爱都能无坚不摧，破门而入。就把那些幸福快乐的时光留下，把那些痛苦悲伤的片刻都忘了吧。

献容一丝不苟地整理衣裳，就算是穿着麻衣布衫，连件像样的首饰都没有，她也要留给他最美的仪容和笑靥。做好这一切，献容向阿曜伸出手，明艳动人若刚刚绽放的芍药花："走吧。"

阿曜搀扶着献容，两人十指相握，走出破茅屋。献容的脚仍有些疼，但经过一夜休整，比先前好多了。雨后山间，空气清新，景色宜人，到处是新抽芽的翠色。两人不急不躁似游客，闲庭漫步，从容下山。

山脚下，那些黑衣人见到他们如此平静地走下山来，皆是吃惊。好几人与阿曜交过手，知他剑术了得，手握兵器警惕地盯着阿曜的一举一动。

阿曜将双手摊开，示意自己并不打算动武，深幽的眼眸扫视众人，坚定而内敛："带我去见你们主子吧。"

两名黑衣人试探着上前，见他乖乖等着束手就擒，终于安下心来。阿曜与献容早已说好，既然怎样都逃不脱，既然反抗无用，不如省点力气，静观其变。这些黑衣人不会取他们性命。背后主使之人，甚至，很可能是他们的熟识：司马颖、司马颙，或是王弥。留住性命与这些野心家周旋，才有日后再相聚的可能。

这些黑衣人果然没有为难他们，只缚住两人双手，牵来马匹让他们骑行。一路上食水供应充足，走一段路还能打尖休憩。献容曾试图询问阿乐和春儿的讯息，阿曜曾旁敲侧击黑衣人的背后主使，可这些黑衣人三缄其口，除非必要，不与他们多言半句。他们的监控极严，两人绝无可能逃走。看这些人组织严密，纪律严整，背后主使之人绝不容小觑。

就这么往南走了百来里地，天黑时到达一处小镇，黑衣人熟门熟路进入一处颇体面的宅院。两人被分开关押，阿曜试图跟献容在一起，却被拒绝了。

阿曜无奈地看向献容，却见献容一脸从容淡泊，对着他温柔而笑。她眼中只有浮云白日，山川温柔。那些押解的人，她全然视而不见。

被推着走到一间房门口，她扭头对他轻轻颔首，眸中情意百转千缠，尽在一江流不尽的春水中："阿曜，有你真好。"

你若爱，万物皆可爱。你若恨，哪里都可恨。你若感恩，事事可感恩。你若成长，处处能成长。阿曜，如今我眼中只有爱与感恩。谢谢你，始终不放弃。那些破事算什么，昂起头来迎向它便是了。只要我活着一日，必会与命运抗争，为自己，也为了你。

阿曜盯着她的背影消失在门内，突然明白这是献容在向他告别。一夜过后，也许，今后他们再也见不到彼此。一股难耐的酸涩冲鼻而来，她是他的女人，他却无力保护她。到底要到何时，才能结束这种被压迫得喘不过气来的日子？

关押阿曜的房间干净整洁，吃用一应俱全。若不是手被捆绑着，他更像是来此做客。吃饱肚子，他靠在榻上，对献容的思念百转千回。门被推开，那群黑衣人伴着一个浑身罩着黑袍的人进来。那黑色罩袍极长，蒙头蒙脸，看不出男女。但从黑衣人对此人的恭敬态度来看，必是个重要人物。

阿曜收拾心情，上下打量对方，静等这人开口。

这人挥手示意所有人出去，将门反手关上。房间里只剩阿曜与这人对视，这人居然也是默不作声，只静静看着阿曜。天色已晚，房中只燃着一盏小油灯，将这人黯淡的身影映在墙上。阿曜只能看到此人中等身量，黑色罩袍下的身形连胖瘦都看不出，可阿曜隐约觉出，这人一定是他认识的。

罩袍突然起了一丝漪涟，这人长吸了一口气，似激动，似恼怒，似叹息。窸窸窣窣脱去罩袍，妖娆的身段与艳丽的纱裙露了出来，待到脸上的黑布揭下，阿曜将眼瞪得溜圆，果然是个再熟悉不过的人！

他千算万算，却从未料到，对手竟是古丽！

阿曜一跃下榻，冲到古丽面前卡住她脖子。他虽双手被缚，但想要钳制住古丽却并不难。将古丽压在墙上，他目眦欲裂，愤怒嘶吼："为何是你？"

古丽费力呼吸，眼神冷冽："是你不告而别！别忘了你答应过我什么。"

"我没有！"手劲稍稍松了些，阿曜眼光微移，看向别处，"我会把她带到安全的地方，然后便回来找你。"

他带着献容秘密离开洛阳，此事的确没有告知古丽。甚至他与司马颖的这一次秘密交易，他也没对古丽透露。只因他知道，古丽一定会反对。

古丽的脖颈有了些微空隙，喘息几下，嘴角浮起一丝诡异的笑，目光盯着他，不放过任何细微的表情："你已经得到她了？"

阿曜愣住，脸色微红了一下，没有回答。

古丽脸上看似在笑，眼中却是一片冰寒："我就说嘛。你们逃亡这么多天，日夜相守，怎可能不趁火打劫。"

阿曜被她的冷嘲热讽惹怒了："这与你何干！"

"当然有关！"她昂起纤长的颈项，波斯猫一般的碧色眼珠里翻滚着微妙的情绪，"我太了解了。男人一旦沉溺于温柔乡中，便会不思进取，再无斗志。所以，我不能让你带她走。”

阿曜放开手，低声喝道：“我不是那种人！”

古丽得了自由，扭动脖子缓解不适，讥诮之色愈浓：“都一样。对着羊献容，你一定各种许诺，什么远走高飞，什么幸福生活。面对着软香温玉，你哪里还想得起要将脑袋别在裤腰带上去争去抢那单于之位。”

阿曜被她说得无语，索性转过身半躺上榻闭眼小憩。

古丽走到他面前，越说越气愤：“你们远走高飞，去过你们的幸福生活，可我的族人怎么办？你与我的交易怎么办？我费尽心思帮你，不是为了成全你跟皇后的一段佳话。若你不能帮我达成目标，我宁愿舍弃你，另选他人！”

阿曜身躯微震，猛地站起，深不见底的黝黑眼眸闪着光芒，好似暴雨前的青色电光，令人生寒。

古丽退后两步，躲闪一下眼神，语气放缓：“好了，你我都不要意气用事。你该明白，争不到那至高之位，你跟羊献容就只能任人屠宰，怎可能保护她。”

阿曜紧盯着她片刻，眼中的波澜渐平，变得幽深莫测：“既然我与献容落入你手中，接下来，你要做什么？”

古丽面色凝重，声音放低：“羊献容我带走了。你放心，我会保证她的安全。而你，你该回到大单于那儿。他已布好所有棋子，接下来很快便有大动作。这么关键的时刻，你需要跟在他身边，争取到他心中更重的分量，绝不可缺席。”

阿曜浓眉微皱，默默听着。

古丽一口气说完，见他没提出异议，暗暗松了口气。紧盯着他的反应，声音缓和柔顺下来：“你此刻怎么恨我都可以，我们的交易依然有效。”

阿曜没有理会古丽的示好，问出心中疑惑：“我尚有一事不明。你与王弥一直有讯息往来吧？”

古丽默默点头。

“我们离开王家堡后，立即遭到你的伏击，说明你对我们的行踪一清二楚。既然你要抓献容，怎不通过王弥之手？那岂不是举手之劳？”

古丽不打算隐瞒，耸了耸肩道：“我的确发密信要求王弥扣留住你们。可我没想到，当我带人赶到王家堡，他已经放你们走了。”

轮到阿曜惊讶了：“他为何要这么做？”

古丽摇头道：“他说，他不愿参与此事。”

想起王弥那张狡黠的脸，阿曜心思一动，转念又想到另一个问题：“既然不是王弥泄露我们的行踪，你究竟是如何做到准确跟踪我们的？”能够在错综复杂的山林中始终紧咬着他们不放，若说没有内鬼，阿曜死都不会相信。

古丽眼神躲闪了一下，没有说话。

阿曜已经猜出来了，喉咙里泛出阵阵苦涩，说得极为艰难：“果然是他……”

古丽开腔打圆场：“他只是不愿见你带着羊献容远走高飞而已。”

为了引开追兵，阿乐在林间故布疑阵，那时他一点怀疑都没有。没想到，那些阿乐布的疑阵里，就公然藏着他与古丽早就定好的暗号。亏他和献容还在提心吊胆为他担心，他此刻早就优哉游哉偷着乐了。

一念及此，阿曜胸口血气翻涌，恨不得立时将阿乐狂揍一顿，从此恩断义绝，老死不相往来。

古丽拍了拍他肩头安慰道：“别生他的气了。设身处地想一想，你若是他，只怕也会这么做。”

阿曜冷笑：“我费尽心机才带出献容，却被自家兄弟背后捅上一刀，一切努力前功尽弃，又得重头再来一遍。这样的兄弟，还能叫兄弟吗？”

“只要他对你有用，自然仍是兄弟，你哪有意气用事的资本？”古丽娇媚笑着，眼里闪着狡黠，“看破不说破，方是高明之人。”

阿曜虽仍是愤愤，却知道古丽说得有理。将胸中恶气压下，他继续问道：“那你使唤的这些黑衣人是谁？他们不是你的族人。”

古丽的族人面貌与汉人迥异，极易辨认。那些黑衣人身手不错且训练有素，绝非普通世族能拥有。古丽坦然承认：“是司马越的人。”

阿曜怔住。

古丽笑得娇艳魅惑，娇俏地把玩着一缕秀发：“你可知道，现时的洛阳由司马越掌权。”

“可他斗得过司马颖和司马颙？”

“与那两位相比，司马越当然权势更弱，兵马不足，洛阳城陷后只分到些聊胜于无的头衔。司马颖还以为，司马越只是个无兵无将的小丑，给点儿残羹冷炙就会对他死心塌地。”她的笑转为阴冷，双手抱胸，眼底闪烁着看好戏的诈色，“他们都错了。不久的将来，这个不起眼的小角色将成为凶猛的大鳄。”

阿曜想起那位常年身穿道袍，言必谈修道问仙的王爷，一个靠出卖他人登上政治舞台的小人，不由皱起俊眉：“既然无兵无将，他凭什么？”

“凭皇帝在他手中呀。大单于几句话便让司马颖放弃了洛阳城和皇帝，而大单于也早料到司马颙不会接手这个烂摊子，所以，大单于埋下的最后一手棋，应该能发挥作用了。”古丽满含深意地看向阿曜，“我将羊献容带回去，司马越会复立她为后。”

这皇后之位是被司马颖废掉的，司马越复立她，摆明了是要向司马颖宣战。阿曜心跳得有些快："接下来又会再起战事？"

古丽点点头，不屑地嗤鼻："司马家这些人一个比一个狠，却不知道，他们不过是大单于手中的棋子罢了。等这盘乱棋自相残杀殆尽，大单于便能收官了。"

表面上，刘渊被司马颖羁縻了两年多，其实司马颖这蠢人完全不知自己被刘渊玩弄于股掌之上。不过两年多时间，这庞大帝国已快被刘渊从内部腐蚀尽了。

"所以你看，你在大单于的精心布局中，怎可能带着羊献容全身而退？还是打起精神来，专心干好你该干的事吧。"古丽又像以往那样，将手搭上阿曜的肩膀，俯身凑近他的脸，美目徜徉，"阿曜，跟着大单于，不光是取得他的信任，更是要向他学习。他的本事，你若能学到五分，便不惧对付刘和刘聪了。"

这一次，阿曜太过出神，竟忘了像以往那样，将古丽的手甩开。

第二日一早，阿曜醒来后发现，临时羁押他们的宅院里空空落落，只剩他一人。

他的手仍被绑缚着，在柴房找到把钝口的破砍刀，费了些功夫才解开束缚。说这宅院里只剩他自己并不准确，马槽边还拴着一匹马，厨房里有干粮和水囊，阿曜知道这都是古丽为他备下的。

带上食水，跨上马，他站在宅院门口往南望去。远山迷蒙，青翠苍茫，旭阳金光勾勒出连绵的山影。往南走两百里地便是破败的都城，那是他心之所系，可是，他不能去。凝视远方许久，他掉转马头，一夹马腹绝尘而去。

他一路向北急行，第三日便到达一座雄伟磅礴的大山前。这里是太岳山，重峰叠峦，逶迤绵亘，是晋中大地最高的山峰，处在汉匈边界。

这三不管地界从去年起出现了一支绿林好汉，盘踞山林神出鬼没，专门打劫世家富户，着实令人头疼。可汉人官府没本事管，匈奴人又犯不着翻山越岭，以致周边越来越多的无业流民去投奔，聚集的人数已达上万。这些绿林好汉纪律严明，听说领头之人以正规军的训练方式带兵，日日操练，按营布局，渐成气候。

与此同时，太岳山以东的上党地区也出现了一股民间势力。首领四十多岁，名汲桑，原是上党一带的富户，因吃喝嫖赌败了家业，成为当地出了名的混混。这种人虽劣迹斑斑，却有豪侠之气，最易在乱世成为枭雄。汲桑盘踞在丹朱岭，与太岳山的这支势力并称晋中两大民间割据势力。

山林郁葱，叠嶂连云，奇峰险峻，岩石峥嵘。到达山腰处便无法骑马，阿曜拾级而上，爬了许久来到一座石头垒砌的碉楼门口。他正站在紧闭的木门前喘息，碉楼上传来一声欢呼："是大哥回来了！"

阿曜抬头，看到乔属那张标志性的大麻子脸探在楼外，正拼命向他挥手。他抬手挥了挥，以笑容回应。

这里便是太岳山绿林好汉的盘踞地，而阿曜，便是这支民间势力的创建者。一年多前，他与献容在司马冏的齐王府花园秘密会面，以为献容怀上了司马衷的孩子。他满怀愤怒离去，那时他便下定决心，绝不能一再被辜负被背叛。必须拥有自己的实力，方能立于不败之地。

沈锦绣临死前，留给他一封信，那是母亲留给儿子的遗产。多年前，沈锦绣受过晋武帝的大笔赏赐，心如死灰的她哪有心思花用，全都封存在广化庵的暗室内。阿曜将这些金银珠宝取出，带着阿乐来到这个汉匈都不管的地界。人为财死，鸟为食亡，果然有钱就能吸引大批亡命之徒前来投奔。他用心经营，将这个据点越扩越大，方成如今的规模。

古丽说得没错，他自打带着献容逃离洛阳开始，便不曾打算再回头过刀头舔血的日子。他想在这山里自给自足，给献容一直想要的宁静生活。他与她生儿育女，男耕女织，躲在山林自成一方，管他天下风云诡变。

事实证明，他太天真了。他与她，都逃不过各自的命运裹挟。

沉重的木门吱呀呀打开，乔属顶着麻子大脸，欢天喜地迎向他。此人本是长治县最大的富户，家境优渥，见识颇广。可惜这个时代的庶族没有上升渠道，更糟糕的是，在这个颜值高于一切的时代，他因幼时出天花落下一脸麻子，处处被人鄙视，连想做个小吏都无法如愿。他一气之下投奔了阿曜，很快便被重用，做了这寨子里的第三把交椅。阿曜与阿乐不在时，所有事务便全权交由他来处理，深得阿曜信任。

阿曜往寨子里走，沉声问乔属："阿乐回来了吗？"

乔属殷勤地帮阿曜取下肩上的包袱："回来了，还带了个挺漂亮的姑娘。对了，他跟我们说，以后不许再叫他阿乐，他有名有姓，姓石名勒。"

果然不出他所料，阿曜点点头："他喜欢用石勒这个名字，你跟兄弟们招呼一声，以后称他石大哥。"他脚步顿了顿，目光沉沉，复杂难解，"他在哪里？我有话要跟他说。"

有些话，说出来会让兄弟情难以为继，必须烂在肚子里。但有些话，是时候跟他说清楚了。

阿曜是在练马场上找到阿乐的。这一年来，他们打劫勒索士族大户，但凡有余钱，都拿来买马买军器。阿乐是一等一的驯马高手，最费时费力的骑兵训练都由他来负责。

阿乐正在示范马上击刺，战马飞驰，手上去掉矛头的长杆连连刺出，将连续一排放置的几个人形草靶刺得东倒西歪，引来喝彩声四起。马背上的他，栗色长卷发随风飞扬，格外英姿飒爽。他的额头没有带抹额，那个奴字已看不清，变成一块狰狞的深色疤痕。见到阿曜，阿乐策马到他身边，飞身下马，焦急询问："你回来了！献容呢？"

阿曜沉声将事情原委简略说了一遍，还假意询问他是如何逃回的。阿乐的说辞天衣无缝，滴水不漏，阿曜压抑着心情听完，还配合地做了几个表情手势。

阿乐得知背后主谋是古丽时，表现得极为生气，撸起袖子便要走。阿曜急忙叫住他："你去哪儿？"

"去洛阳夺回献容。我们现在有上万人，进攻洛阳，司马越不一定能守得住！"

"你太高看我们自己了。"阿曜苦笑着摇头，"打家劫舍，上万人绰绰有余。要想夺洛阳那样的大城，没有十万兵马谈都不必谈。"

阿乐知道自己武功不逊于阿曜，相马的本事更是远高于他，可论到排兵布阵，兵法策略，自己远不是他的对手。他焦躁地来回踱步："不然怎么办？又得无止休地等？"

阿曜心里冷笑一下，沉重地点点头："扩充我们自己的实力，才是第一要务。"

阿乐愤愤一拳击在木桩上，震得木桩左右摇晃。

阿曜不愿继续演戏，问道："春儿呢？"

"已经安顿好了，给她收拾了间干净房子。"阿乐想了想，又接着道，"放心，我都交代过了，兄弟们不敢去骚扰她的。"

这寨子里女人数量不及男人的十分之一，春儿这种姿容，刚来便被奉成女神，一天到晚身后苍蝇不断。若不是有阿乐的命令，早有人按捺不住了。阿曜知道春儿就像块大肥肉，若一直无主，定会惹出事端。他试探性看向阿乐："你就娶了春儿，如何？"

阿乐惊愕地看着阿曜。

阿曜嘴角挂上一抹微笑，声音温厚又诚挚："你与她一路相依为命，逃亡到此，难道，不该对她负责吗？"

阿乐立即反驳："我跟她一起逃亡就该娶她，天下哪有这道理？"

阿曜好言好语相劝："她与献容情同姐妹，你若娶了她，献容会很高兴。"

阿乐仍是油盐不进："那我送她回洛阳去。献容既然复立为后，又要跟司马越周旋，她身边缺不了春儿。"

"你送她回洛阳不难，可你怎么把她送进宫去？"阿曜的脸越来越沉，目光中蕴着深意，"献容被司马越控制着，你即便送春儿回洛阳也见不到献容。司马越绝不可能同意让献容身边多一个贴心人。"

阿乐却是执拗如牛："我去找古丽，她一定有办法。"

阿曜努力深呼吸，压下心中渐渐升腾的怒气，语气又慢又重，一字一句清晰入耳："阿乐，你年长我一岁，所以，不该再叫献容名字，该叫她'弟妹'了。"

此言果然杀伤力十足，阿乐浑身一震，胸膛不住起伏，眼里闪过一丝愤怒。可这一切情绪却是转瞬即逝，就像严密的面具突然出现丝丝裂纹，又瞬间随着他呼吸的平稳，重新融合成一张无表情的脸。

阿曜用力拍了拍他的肩头："阿乐，不必再做无用功去洛阳。我们有太多事要做，还得招兵买马，这里缺不了你。"

阿曜太明白阿乐坚持要去洛阳的目的是什么，谁知道阿乐与古丽背后是否仍有他不知情的交易？献容已是他的女人，他决不让任何男人染指，即便是兄弟也不行。

阿乐沉默半晌，再抬眼时已是波澜不兴："那我送春儿回老家。她也是上党人，与我同乡。"

这是眼下最好的办法了。春儿留在寨子里会惹得男人们蠢蠢欲动，心思不稳。可送去洛阳又非阿曜所愿，还不如送她回乡。

第五十九章

父归

阿曜凝视片刻，收回眼神，躬身行下大礼：“请大单于放心，儿定会竭尽全力。”

阿乐第二日一早便出发，阿曜将他与春儿一直送到山脚下，亲眼看着阿乐驾马车离去。在山路上行两个时辰，上了官道。阿乐往后张望，确定无人跟踪，将马车靠边停下，钻进车厢内与春儿商议：“春儿，你想回上党老家，还是回洛阳继续服侍献容？”

春儿愣住。阿曜不是说，让阿乐送她回乡吗？怎么又有变化了？她嗫嚅道：“我，我自然想去服侍小姐，可是——”

阿乐不容她说完后面的“可是”，出言打断她：“那行，我送你回洛阳。只是你得答应我，此事绝不可让阿曜知道。”

春儿乖巧地点头，见阿乐打算出去，又叫了一声：“哎——”

阿乐回头，见春儿咬着嘴唇吞吞吐吐：“我，我还是挺想……挺想见我父亲一面的……”她犹豫一番，终是叹了口气，“算了，不见也罢。他那样的强盗头子，迟早会被官府抓到。”

“你是说你父亲？”阿乐疑惑地皱眉，“他是强盗头子？”

春儿羞愧难忍：“前些天经过镇子，我看到告示栏里有官府的悬赏榜文。”

阿乐想起来了。那是他们到达太岳山的前一天，在山脚下的镇子里。这告示阿乐也见到了，他让春儿读给他听。告示共有两张，一张悬赏太岳山匪首乔属，另一张是上党丹朱岭匪首汲桑。那时，春儿读得结结巴巴，面色极难看。他问春儿，她却不肯说出原委。

阿乐目瞪口呆：“你父亲，难道是汲桑？”

春儿想死的心都有了，垂下头声音如蚊叫：“我本姓汲，叫汲春。”

阿乐脸上变换着不同神色，转身钻出车厢。还未等春儿反应过来，车帘子又被一把拉开，阿乐眼睛晶亮，眸子中闪着隐隐兴奋，给了春儿一个灿烂的笑容：“走吧，送你回家！”

马车飞快向前蹿去。春儿还在傻眼中，被惯性所带，不提防撞上后壁。她揉着撞疼的后脑勺哀号，这是什么情况，怎么又有了个神转折？

高大的灰黑色城墙耸立在面前，厉风在四处飞窜盘旋，像是压迫而来的暗夜幽灵。

献容从马车中走出，看到再熟悉不过的宫城，不禁苦笑。兜兜转转了那么久，还是又回到了这个吃人的地方。看着那阴暗森然的砖墙，她心里发怵，脚步不由向后退。突然，一名美艳无双的女人挡住了她后退的路，献容立即认出，这是古丽。

献容讶异：“你怎在这儿？”

古丽神色傲然，扬了扬精致的下巴：“追踪你们，把你送回的，就是我。”

被押解回洛阳的这些时日，献容一直受到不错的待遇，却无从得知背后主谋究竟是谁。直到这一刻才知道，竟然是她！

献容尚在蒙圈中，古丽已迫不及待告诉她，阿曜很快便会回到匈奴。而她，必须回来继续做那朝不保夕的狗屁皇后。古丽一双媚眼在她脸上复杂地逡巡着："我对你本人并无恶意，只是，此刻你哪儿都不能去，你的身份也绝不可能更改。"

献容恢复了冷静，厉声发问："这次你也是奉命吗？是刘渊，还是司马越？"这女人，到底站在哪一方？

"都不是。"她解开献容被绑缚的双手，说得轻描淡写，"你身处最危险的位置，刘曜才有足够动力往上爬。他必须争到最高地位，才有资本来保护你。"

"最高地位？"献容略一思索，震惊地看向她，"你是要他去争大单于之位？"

古丽点了点头："恨我吗？你本可以跟情郎逃离火坑，却又被我推了进来。"她娇媚地笑了，眼底却无一丝笑意，凑近献容耳边，声音冰冷如霜，"乱世即在眼前，谁都不能独善其身。你们想要相守一生，就先把身上的责任完成！"

献容看向波斯猫一般荡漾着碧波的眼眸，那里面透着起伏不定的难言心事。逃亡时，阿曜曾告诉她关于古丽的身世背景。眼前这女人身负的，绝不会比她羊献容少。刚才对古丽起的恨意，这会儿却再难恨下去。站在谁的立场，都不过是不得已。

献容对古丽微叹口气："你说过，等到连活下去都成了问题，仇恨也就没那么重要了。所以，我没时间去恨你。从此刻起，占据我全部心思的唯有一个想法：活下去。只要活着，就有希望。"

古丽心神震动，对她起了一丝歉疚，却又快速抹去："你放心，我答应过他，一定会保你平安。”她顿了顿，苦笑一下，“但，我能做的，仅是保住你性命而已。其余的，得你自己去争取。”

风吹过，轻轻掠动献容垂在耳畔的几根发丝。她抬起双手翻看，虽对着古丽，却更像是说给自己听：“你看这双手，会医术，也能自己劳作。更何况，我不但有这双手，还有头脑和微笑。”她看向前方高耸的金墉城墙，目光冷静而坚定，“要活下去就得竭尽全力，从没什么理所当然。”

这是与阿曜刻骨铭心的那一晚，他所说的话。她一直牢记在心，以此敦促自己坚强起来，不言放弃。言罢，她转身走向司马越为她备下的轿子，重入好不容易逃出的人间地狱。

阿曜在太岳山的寨子里并不知道阿乐差点掉转头去洛阳，他等候了一段时日，阿乐却始终未归。阿曜当然猜得到他有可能去了洛阳，但他此刻有更重要的事必须马上去做。将寨子里的事务交给乔属打理，他又再次上了路。这一次，他往南走得并不远。经过城镇，他看到有许多人在逃荒，说是又要打仗了。可到底是哪方要打，为什么打，那些草头百姓却是语焉不详。

兵荒马乱中，一丁点的风吹草动便能让命如蝼蚁的小民们吓破胆。好在，阿曜知道该去哪里拿到最确实的消息。他站在高大的城堡下，举高双手示意没有带武器。吊桥嘎吱嘎吱缓缓落下，一个面带狡黠的中年微胖男人身穿华服，笑脸迎向阿曜。

阿曜恭敬行礼：“王叔，别来无恙。”

寒暄着将阿曜迎入王家堡客厅，王弥笑吟吟等阿曜自己开口。阿曜不多啰唆，直奔主题：“王叔，我想知道洛阳近来的情况。”

“洛阳最近变动可大呢。”王弥捋着精心梳理的山羊胡子，一双精明的眼盯在阿曜脸上，“羊献容回到洛阳，已被司马越复立为后。司马越借皇帝之手下诏，废了司马颖的皇太弟之位，将羊皇后先前所立的司马覃又复立为太子。”

阿曜虽为献容担心，但也暗暗松了口气。既然献容又被立为皇后，说明古丽与阿乐并无其他交易。阿乐即便真去了洛阳，也没能力将她带出。

他迅速想到了此事最大的受害者：“司马颖怎可能忍下这口气？”

“不错！所以司马颖又起兵向洛阳扑去。”他不等阿曜发问，将他下一个问题也一并答了，“但这一次，司马越并没有像司马伦和司马冏那样据守洛阳。他传檄天下郡国，召兵勤王，纠集了十万兵马，带着皇帝御驾亲征，向邺城而去。两军很快就会半路碰上了。”

阿曜大惊：“司马衷竟然御驾亲征？”

那痴傻皇帝可是这辈子第一次上战场啊，他应该不会带上献容。若战火在晋南一带烧起来，那这里的王家堡，他的太岳山，都会被波及。献容此刻在洛阳，反倒更安全些。

王弥眨巴着眼，笑得滑头：“司马越联合司马冏的旧将，还有其他一些藩王，兵力不下于司马颖，而况他手中还有皇帝做挡箭牌。这一次，司马颖只怕会很被动。”

“大单于那儿可有消息？他应该跟着司马颖军，也从邺城出来了吧？”

王弥点头：“正巧今日收到了元海的消息，与你有关。”他的语气突然变得沉重，“元海病了，感染风寒已有些日子。他希望你早日去见他。”

阿曜焦急，向王弥深深一鞠：“如此，我即刻出发。”

阿曜只在王家堡待了一夜，第二日一早便按着王弥指示，向东进发。行不到五六日，他便在荡阴县碰上了司马颖大军。

“大单于，我回来了。”阿曜在司马颖的豪华营帐中向刘渊跪下磕头。

刘渊佝偻着背，上前扶起阿曜。数月未见，刘渊面有病容，似是老了许多。他凝视阿曜，眼中满是慈祥的父爱：“聪儿，你终于舍得回老父身边啦。”

阿曜眼神闪烁一下，连忙垂头：“听闻父亲身体有恙，儿心急如焚，自责不已。父亲生病，儿竟不在身边伺候，是儿不孝。”

刘渊握着阿曜的手，语气慈祥，边咳嗽边喘息：“不碍事，你回来，为父就好了一半。”他扭头，看向坐在华美玉席上的司马颖，“成都王，如今我聪儿回来了，你可放心了？”

已是初夏，司马颖一身轻薄白衫，宽大的衣袖曳地，飘飘胜雪，翩然若仙，对刘渊露出标准的明星笑容：“大单于在本王身边这么久，不遗余力为本王献计献策，可以说，本王能走到今日，全靠大单于的谋划。本王着实感激不尽，怎会对大单于不放心呢？”

刘渊一脸病态，虚弱地咳嗽，一番话说得断断续续：“成都王乃当世英雄，元海一介藩臣，能得成都王重用，是我之幸。在成都王身边这么久，元海早已与我王休戚与共。倾巢之下，安有完卵。若成都王遭遇不测，我匈奴亦会大难临头。所以，元海这一具病弱之躯，拼得一死，也要帮成都王脱离险境。”

这一番肺腑之言说得司马颖感动万分，握住刘渊的手闪着激动的泪花。两人仿如同仇敌忾的挚友，同舟共济，生死与共。阿曜屏息站在一旁，仔细分析每一个字的意思，越想越心惊。

果然，下一个就轮到他了。刘渊转向阿曜，眼神还是那么真诚，唯在瞬间闪过难以捕捉的黠色：“聪儿，为父明日便要回匈奴召集部众，前来助成都王解困。成都王身边需要有谋略之人，你自小跟着为父学了不少，就替为父继续辅佐成都王吧。”

阿曜浑身如同被冰水浇了个透心凉，原来这才是刘渊叫自己回来的真正用意：将他抵押给司马颖，好换得他优哉游哉回匈奴。古丽和王弥都说过，刘渊布局已定，即将收官。他最后落下的一子，便是他刘曜。

可是，眼下他什么都不能说。若是撕破脸面，刘渊固然逃脱不了，他刘曜也得身首异处。一切，都已在刘渊掌握之中。他定定看着自己的亲生父亲，眼里闪过一丝无言的痛楚。刘渊回望向他，眼里却只有狼一般的狠辣。

阿曜凝视片刻，收回眼神，躬身行下大礼：“请大单于放心，儿定会竭尽全力。”

阿曜继续配合着刘渊演出父慈子孝，只是，他不经意间将“父亲”的称呼，又改回“大单于”。刘渊才不在乎这点子区别，满意地向阿曜伸出手：“聪儿，来，陪为父去营帐歇息。”

阿曜接过刘渊的手，小心搀扶着他往外走：“孩儿今夜会一直伺候在父亲身边。”

这场戏，直到两人走入刘渊的营帐，方才结束精湛的表演。

铜灯台上，一对白烛燃着，照亮了整个营帐。

简单的软榻，瓷枕边摆了好几卷锦帛卷轴和竹册。几案上一张棋盘，排布着疏密错落的黑白棋子，是一个胜负已定的残局。此外，营帐内便没了多余饰物。

一进营帐，刘渊便将佝偻的身子挺直，所有病态瞬间消失，犀利如狼的目光在阿曜脸上逡巡：“你可有怨恨？”

阿曜垂下眼帘，声音平板："不敢。"

他凑近儿子，一丝阴冷的笑从脸上掠过，声音放得极低："别以为我不知道，当年我是怎么落入司马颖手中的。"

阿曜的心猛的一跳，抬眉看向刘渊，神情有丝慌乱。

刘渊好整以暇地拍了拍他肩头："不过，我得谢谢你。百足之虫，死而不僵，从外面攻，太过费时费力。若没有在司马颖身边的这两年，我怎可能如此轻易渗透入大树的根基，将它啃得千疮百孔？"

司马伦、司马乂、司马颖、司马颙、司马越，这些人都是权谋家司马懿的后代，他们自以为手腕高明，却从未想过自己才是别人手中的棋子。这个势力高涨，便扶植另一个来打压，此消彼长，互相钳制。总之，越乱越有利，绝不能让这庞大帝国安宁下来。而最可笑的是，这只啃垮了整棵大树的蛀虫竟是司马家的人自己引入的。虽有他阿曜推波助澜，可乖乖被牵了整整两年鼻子的司马颖，直到此刻还相信刘渊回匈奴是帮他去搬救兵，真真是死到临头还在帮刽子手磨刀。

"大单于回左国城后，不会再回来了罢？"

刘渊悠闲地坐到几案边，眼睛盯着棋盘上的残局，伸手抓了一颗黑子："你好歹跟了我这么久，该知道答案。"

阿曜咽了口唾沫，喉结上下浮动，竭力压下紧张情绪："那么，最短二十天，最长也就一个月，我必须逃离。"

这两年多来，他能顶着刘聪的名字不被揭穿，是因为刘渊被羁縻之初便给匈奴王廷写了一封信，暗示了阿曜冒充刘聪。刘聪为保父亲性命，收到信后一直蛰伏，所以司马颖没觉察出阿曜是个冒牌货。一旦刘渊回到左国城，刘聪就再没必要隐姓埋名，消息很快便会传到司马颖这里，届时，只怕司马颖会将阿曜大卸八块。

刘渊把玩着棋子，赞许地看向阿曜："立即判断局势，而不是浪费时间哭天抢地，很好。阿曜，你学得很快。”

刘渊回左国城，若是快马加鞭，只需十日。消息返回到司马颖这儿，最快也是十日。留给阿曜的时间也就这么多了。阿曜苦笑，声音干巴巴毫无起伏：“大单于谬赞。”

“啪”，刘渊在棋盘上稳稳落下一个黑子，这盘棋胜负已定，白子再无回天之力。他站起身，踱步到阿曜面前：“我刘渊的儿子绝不会是孬种，你拿出本事来给我看看，如何孤身一人从万军中逃出生天。若你能毫发无损回到左国城，我会封你为将，从此重用你。”

阿曜坚定地点头，整个人仿佛一团燃烧的火焰：“好，这个赌，我跟大单于定了。”

刘渊的目光在阿曜脸上游走，那张轮廓分明的脸上能辨认出自己年轻时的影子。他心情复杂，点了点头：“这一次，我绝不食言。”

“只是，我尚有几处疑问，希望大单于走之前能为我解惑。”

刘渊悠闲地坐回榻边，摆手示意阿曜也坐下：“没问题，今晚我会倾囊相授。”

阿曜在他对面落座：“司马颖为何会惧怕司马越？”

“他当然怕。一来，司马越号称十万之众，司马颖却只有八万兵马。”

司马颖围剿洛阳，兵力大损，至今只过了不到半年，还未喘过气来。所以司马越这是掐准了时机而来。

“其次，也是最重要的，司马越手中最大的王牌便是皇帝。”刘渊笑得阴森，如狼一般的眼眸中精光熠熠，“司马颖反击，便是攻打皇帝，那叫弑君。这么大的帽子扣下来，司马颖怎能不束手束脚？”

阿曜恍然。当初司马颖以皇帝之名封自己为皇太弟，他以为达到目的，将这笨蛋哥哥视为累赘。殊不知，他能封自己做皇太弟，别人也可以打着皇帝的旗号废了他。回邺城时居然把皇帝丢在京城，让司马越捡了个大便宜，这会儿司马颖悔得肠子都青了。

若司马颖能轻松碾压司马越，一战便把这伪装成道士的祸害拿下，将皇帝抢夺过来，那他便能借着皇帝的口，给司马越扣上屎盆子，天下也就太平了。可如今两人兵力不相上下，若无法一举击溃对手，司马越便能假皇帝之名到处发诏书，哭诉司马颖弑君。顶着这么大罪名，天下人都会对他丢白眼，他还怎敢一再去攻打？若成了旷日持久的拉锯战，舆论上更是对他不利。而且，司马颖绝对相信，盘踞长安的司马颙会趁势加入司马越，向多年的盟友下黑手。

司马颖手下大多数人建议他投降。向一位从没放在自己眼里的旁支杂牌藩王投降，心高气傲的司马颖怎可能答应？他迫切需要一场便能定胜负的战斗。

所以当刘渊提出：放他回匈奴，让他迅速带几万匈奴兵来助战。这简直是雪中送炭好不好？司马颖差点要抱着刘渊猛亲几口了。可是，司马颖怎能放心？若是纵虎归山，救兵不来倒也罢了，这老虎要是趁机在背后啃他一口，他司马颖就彻底完蛋。

将刘聪抵押在此，便能让司马颖安心。司马颖这两年里观察过，刘渊对这个儿子是真爱，完全不知道这个爱子当年出卖过自己，绝对是父慈子不孝的模板。刘渊怎舍得失去骁勇善战的心爱儿子，所以，他提出的搬救兵也一定是真心的。而“刘聪”出卖自己父亲的把柄牢牢捏在司马颖手上，必然会对自己俯首听命。司马颖的小算盘打得噼啪作响，实则这蠢人已离死不远了。

刘渊第二日果然走了，司马颖派了一队人马护送他。这些人进入左国城后会被杀，最快再过十天，司马颖就该得到消息了。阿曜努力寻找机会逃跑，可司马颖对他的监视比对刘渊还严，轻易不许他出营帐，走到哪里都有十几名高手跟随，吃喝拉撒全在十几双眼睛紧盯之下。

阿曜一筹莫展地过了半个月，离二十天期限，只剩五天了。

还未等来刘渊的匈奴援兵，司马越大军已达荡阴。司马颖原本嫌弃这小破县城没有好的住宿条件，所以将军队驻扎在县城外。如今得知司马越来了，吓破胆的司马颖慌忙令全军入城，关起城门坚守不战。

司马越将小小县城围了个水泄不通，你不肯战，我可以攻呀。荡阴县城不比洛阳，城小墙矮，易攻难守。司马颖不能眼睁睁看着自己被攻破，只得强打精神迎战，竟每次都将司马越军击退。照理说司马颖军该顺势反攻，可他害怕舆论指责他弑君，只管守，不肯回击，令得军中怨言颇大。

豪华营帐内，司马颖一身拉风的黄金铠甲，却是愁眉不展。

阿曜焦急地催促："成都王，再不反攻，军心不稳啊。"

司马颖瑟缩一下身子："再等等再等等，你父亲那儿还没消息。"

"父亲最快也得十天后才能赶来，成都王难道还要一次次贻误战机吗？"阿曜故意将日期往后延了延。

"司马越手中有皇帝，我主动进攻，岂不正中其下怀？"

阿曜面色严肃："正因为他手中有皇帝，才要速战速决。成都王拖延越久，己方军中质疑声越大，保不齐已有将领暗中投诚司马越。若是激发哗变，后果不堪设想！"

司马颖知道阿曜所说句句是实，早已乱了方寸，像无头苍蝇一般胡乱踱步："再容我想想，再容我想想。"

"司马越从未上过战场，他的军队都是七拼八凑而来。这些天我仔细观察过，他攻城时部伍不整，兵无斗志，故而能轻易击退。"阿曜躬身请命，言之灼灼，"成都王可将最精锐的五万骑军拨给我，我深夜突袭，必定让他溃不成军！”

“好啊……”司马颖欣喜，刚要点头，又改口道，“聪王子乃是客人，岂有让客人为我出战之理？不如，我命手下大将领兵出击，聪王子在后方坐镇指挥便可。”

阿曜嘴角扯了扯。果然司马颖不放心他，他还得另寻机会。

经过阿曜的劝说，司马颖决定出兵。这五万戴甲骑军是他最精锐的部队，唯一的本钱。所以，当将领石超当晚带兵出城时，司马颖背后的汗湿透了衣裳。成王败寇，胜负在此一举。

荡阴城外的芦苇荡中，厮杀声在深夜骤起。战鼓声，刀戟声，惨呼声，马蹄声，一浪高过一浪，一直响到天明。

司马越军有十万人，但正如阿曜所料，司马越根本不通兵法。他前几日攻城，司马颖不肯跟他面对面硬碰，他还真以为自己有能耐，滋长了轻敌之心。没想到司马颖搞精兵突袭，司马越猝不及防下失误连连，节节败退。战到后来，军心溃散，许多士兵丢盔弃甲，临阵脱逃。

第二日清晨，心惊胆战了一整夜的司马颖收到消息：敌军大败溃散！司马颖终于安下心来，腿脚站立不稳，差点一个跟斗跌倒。

第六十章

螳螂捕蝉，黄雀在后

“若是要倾一国才能救出我在意的人，那我便打烂这早已千疮百孔的国，重建一个全新的世界。”

风呼啸着穿过鲜血染红的芦苇荡，身穿黄金铠甲，威风凛凛的司马颖带着人马前来清点战场，阿曜也在他身边随行。司马颖军抓到了司马越的大将，审后方知，司马越这㞞货半夜见势不妙，带着少数随从脚底抹油，将军队和皇帝都丢在了这里。

司马颖大惊，慌忙令人寻找皇帝。一夜混战，刀剑无眼，若是不小心把皇帝弄死，那这弑君的罪名可就铁板钉钉了。寻了很久，终于在尸堆中找到了浑身是血狼狈至极的司马衷。护卫皇帝的人全部战死，皇帝自己也身中三箭，其中一箭伤在面颊。幸好满身的肥膘起了作用，未伤及重要脏器。

司马颖令人将皇帝安顿好，找医官来诊治。皇帝惊吓过度，哀号不止。司马颖命人给他换身干净衣服，痴蠢的皇帝却是发了疯似的坚决不肯换，嘴里反复嚷嚷着一句话：“不要换，这是嵇绍的血！”

将领向司马颖汇报，当时找到皇帝，他身上压着嵇绍的尸身，浑身插满了箭。阿曜在旁不由动容，嵇绍竟以自己的血肉之躯为皇帝挡箭！

嵇绍的父亲嵇康乃竹林七贤之首，因反对司马氏篡魏而被司马昭杀死。嵇绍却多年来做着傻子皇帝的近臣，对皇帝忠心耿耿，最后奉献了自己的性命。父子两代人虽侍奉的君主不同，但气节与风骨皆成楷模。司马衷虽傻，也并非全然无知。此后许久，他一直穿着那件染上嵇绍血痕的衣裳，连睡觉都不肯脱去。

司马颖虽险胜，付出的代价却也巨大。他的精锐已损失殆尽，只剩下数万残兵。但不管怎样，他现在手头有了皇帝，可以以皇帝之名号令天下。而况，听说司马越逃回封国去了，如今整个帝国又成了他司马颖的天下。

营帐内，司马颖白衣胜雪，坐在上首，对着阿曜举起青铜酒盏，姿势优雅："聪王子果然得了乃父真传，料事如神，方能一战击垮司马越。"

"谢成都王谬赞。"阿曜昂头喝下杯中酒，嘴角挂着一丝微笑，目光灼灼，"接下来，成都王该去洛阳了吧。"

"没错，之前吃过皇帝不在手中的苦头，今后本王再不会让皇帝离开本王身侧了。"

司马颖站起身朝阿曜走来，宽大的衣襟曳地，翩然若仙，一边说道："本王以陛下之名发了两份诏书回洛阳。其一是细数司马越的罪状，令全国缉拿。其二么……"他在阿曜面前站定，挑起长眉，笑得不怀好意，"既然罪人司马越复立羊献容为后，那本王就得再度废后。"

阿曜愣了一下，不解地仰头看向明星范儿十足的司马颖。

"聪王子该知道，本王这么做，是为了报答聪王子此次的功劳。"他蹲下身，拍了拍阿曜肩头，凑近他耳语，"等我们回了洛阳，聪王子仍可像上次那样，将美人秘密带走。”

阿曜感激涕零，急忙躬身行了个大礼：“谢成都王成全。”

司马颖啧啧摇头：“聪王子真是个痴情种。本王安排过多少次美人侍寝，皆被聪王子拒绝，一心一意只念着我那位皇嫂。”

阿曜憨厚一笑，眼里满是柔情：“本来我与她也难有交集。只是，之前做司马伦义子时，大单于密令我向羊府求亲，见了她之后，就再难放下了……”

“本王明白。英雄难过美人关，何况我那位皇嫂确是个难得一见的美人儿。”司马颖挑眉调笑，“这一次，聪王子可得把美人看好，别又被哪个有野心的家伙给劫走了。”

司马颖带着残余兵马和皇帝，向洛阳城进发。刘渊走了近一个月，无论怎样该有消息传来了。可司马颖打赢了司马越，正趾高气扬着呢，似乎忘了向匈奴借兵一事，这些天都没向阿曜询问。但日子越往后拖，对阿曜越是不利，司马颖对他的严密监控一点都没松懈。

司马颖万万没想到，行进至修武县，他的军队遭到了伏击。望着对方旌旗上飘扬着大大的“张”字，再看到对方大将那凶残的面相，司马颖的心拔凉拔凉，绝望铺天盖地而来。

那是司马颙的大将张方！

司马颖此前一直担心司马颙会加盟司马越，没想到这位昔日盟友比他想象的还要阴狠。司马颙根本不玩儿什么加盟，既不做雪中送炭，也不做锦上添花。而是螳螂捕蝉，黄雀在后，甭管谁赢了，他守在后面做黄雀。

司马颖慌乱中举兵迎敌，可惜大都是老弱残军，刚一接触便丢盔弃甲，落荒而逃。战斗不到半日已分出了胜负，司马颖只带了二十来人逃脱，连皇帝都丢给了张方。

司马颖唯一不肯丢弃的，是他自以为最重要的人质：匈奴王子刘聪。

落寞黄昏，残阳如血，微风摇曳着芦穗，将江面染得红彤彤一片。

不过十多天前，司马颖在这片芦苇荡里战胜了司马越。这才过了多久，当司马颖再度经过此地，他已是丧家之犬，惶惶不可终日。

他带着贴身随从二十来人往邺城方向连日奔逃，到达荡阴已是傍晚。司马颖细皮嫩肉娇生惯养，这几天吃尽了这辈子未曾吃过的苦头，哪还管什么明星风度，连那身黄金铠甲都不知丢到哪里去了。眼见得离邺城只有不到百里，他喘息着叫手下安营，歇息一夜再走。

没想到，还未等灶挖好，饥肠辘辘的他收到线报：邺城被人占领，他回不去了！

司马颖大惊失色："哪里来的消息？是谁干的？"

随从跪着哭诉："适才遇到邺城逃出的溃兵告知此事。小人不敢多问，溃兵也不知是何方军马，只见城头军旗上打着'王'字。"

前无去路，后有追兵，这是天要亡他？司马颖茫然了片刻，转身扑向正在饮水的阿曜，如溺水之人见到稻草，紧拽着阿曜的袖子："你父亲的援兵是不是马上快到了？他到哪儿了？肯定有消息给你——"

阿曜神色不动，将司马颖的手甩开："成都王，我父亲离去已一个月。他若是肯来，即便大军不能马上抵达，也必定有快马先来预报。"

"所以……"司马颖难以置信，用布满血丝的眼瞪着阿曜，"他不会来了？"

阿曜将水囊盖上，从容挂回腰间："成都王不必再等他了。"

"他……他竟骗我……"司马颖似发了疯，面目扭曲，完全不复往日的潇洒，"他就不怕我杀了你？"

"他不怕。"阿曜冷笑，讥讽地看向这曾不可一世的蠢人，"成都王难道至今都猜不出吗？我并非他钟爱的儿子刘聪。"

司马颖如垂死之人，眼神木然呆滞："你究竟是谁？"

阿曜淡然站起："我叫刘曜，只是大单于的义子。"

司马颖长发凌乱，浑身战栗如筛糠，鼻涕眼泪齐下，眼露凶光，癫狂大叫："我要杀了你，好歹有个垫背——给本王杀了他！"

众随从拔出兵器，将阿曜团团围住。就算司马颖已是落毛的凤凰不如鸡，毕竟手底下还有二十来个人。这些人武功不弱，阿曜再神勇也难以一人之力抵挡。

阿曜嘴角浮起一丝诡异的笑，对众人环视一圈，朗声道："你们的家人皆在邺城。若想要保住他们性命，就放我走，我在邺城等待诸位认领家人。"

此言一出，众人大惊。

司马颖肝胆欲裂："邺城是你占的？"

阿曜气定神闲，看向司马颖："螳螂捕蝉，黄雀在后，做黄雀的又何止司马颙一人？"

司马颖手一抖，长剑"哐当"一声掉落在地。这一次，他再无路可走。

邺城南门，高耸的城楼上高高飘扬着"王"字大旗。一人一骑远远飞驰而来，城墙上探出个身子，乔属那张标志性的大麻子脸露出灿烂的笑容，拼命挥手："大哥回来啦！"

阿曜抬手向乔属挥了挥，以笑容回应。

乔属陪着阿曜走向曾经的成都王府。在那间熟悉的书房中，一人满脸带笑大踏步迎向阿曜，亲热地拍着阿曜的肩头。

阿曜恭敬行礼："王叔辛苦了。"

王弥连忙将他扶起，狡黠的脸上笑容可掬："不过是攻下一座空城而已，有何辛苦可言。若非你的谋划，我们怎可能白白得到此城。"

刘渊一直以为，阿曜须费尽心思才能从司马颖手中逃脱。殊不知，阿曜从未想过逃走，他布的局，远比逃亡更大。

阿曜见刘渊前，曾去过王家堡。当王弥告诉他刘渊病重，希望见他时，阿曜已敏感地嗅出了一丝不对劲。其一，刘渊弓马娴熟，身子向来很好，怎会突然染上重病？其二，以刘渊对待他的态度，怎会有慈父的口吻？俗话说，无事献殷勤，非奸即盗。阿曜联想到王弥与古丽都说过，刘渊早已布好棋局，准备收官。这一次他召唤阿曜，绝非好事。

阿曜思索片刻，突然向王弥跪下："王叔，阿曜斗胆，接下来所说，将会是大逆不道之言，不知王叔是否愿听。"

王弥吓了一跳，急忙搀扶阿曜："你先起来。有何话，直说便是了，绝不会怪你。"

阿曜站起身，面容肃然："王叔见过刘和刘聪吗？"

"自然。"王弥与刘渊深交多年，对他的家事了如指掌。刘渊回匈奴后，王弥曾暗暗来过左国城好几次，考察这位匈奴大单于是否值得他交托身家性命。

"王叔觉得，他们俩谁能胜任下一任单于之位？"

王弥警觉起来，沉吟道："你这话，究竟何意？"

"刘和阴柔孱弱，刘聪有勇无谋，这倒也罢了。他们俩最大的问题是，只尊匈奴血脉，眼中全无汉祚道统。"阿曜仔细观察着王弥的表情，朗声道，"王叔，你乃世族出身，先祖代代为官，祖父更是做到汝南太守。你投向我父亲，只是因为晋朝皇帝无能，王叔报效无门。”

王弥不由动容，这话直戳到他心窝子里去了。王弥一向自负才干，既然在晋朝混不出名堂，不如投向刘渊。但好歹他出身名门，投效非我族类的匈奴，心里总有个疙瘩在。他得为自己效忠异族，找出个绝对正当的理由。

“王叔在中原为大单于收集情报，这样的功劳，抵得过领兵千军万马。可这种事情摆不上台面，唯有大单于一人识得王叔的重要性。待刘和刘聪之流坐上单于宝座，王叔认为他们会认可王叔之能么？”

王弥听着阿曜所说，虽一言不发，但呼吸已有些不稳。阿曜心中暗喜，他知道自己猜中了王弥的心思。王弥为刘渊做事已久，但都在中原活动，匈奴王廷极少有人知道他的存在。日后论功行赏，那些匈奴贵族绝不可能听任刘渊给王弥太高地位，刘和刘聪也与他没有交情。他王弥在匈奴，将会是个尴尬的存在。

“所以，王叔将来在匈奴王廷会有一席之地，但难有大发展。王叔出身高贵，子孙本也该享受门第之尊，可这些在匈奴……”阿曜啧啧摇头，没有说下去。但从王弥越来越凝重的表情看出，他已知晓阿曜的意思。

阿曜在王家堡看到王弥收留了不少落难的世家贵族，又因阿乐出身太低不肯让他参与宴饮，这都说明王弥极其重视谱系出身。可他自以为傲的出身，在匈奴王廷什么都不是。

“王叔知道我的出身来历。我母亲是汉人，正因如此，我不受大单于重视。大单于至今不肯认我，对外只宣称我是义子。”阿曜说得极为苦涩。这是将自己最薄弱处直接袒露给王弥，唯其如此，王弥才会相信他的诚意。

他看向王弥，眼中沉毅坚忍，精光熠熠：“我身上流着一半汉人血脉，我若能继承单于之位，定要争取汉人世族的支持，用以对抗匈奴势力。届时，王叔将会是我最得力的左膀右臂。”

王弥震惊，刚想说话，又四顾一下，压低嗓音：“你也太大胆了，竟敢肖想单于之位！”

“我身上流有汉人血脉，王叔认为，不论继位的是刘和还是刘聪，能给我留活路吗？”他眼里燃着灼灼火光，整个人如亟待一飞冲天的巨鹰，“待大单于百年后，我与其战战兢兢任人处置，不如现在主动出击。不光为我自己，我此生最大的愿望便是创出一个没有汉匈之分，民族之别的天下！”

那一刻，王弥被他傲人的气势震慑住了，仿如熊熊烈焰，令人生出窒息之感。

刘渊已五十多岁，身体虽仍强健，但继承人的选定，也该摆上议事日程。他们这些臣子自然得先站好队，免得丧失良机。无可否认，刘曜所说让王弥极为动心，王弥差点就要点头。可平缓一下心绪，回归理智，他仍是摇了摇头：“你实力太弱，难以成功！”

“没错！正因为我实力弱，所以任何助力我都会珍惜。而刘和刘聪，他们却不会在意。”他紧盯王弥，抛出最后一个利诱，“王叔，你喜欢赌大的，是因为赌大虽赢面低，但只要赢上一把，得来的利处远胜数十次小赌。”

在王家堡中，王弥邀阿曜一起赌博。阿曜虽对赌没兴趣，但仔细在旁观察。王弥押注，只押赢面小却赔率高的大局。这是王弥的天性，阿曜便赌上一把：“将宝押在我身上，方是赌大局。”

经过一夜思考权衡，第二日一早，王弥在阿曜准备告辞时下了决定：他愿将宝押在阿曜身上。

阿曜早已料定这个结局。先前，王弥明明可以帮着古丽将自己抓住，可他却选择放他走，也没想过将献容拘禁起来当人质。这说明王弥对他有足够好感。他身上，定有王弥想要的东西。所以，他才来王家堡行此险招。

阿曜拿出两封信交给王弥，让他以自己的网络传递给收信人。

其一是给乔属，让他带领太岳山上所有兵力来王家堡与王弥会合。司马颖和司马越大战，不论谁赢，邺城必将守备空虚。王弥会合两方势力，轻松占据了邺城。

其二是给身在洛阳的古丽，让她投身司马颙的阵营，为司马颙献计：没必要跟任何一方结盟，这两人打得两败俱伤，他在身后做黄雀就行。

做好一切部署，阿曜单身入司马颖军中，去做刘渊最后的收官之棋。他虽不在桌面上赌博，但他行的每一步亦是豪赌。赢面最小的牌，盈利才最大。

阿曜与王弥在邺城待了十来日，每日清点府库，计算钱粮军器。阿曜军纪严明，不许兵士侵扰百姓。邺城百姓战战兢兢了数日，发觉这些山大王不像传说中那么凶残，放下心来，城内百业渐渐恢复。

司马颖的府库前，乔属指挥着兵士们将各色物资装车起运。阿曜与王弥站在一旁察看，王弥问道：“你真不打算守着邺城？”

阿曜摇头道：“我们守不住的。”

仅凭他阿曜的一万人马，还有王弥的一万流民，区区两万人怎可能守住如此重要的一座城池。晋朝虽窝里斗得凶，司马颖倒台了，司马越逃走了，但还有司马颙呢，这可是个更狠辣的角色。若是他发兵邺城，阿曜只能弃城而逃。

“那你准备怎么办？”

阿曜看着齐整的一队队车马，目光沉着冷静："放弃邺城，带上我们所有的军队和府藏回左国城。"必须投靠更大的大树，方能保全自己的实力。

"这么多军器财物，你要送给大单于？"

"这些军器装备咱们自家人马绰绰有余，剩下的都上缴，我不心疼。至于从府库里收缴的财物……"阿曜微笑着看向王弥，"将会是我对付刘和刘聪的资本。"

薄暮下的芦苇荡，夏末暑气未消，夕阳映在水上波光粼粼。一人临水而立，落日从背后斜斜照来，光影与阴影叠加出圈圈层层的轨迹，将他颀长的背影拉出遗世孤立之感。

古丽翻身下马，走向那孤高的人影。芦花随风飘荡，如柳絮，如飘雪。他在满目芦花中转过身来，目光幽深安宁，不见波澜，任由轻飘飘的芦花落在肩头。

"张方在荡阴抓到了司马颖，与皇帝一起押去长安。司马颙秘密处死了司马颖，在长安自建小朝廷，以皇帝号令诸侯。如今，洛阳气数已尽，只剩下一些世家大族，还有个被废的皇后。"

"司马越呢？"

"在自己的封国筹集人马，想要东山再起呢。"

他静静听着这些情报，目光自始至终没有流露出一丝情绪："司马越那儿，我会与他保持联络。日后，说不定还能再合作。"

古丽仔细凝视着那张没有表情的英俊侧脸，突然觉得自己再难像以往那样轻易揣测出他的心事，不由低声感喟："果然没有看错你，行事越来越像大单于了。"

他沉默片刻，问出："阿乐呢？打探出他的行踪了吗？"

古丽点头："他没有去洛阳，而是去了丹朱岭，投奔了汲桑。"

阿曜看向被微风吹皱的水面，一直无波的眼神终于流露出几许伤怀："他还是选择了与我分道扬镳……"

古丽叹了口气："人各有志，随他去吧。"

他凝视着微荡的水波，声音里带着一缕苦涩："我知道，这是早晚会有的一天……"将神思专注到眼前的事上，他拉过身旁的芦苇，将一簇芦花摘下，一点一点捏碎，抛向江面，"赵王司马伦，长沙王司马乂，齐王司马冏，成都王司马颖，还有十多年前与贾南风争权的楚王司马玮，汝南王司马亮……"

他的声音又恢复了淡然无波，仿佛只是在细数着一个个与己无关的名字："他们都死了。"

芦花在江面上飘飘荡荡，随着水流漂向远方。他将手中剩下的最后一簇芦花一折两半："还剩下河间王司马颙和东海王司马越，待这两位争出胜负，晋朝气数便尽了。"

他将两枝剩余的芦花揉烂，丢进江面。转身面对古丽，却并不看她，深邃的目光静静扫过这片芦苇荡："若是要倾一国才能救出我在意的人，那我便打烂这早已千疮百孔的国，重建一个全新的世界。"

他只这样站着，却有着隐隐的冲天气势，像被浓雾掩映的巍峨高山。明明是炎热的夏末，古丽却觉得有一股冷风掠过，带起一片细细密密的鸡皮疙瘩。

他终于看向她，眼里闪着冷冽的光芒，语带威压："记得你答应我的。"

古丽点头道："放心吧，如今我在司马颙身边还是有些说话的分量。我会尽力保住她性命，你只管回左国城，放手去做你该做的。"

他不再多话，转身离去。望着夕阳下策马远去的背影，古丽暗暗吐了口气。

他已不再是初来洛阳时那个意气莽撞的毛头小子了，在中原历练了三年的他，经历了太多事，失败了太多次，他知道了隐忍，学会了权衡。失败，成了他的修行。

他的未来仍充满迷雾。她不知他能走多远，但失败过的人，方知如何跌倒再起，知道即便浑身血肉模糊，疼得无法忍受，痛哭也是无济于事。不如舔舐伤口，再往前行。一直不停歇地往前走，总能刀枪不入，铁骨铮铮。

这样的人，方能带给别人希望。

（未完待续）